Maximilian Taler

Patient 78/8

Impressum:

1. Auflage 9/2022 ISBN: 9798848492637

Independently published

Korrekturen & Recherchen: Iris Tiesler

Cover & Buchsatz: Maximilian Taler

Maximilian Taler - c/o autorenglück.de

Franz-Mehring-Str. 15 - 01237 Dresden

www.maximilian-taler.de kontakt@maximilian-taler.de

Maximilian Taler

Patient 78/8

Ein Kriminalroman

Danke an alle Leser meiner “McBrain-Romane“.

Mein besonderer Dank geht an:

Nikolaus & Ilse Tiesler sowie an Iris und meine Patentiere Ben,
Lucie, Jule, Mina, Peppie, Paula, Milo, Finn, Snoopy

Für Megan,
Emma und Max

Danke für Eure Nachsicht,

wenn ich nicht vom Schreibtisch wegkomme.

1

Das Zimmer

Mir war schlecht. Ich legte meinen Kopf in den Nacken, um der zunehmenden Übelkeit entgegenzuwirken. Ich teilte meinem Gleichgewichtssinn mit, dass mir nichts passieren konnte. Ich schwankte, aber ich würde nicht fallen.

Meinen Oberkörper stützte ich an einer Wand ab. Kalter Schweiß lief von meinem Nacken den Rücken hinunter. Ich spürte, wie sich das kühle Wasser seinen Weg suchte. Die Schweißperlen fuhren Slalom auf der 180 Grad steilen Rückenpartie. Mit zunehmender Strecke erhöhten sie ihre Geschwindigkeit. Das salzige Wasser ging zur Schussfahrt eines Abfahrtslaufs über. Das Ziel war der Bund meiner Hose. Der nächste Tropfen tauchte in den See ein.

Ich fühlte mich kraftlos. Beim Versuch, die Last meines Körpers abzufangen, zitterten meine Beine dermaßen stark, dass die Schlüssel in meiner Hosentasche aneinander schlugen. Um mich herum herrschte Grabesstille. Das Zittern beschränkte sich auf meine Oberschenkel. Meine Unterschenkel fingen die Erschütterungen ab und gaben meinen Füßen Halt. Die Sohlen meiner Turnschuhe federten den Schwächeanfall auf dem grauen PVC-Boden ab.

Ich stand sicher. Mit meinem Gesäß und meinen Händen lehnte ich an der Zimmerwand. Unter meinen Fingerkuppen spürte ich eine kalte und glatte Oberfläche. Offensichtlich war die Wand mit einer abwaschbaren Farbe gestrichen worden. Wichtiger, als die Beschaffenheit des benutzen Farbanstrichs, war in diesem Moment, dass ich festen Halt fand. Dennoch kam ich ins Grübeln.

Wenn die Wand hinter mir abwaschbar war, hatte das einen Grund. Könnte es bedeuten, dass die Wand öfter abgewaschen wurde? Warum musste das getan werden? Und vor allem: Wo war ich?

Langsam öffnete ich meine Augen und schaute nach oben. Wie ich vermutet hatte, stand ich mit dem Rücken an einer Wand. Der Raum war abgedunkelt. Die helle weiße Decke zog meine Augen förmlich an.

Eine Ecke des Raumes war spärlich beleuchtet. Das Licht war nicht heller als der Schein einer Kerze. Trotzdem schmerzte es in meinen Augen. Ich musste bereits seit längerem in mir versunken gewesen sein. Anders konnte ich es mir nicht erklären, dass sich meine Augen mit aller Gewalt gegen das schwache, künstliche Licht wehrten.

„Hallo? Hören Sie mich? Geht es Ihnen nicht gut? Brauchen Sie Hilfe? Hallo?“

Jemand sprach mich an. Ich konnte nicht antworten. Mein Sprachzentrum war nicht im Einklang mit meinen Stimmbändern. Ich unternahm einen kläglichen Versuch mich zu artikulieren.

„Jauuuuammmm...“

Beim Sprechen vermischten sich meine Silben mit meinem Speichel. Ich klang wie ein Kleinkind, das etwas sagen möchte und dabei vergessen hatte, die Finger aus dem Mund zu nehmen.

„Hallo? Können Sie mich hören?!“

Ich neigte mein Haupt und versuchte mich zu konzentrieren. Aus meinem Mund hing ein langer Spuck faden. Ich schien mich aufzulösen. Über meinen Rücken stürzte ein kalter Gebirgsbach ins Tal und überflutete den See.

Meine Augenlider begannen zu zittern. Ich nickte, um mich verständlich zu machen. Plötzlich knallte mir eine Hand schallend ins Gesicht.

„Hallo?!“

„Wir haben einen Notfall in der 78... Bitte dringend um Verstärkung! Zimmer 78. Station 8!“

Ich riss die Augen auf und starrte auf eine Frau. Sie trug einen weißen Kittel, der ihr bleiches Gesicht unnatürlich aussehen ließ. Ich dachte, ich schaute dem Tod ins Auge. Sie dachte vermutlich das Gleiche.

„Jauuuu...okay.“

Mehr brachte ich nicht hervor. Es war ein Lebenszeichen. Nicht mehr und nicht weniger.

„Können Sie stehen bleiben? Der Arzt kommt sofort. Ich hole einen Stuhl. Nicht umfallen!“

Ich taumelte ein wenig. Die weiße Gestalt huschte zur Seite und schnappte sich einen Stuhl der kleinen Sitzgruppe. Sie gab den Blick auf die andere Seite des Raumes frei. Offensichtlich war ich in einem Krankenhauszimmer.

Ein einzelnes Pflegebett stand an der Wand. Meine Vermutung bestätigte sich. Das Bett hatte Rollen, ein Gitter und einen Griff, der helfen sollte, sich im Bett nach oben zu ziehen. In diesem Bett schien jemand zu liegen, der diese Funktion nicht nutzte. Der Griff war drei Mal um die Halterung gewickelt und außer Reichweite für einen liegenden Patienten.

An der Wand gab es kleine Regale und Kästchen. Aus den darin angebrachten Düsen liefen diverse Schläuche in verschiedene Maschinen und Apparate, die um das Bett herum aufgestellt waren. Sie blinkten in auffälligen hellen Farben. Grün und Rot dominierten die Farbpalette. Ein simples Ampelsystem, dass schnell einen Eindruck über die Situation des Patienten geben konnte. Grün für gut und rot für schlecht. Immer wenn das Blinken von vorne begann, wurde es durch einen kurzen Ton ergänzt. Ein Metronom, das den Takt nicht vorgibt, sondern misst. Das Metronom des Todes.

Ich nahm meinen Mut zusammen und blickte weiter nach unten. Das hohe Fußende des Krankenbettes versperrte meine Sicht auf die Matratze. Ein Pflegebett und piepsende Maschinen brachte ich mit einem Menschen in Verbindung. Einem *lebenden* Menschen.

Die Schwester kam zurück.

„Hier, halten Sie sich fest!"

Ich umklammerte die Lehne des Stuhles. Die Neugier gab mir Kraft. Unbeholfen machte ich zwei Schritte nach vorne. Meine Augen blickten über das Fußteil. Unter den weißen Leinen konnte ich eine Bewegung wahrnehmen. Im Gleichschritt mit dem piepsenden Metronom bewegte sich der Brustkorb auf und ab.

„Geht das so?"

Ich ignorierte die Schwester. Der Anblick, der sich mir bot, ließ mich erschaudern. Meine Füße verloren den Halt.

In dem Moment, als es mir den Boden unter den Füßen wegzog, zogen meine Blicke das Betttuch nach unten und legten das Antlitz des Patienten frei. Ich starrte in mein Gesicht.

„Null Linie!!!"

Das Metronom versagte den Dienst. Der Ton ging in eine Endlosschleife über. Ich schloss die Augen.

2

Mein Blick ging ins Leere. Die Pupillen verharrten in ihrer Position. Teilnahmslos lag ich im Bett. Über mir wurde es hektisch. Man riss mir das Krankenhaushemd vom Körper. Eine kalte, schleimige Ladung Gel landete auf meiner Brust. Ich erschrak in meiner Schockstarre. Ich konnte meine Arme nicht bewegen, um mich sauber zu wischen. Sie waren an das Bettgestell gefesselt.

„Zur Seite...und...!“

Sekunden später schlug ein Blitz in meinem Gehirn ein. Es roch verbrannt. Der Blitzschlag hatte sich mit einem Feuerfunken in meinen Synapsen entladen. Mein Kopf stand in Flammen.

„Zur Seite... und... Achtung!“

Beim nächsten Blitzschlag riss ich die Augen auf und warf meinen Oberkörper nach vorne. Die Fesseln stoppten mein Aufbäumen und schleuderten mich zurück auf die Matratze. Ich schrie, als gebe es kein Morgen mehr. Niemand schien mich zu hören.

„Ich glaube, wir haben ihn wieder. Puls?“

„Schwach, aber ist da.“

„Blutdruck?“

„80 zu 50. Schwach, aber stabil.“

„Gute Arbeit. Dann bitte einmal frisch machen und zwei Infusionen, mit dem üblichen Mix.“

Sanft bettete man meinen Kopf auf dem Kissen und streichelte mir über den nassen Kopf. Der lebensrettende Blitzeinschlag hatte einen Schweißausbruch ausgelöst.

„Das wird wieder. Ruhen Sie sich aus.“

Meine Haare fühlten sich klebrig an. Die Streicheleinheiten wirkten gespielt. Finger in stinkigen

Latex Handschuhen fuhren durch meine Haare. Zum Glück waren meine Haare nicht den Flammen zum Opfer gefallen.

Der Brandgeruch war nach wie vor da. Er kam von meiner Brust. Das glibberige Gel wurde mit rauen Papierhandtüchern weggewischt. Dabei lief es schmerzend über zwei tiefrote Abdrücke auf meiner Brust. Die beiden Schocks hatten mehr Schaden angerichtet als ein überhitztes Dampfbügeleisen auf einem weißen Hemd.

„Können Sie ein wenig hochkommen? Wir müssen Ihnen ein frisches Hemd anziehen."

Langsam kam ich zu mir und konnte klar denken. Das Hemd war hinten offen. Warum sollte ich dabei helfen? Es müsste doch ohne meine Hilfe möglich sein. Mein Bewegungsapparat schien stärker eingeschränkt zu sein, als es mir bewusst war. Die Erinnerungen kamen nicht zurück. Lediglich die Erinnerung, dass etwas mit mir passiert war, klopfte an die Tür und versuchte mich darauf aufmerksam zu machen, dass ich wach bleiben sollte. Ich seufzte und ließ meinen Gefühlen freien Lauf. Plätschernd füllte sich der Beutel mit Pisse, der an meinem Bettgestell befestigt war.

„Das wird Ihnen guttun. Schlafen Sie weiter."

Mittlerweile hatte sie mich neu angekleidet. Die Krankenschwester, die mir den Stuhl gebracht hatte, griff mit der linken Hand an die Infusion, die auf dem roll baren Ständer neben meinem Bett aufgezogen war. Mit der rechten Hand drückte sie die Spritze nach unten. Bevor sie die Nadel wieder herausgezogen hatte, war ich im Land der Träume angekommen.

Das dachten zumindest alle Anwesenden!

3

„Lange hält er das nicht mehr aus. Der Körper baut ab.“

„Ja. Ich habe auch wenig Hoffnung, dass er wieder zu sich kommt, wenn das so weiter geht. Wir brauchen dringend eine neue Idee, eine...“

Die Tür fiel ins Schloss. Ich blieb allein zurück. Allein mit meinen Gedanken. Allein im Bett. Allein mit dem Wahnsinn, der um mich herum passierte.

„Was meinen Sie, Kollegin Bennington? Wie schätzen Sie seinen Zustand ein?“

Arlette Bennington nippte an ihrer Tasse. Leichter Dampf schwebte vor ihrem Gesicht nach oben. Die junge Ärztin wirkte konzentriert. Sie sah aus wie Anfang zwanzig. Ihre Haut war makellos. Keine Falten. Ihre Mimik wirkte eingeschlafen. Ein Lachen kam der jungen Frau fast nie über die Lippen. Fokussiert wäre eine freundliche Beschreibung für ihren Gesichtsausdruck. ´Emotionslos und apathisch` beschrieben es besser.

Nachdem sie die Assistenzstelle angetreten hatte, gelang es ihr schnell, sich einen guten Namen in der Klinik zu machen. Ihr Fachwissen war das eine. Ihre intuitiv richtig gestellten Diagnosen und schnellen Entscheidungen das andere. Diese hatten vielen Patienten das Leben gerettet.

Gerettet im medizinischen Sinne, wie Arlette es mit ihrer leicht misanthropischen Art formulierte: *Das Leben verlängert, bis der nächste Kollaps vor der Tür stand*. *Ein Leben retten* klang ihr zu sehr nach Unendlichkeit und einem Wunder. Auch wenn Arlette wunderschön war, war sie keine Heilige.

„Ich mache mir Sorgen. Ich dachte, wir würden ihn verlieren. Die Medikation ist sehr stark. Die Nieren werden das nicht mehr lange durchhalten.“

Die junge Ärztin nahm einen kräftigen Schluck Tee und sorgte dafür, dass ihre Nieren das bekamen, was sie zum Arbeiten brauchten: Flüssigkeit. Jede Menge Flüssigkeit, um die Giftstoffe aus dem Körper zu spülen.

„Ja. Das ist das größte Problem zurzeit. Ich lasse nachher noch einmal Blut abnehmen. Dann wissen wir Genaueres."

Dr. Thomas Klaus sprach gelassen in die kleine Runde. Er war das Gegenteil von Arlette. Der alte Gegenpol, der der emotionslosen Ärztin auf dem Nordpol entgegenwirkte und mit seinem Humor die Sonne im Süden scheinen ließ. Aktuell war keine Zeit für Scherze und flapsige Bemerkungen.

Der Patient in Zimmer 78 wäre vor einer halben Stunde um ein Haar auf die andere Seite gegangen. Hinüber ins Reich der Toten. Für ihn wäre es eine Erlösung gewesen. Seine Meinung und sein Empfinden spielten keine Rolle. Die Fäden wurden von jemandem gezogen, der im Ärzteteam unbekannt war.

„Dann warten wir auf das Labor?", fragte Arlette. Sie spülte die Tasse mit warmem Wasser aus und stellte sie kopfüber auf die Spüle der Küche. Die Teeküche war der Aufenthaltsraum der Schwestern und Ärzte. Die Ärzte nutzten die Räumlichkeit oftmals für spontane Unterredungen.

„Ich schicke eine Schwester wegen dem Blut. Morgen sehen wir weiter. Es ist verdammt spät. Für mich ist für heute Feierabend."

Dr. Thomas Klaus schaute auf seine teure Armbanduhr und verabschiedete sich in den Feierabend. Seine Schicht war lange beendet, als es zum Zwischenfall im Zimmer 78 gekommen war. Zu diesem Zeitpunkt hatte er einen Unfallpatienten auf dem OP-Tisch liegen, der seinen Feierabend um zwei Stunden verkürzt hatte. Es war eine Selbstverständlichkeit, das Leben zu verlängern und die Verkürzung des Feierabends nicht zu erwähnen.

Der Patient konnte gerettet werden. Bedauerlicherweise nicht zu hundert Prozent. Das morgige Erwachen würde ein böses sein. Dr. Klaus musste das rechte Bein des Mannes amputieren und Adern und Gefäße für lebenserhaltende Maßnahmen verpflanzen.

„Schönen Feierabend. Ich schreibe noch ein paar Berichte zu Ende. Bis morgen."

Arlette verließ den Gang in Richtung Treppenhaus. Sie benutzte die entgegengesetzte Richtung zu Dr. Klaus. Er nahm den Fahrstuhl, während die sportliche Kollegin die Stufen als willkommenes Workout nutzte.

Kurze Zeit später wurde das Licht im Flur der Station 8 gedimmt. Es war 22:00 Uhr.

Für die hier untergebrachten Patienten begann die Nachtruhe, die sie bereits den ganzen Tag hatten.

4

-Arlette Bennington. Fachärztin für Innere Medizin-

Neben der Tür ihres Büros war ein kleines Schild angebracht. Der Name der jungen Ärztin klang, wie sie aussah. Nach einer Frau, die aufgrund ihrer Ausstrahlung auch eine Karriere als Model in Betracht ziehen könnte. Oder gekonnt hätte. Mittlerweile war sie dafür zu alt. Sie war keine Schönheit im klassischen Sinne. Dazu wirkte sie zu herb, zu unnahbar und zu abweisend. Es brauchte mehr als einen zweiten Eindruck, um hinter die Fassade zu schauen, die sie als Schutzschild um sich aufgebaut hatte. Im Krankenhaus spielte das Äußere keine Rolle. Ton in Ton mit den weißen Wänden der Klinik, lief sie in ihrer Berufsbekleidung über die Flure. Unscheinbar, Eins mit der tristen Umwelt. Dennoch drehten sich die Männer nach ihr um.

Im Büro brannte Licht. Der Computer war im Stand-by Modus. Arlette nahm auf ihrem ergonomischen Sitzball Platz und weckte den Rechner aus seiner Ruhephase. Mit ein paar Klicks fand sie die digitale Akte des Patienten aus Zimmer 78.

„Da bist Du ja, ´Ernesto`. Wer hat Dir diesen Namen gegeben?“

Bei ´Ernesto` handelte es sich nicht um den richtigen Namen des komatösen Patienten. Dass es sich bei ihm nicht um einen gebürtigen Italiener handelte, konnte jedes Kind sehen. Der Name ´John Doe` war in der Medizin für nicht identifizierte Leichen reserviert. Ernesto lebte. Noch.

Seine Identität war unbekannt. Natürlich ist es für einen Arzt immer von Vorteil, wenn man das Umfeld, die Biografie des Patienten kennt. Oftmals liefert diese Hinweise auf mögliche Ursachen für Erkrankungen. Ernesto wurde als Ernesto eingeliefert. Stumm wie ein Fisch und fast genauso glitschig und kalt.

Er wurde auf der Straße gefunden. Genauer gesagt im Straßengraben. Bei strömendem Regen. Ein Spaziergänger hatte ihn bemerkt und sofort den Notarzt gerufen. Nach einer kurzen Stabilisierung vor Ort, hatte ihn ein Rettungswagen in die Klinik eingeliefert. Die Klamotten des unbekannten Patienten waren durchnässt. Seine Körpertemperatur war bereits auf lebensbedrohliche 34 Grad herunter gekühlt. Er war kurz davor, als John Doe das Haus wieder zu verlassen. Das Ärzteteam hatte in einer stundenlangen Operation das Leben von Ernesto verlängert.

Arlette hatte an diesem Tag frei. Sie lernte den Mann mit dem italienischen Namen erst einen Tag später kennen, als sie bei der Visite auf der Intensivstation zugegen war.

„Hier liegt unser Neuzugang: Männlich, Ende 50, 1,85 Meter groß, 100 Kilo, Europäer. Mehr Informationen haben wir nicht. Er hatte keine Papiere bei sich, als er gefunden wurde. Welche Nationalität er hat, ist unklar. Aufgrund der gebräunten Haut könnte es sich um einen Südländer handeln. Es kann aber auch jemand sein, der viel im Freien arbeitet. Er hat einige Tätowierungen am Körper, die zum Teil durch die Operationsnarben zerstört wurden. Wie gesagt, wir wissen nichts. Der Mann wurde durch einen Notarzt behandelt und dann zu uns in die Klinik gebracht. Äußere Verletzungen gab es keine. Keine nennenswerten, außer einer Platzwunde auf der Stirn. Die inneren Blutungen haben wir durch die Operation stoppen können. Fürs Erste. Was die Ursache dafür war, ist noch nicht geklärt. Es laufen diverse Screenings und Analysen. Fakt ist, er hatte Glück. Viel Glück. Fragen?“

„Ist er ansprechbar? Hat er etwas gesagt?“ Arlette war die erste, die das Wort ergriff.

„Nein. Das habe ich vergessen zu erwähnen, Frau Kollegin. Der Mann wurde bewusstlos in einem Straßengraben gefunden. Der Hund eines Spaziergängers hatte ihn in der Dunkelheit entdeckt. Der Mann kontaktierte den Notruf und legte unseren Patienten in die stabile Seitenlage. Ohne den Anruf und das besonnene Handeln, wäre jede Hilfe zu spät gekommen. Als der Notarzt vor Ort war, fehlte vom Hilfeleistenden jede Spur. In der Ferne hörten die Kollegen das Bellen eines Hundes. Das kann in dieser ländlichen Gegend auch ein Hund gewesen sein, der durch die Sirenen angeschlagen hatte.“

Dr. Thomas Klaus schaute in die Runde. Keiner der anderen anwesenden Kollegen hatte Fragen.

„Gut. Dic Medikation bleibt bis auf Weiteres unverändert. Wir gehen weiter.“ Auf dem Weg zur Tür drehte sich der Arzt noch einmal zum Pflegepersonal um.

„Über jede Veränderung des Zustands wünsche ich unmittelbar informiert zu werden!“

„Ja, Herr Doktor.“

„Schönen Tag.“

An viel mehr erinnerte sich Arlette nicht mehr. Sie hatte sich das Wichtigste notiert. Niemand konnte ahnen, dass es sich bei dem neuen Patienten um den aufregendsten Fall ihrer noch jungen Karriere handeln sollte.

Nach einigen Untersuchungen hatte sich die Krankenakte gefüllt. Arlette ergänzte den heutigen Vorfall. Sie konnte sich keinen Reim darauf machen. Die Symptome ergaben keinen Sinn. Die Behandlung schien nicht anzuschlagen. Das Ärzteteam war ratlos.

Arlette beendete ihre medizinischen Aufzeichnungen. Neben der offiziellen Krankenakte hatte sie sich eine kleine Akte mit diversen Post-it Notizen angelegt. Der Computer hatte die nützlichen kleinen Helfer aus der handschriftlichen Praxis adaptiert. In bunten Farben tauchten die Notizen auf dem Bildschirm auf.

Auf hellblauem Hintergrund stand:

„Hautfarbe?“

„Diverse Tattoos... Wo? Bedeutung? Clan? Mafia?“

Die nächsten Gedanken hatte sie auf einem roten Zettel vermerkt:

„Gepflegte Hände.“

„Sprache?“

Sie notierte sich Dinge, die ihr spontan einfielen. Die Medizin war nichts, ohne Hinweise auf äußere Umstände. Jetzt ergänzte sie einen Aspekt, der sie während der Visite irritiert hatte. Sie hatte lange in die Augen des Patienten geschaut. Sie lebten. Der Körper schien sich zu ergeben und drohte zu zerfallen. Der Kopf war wach. Dessen war sie sich sicher.

Eine kritische Tatsache, die bei Ernesto psychische Probleme auslösen könnte, wenn er sich bewusstwurde, dass er lebendig gefangen war.

Als sie zusammen mit den Kollegen das Krankenzimmer verließ, drehte Arlette sich um. Sie dachte, jemand hatte ihr nachgeschaut. Sie notierte sich etwas auf einem hellgrünen Post-it Sticker.

„Wir hatten Blickkontakt!“

5

In der Tiefgarage roch es unangenehm. Der Geruch von Auspuffgasen und abgestandener Luft vertrieb den Sauerstoff aus der Garage im Untergeschoss. Dr. Thomas Klaus musste husten. Er hatte den Aufzug nach unten genommen. Aus Bequemlichkeit und weil er es immer tat.

Die Zentralverriegelung des Mercedes öffnete sich mit einem kurzen Piepen. Ein zweifaches Aufflackern der orangefarbenen Blinklichter begleitete den Entriegelungsvorgang.

Dr. Klaus öffnete die Hintertür der Fahrerseite und legte seinen Aktenkoffer auf den Rücksitz. Dann zog er seinen Mantel aus und legte diesen ordentlich neben den schwarzen Koffer. Er schloss die Tür und stieg ein. Die hellbraune Lederausstattung der Luxuskarosse wirkte beruhigend auf den gestressten und übermüdeten Arzt. Mit einem Knopfdruck startete der V8 Motor und blubberte im Leerlauf vor sich hin. Die Klimaanlage sprang an, der Gurthalter fuhr nach vorne und das Radio spielte einen Song vom Smartphone des Arztes, das sich automatisch über Bluetooth verbunden hatte.

´Diesen Luxus habe ich mir verdient`, sprach der Art zu sich selbst.

Der Wagen war nagelneu. Im Innenraum roch es nach Kleber und Reinigungsmitteln. Dr. Klaus löste die Handbremse und trat aufs Gas. Der Wagen glitt wie auf Schienen über den Beton der Tiefgarage. Das Gewicht und die Größe der S-Klasse erinnerten mehr an einen Tanker, der über das Meer schipperte. Die Ampel an der Ausfahrt stand auf Grün. Ohne abzubremsen, fuhr der Arzt den Wagen aus der Garage. Vor der Klinik war um diese Zeit wenig los. Dr. Thomas Klaus reihte sich in den fließenden Verkehr ein.

Die modernen Xenon-Scheinwerfer mit adaptivem Kurvenlicht erleuchteten den Asphalt. Man konnte jeden noch so kleinen Stein sehen. Spüren konnte man die Unebenheiten nicht. Das Federwerk des Wagens balancierte über den Straßenbelag und glich jedes Ruckeln und jede Schieflage sofort aus. Ein Trapezkünstler hätte das Fahrzeug um diese Fähigkeit beneidet.

„Ja, bitte?!"

Ein Anruf stoppte die Musik aus den Lautsprecherboxen des Autos. Dr. Klaus nahm den Anruf über die integrierte Freisprecheinrichtung entgegen.

„Ja, dem geht es gut. Den Umständen entsprechend gut. Ja… Mmh. Ich weiß… Ja. Das ist klar... Versprochen... Gute Nacht."

Der Arzt kratze sich nachdenklich am Kopf. Mit der rechten Hand steuerte er den Wagen durch die Nacht und grübelte.

Hätte er sich besser nicht auf den Deal eingelassen?!

Zwanzig Minuten später war er zu Hause angekommen. Er parkte den Benz auf dem gepflasterten Grundstück vor seiner Garage und stieg aus. Ein lauter Knall hallte durch die Nacht und ließ ihn zusammenzucken. Er hatte die Tür des Wagens zu fest zugeschlagen. Kopfschüttelnd lief der Arzt zum Haus und schloss die Tür auf.

6

Die Tür zum Zimmer 78 öffnete sich. Eine Krankenschwester trat ein. In der Hand hatte sie eine Pappschale, in der sie mehrere kleine Röhrchen, Schläuche, Pflaster und Nadeln transportierte. Sie gab der Tür einen Stoß mit dem Schuh. Die Tür knallte lauter ins Schloss, als es nötig war.

´Der hört sowieso nichts!`, dachte sich Schwester Britta und stellte ihre Utensilien auf dem Nachttisch ab.

Dort, wo gewöhnlich die Patienten ihre privaten Dinge aufbewahrten, herrschte gähnende Leere. Ernesto hatte man bekleidet aufgefunden. Die Taschen seiner Kleidungsstücke waren leer gewesen. Besuch hatte er bis heute keinen gehabt. Da der Patient seit der Operation nicht mehr bei Bewusstsein gewesen war, war sein Nachttisch nicht mehr als ein krankenhaus-typisches Ausstattungsmöbel. Britta beugte sich nach vorne und sprach den Patienten an.

„Wie geht es Ihnen? Ich weiß, dass Sie mich nicht hören können, aber man sagt, es hilft den Patienten dennoch, wenn man mit ihnen spricht.“ Sie streichelte ihm über das fettige Haar und fuhr fort.

„Ich nehme Ihnen etwas Blut ab. Welchen Arm nehmen wir denn?“

Die junge Schwester zog die Decke nach unten. Beide Arme lagen regungslos neben dem Patienten auf dem weißen Laken. In der rechten Armbeuge steckte die Nadel der Infusion. Um die Handgelenke lagen enge graue Lederschlaufen, die Ernesto fixierten.

„Dann nehmen wir den linken", schmunzelte Britta, nachdem sie feststellte, dass sie auch ohne das Aufdecken der Arme hätte sehen müssen, in welchen Arm die Infusion ihre Flüssigkeit laufen ließ. Sie schnürte den Arm mit einer vier Zentimeter breiten Textilschlaufe ab, schlug kurz auf die Innenseite der Armbeuge und stach die Nadel in die Ader. Der kleine Schlauch füllte ein Röhrchen nach dem anderen mit frischem Blut.

„So, das wars. Hat es weh getan?" Britta drehte sich um und legte ihre Utensilien auf den Nachttisch. Sie lachte über ihren kleinen Scherz. Plötzlich blieb ihr das Herz stehen. Sie riss die Augen auf.

Hatte Ernesto sie angefasst? Hielt er sie am Kittel fest? Panisch trat sie einen Schritt nach vorne und drehte sich ruckartig um.

Regungslos lag Ernesto in seinem Bett und starrte an die Decke. Britta starrte auf das Bett. Erleichtert nahm sie den kleinen Fetzen Stoff an sich, den sie sich aus dem Schwesternkittel gerissen hatte. Ohne es zu bemerken, hatte sie sich am Gitter des Bettes verhakt. Erleichtert verabschiedete sie sich von ihrem Patienten.

„Gute Nacht und schöne Träume". Britta schloss die Tür von außen.

Das gehauchte *„Danke"* verhallte im Zimmer.

„Danke"

Mehr als ein Hauchen kam nicht über meine Lippen. Die Schwester war aus der Tür, als ich meine Gedanken in Worte fassen konnte und sie aussprach. Zu spät.

Meine Handlungen waren noch nicht im Einklang mit meinen Gedanken. Mein Gehirn arbeitete zu langsam. Die Koordination der Extremitäten und meiner Muskeln war nicht gegeben. Mit Medikamenten angereicherte Flüssigkeit lief literweise in meine Adern. Was die

Schmerzen beruhigte, legte mich lahm. Meine Sinne waren zu stark betäubt, um mir das Reden zu ermöglichen.

Schwester Britta konnte mir nicht helfen. Ein Lebenszeichen würde mit Sicherheit dafür sorgen, dass man mir mehr Aufmerksamkeit schenkte. Vielleicht war es besser so. Ich war mir noch nicht sicher, wem ich trauen konnte. Die Schwester war jung und naiv. Sie würde mir nicht weiterhelfen können. Dessen war ich mir sicher. Sie machte Dienst nach Vorschrift.

Das Sagen hatten andere. Der alte Arzt war der, der die Strippen zog. Er hatte das Kommando. Seit ich ihm das erste Mal in die Augen geschaut hatte, wusste ich, dass ich ihn kannte. Er hatte mich operiert. Das konnte ich mir zusammenreimen. Zu mehr Erkenntnis war ich noch nicht gelangt.

Bei der ersten Visite nach der Operation schaute er mir in die Augen. Er wirkte erschrocken, als er bemerkte, dass ich wusste, dass wir eine gemeinsame Vergangenheit hatten. Dieser Gesichtsausdruck kam mir des Öfteren vor mein geistiges Auge und bestätigte meine Theorie. Seinen Kollegen hatte er diese Erkenntnis verschwiegen. Wenn er von mir sprach, geschah das emotionslos. Er betitelte mich als den „Patienten aus Zimmer 78“.

Die Kollegen sprachen ihn mit „Dr. Klaus“ an. Sein Name weckte keine Erinnerungen. Er wusste mehr, als er seinen Kollegen über mich und meinen Zustand mitteilte. Das Schlimmste war, dass er mehr über mich wusste als ich selbst. Ich wusste nicht einmal, wie ich hier gelandet war und wie lange ich bereits in diesem Bett vor mich hinvegetierte.

Ich hatte das Zimmer mit meiner begrenzten Wahrnehmung auf Hinweise abgesucht. Da ich auf dem Rücken lag und mein Kopf nicht hoch gelagert wurde, war mein Sichtfeld stark eingeschränkt. In dieser Position war es mir nicht möglich, eine Uhr oder vielleicht sogar eine Datumsanzeige zu finden. Falls es so etwas hier gab.

Die medizinischen Geräte, die neben mir standen, waren auf der Höhe meines Kopfes und hinter mir aufgestellt. Sie wurden mit Sicherheit zeitlich programmiert und hatten in ihren Displays auch eine Datums- und Uhrzeitanzeige. Zur Überwachung und Aufzeichnung meines Zustandes wäre das wichtig. Ich konnte meinen Kopf nicht drehen und blieb zeitlich ohne Orientierung.

Abends wurde es auf der Station dunkel. Ich döste tagsüber oft ein. Nach dem Aufwachen wusste ich nicht, wie lange ich geschlafen hatte. Ich konnte nur raten seit wann mein Martyrium andauerte. Mittlerweile hatte ich einige Ärzte an mein Bett kommen und gehen sehen. Wenn es sich dabei um die täglichen Visiten handelte, schätzte ich meine ungewollte Anwesenheit auf eine Woche.

Ich hatte Schmerzen. Mir tat der Rücken weh. Die Matratze des medizinischen Bettes war sehr weich. Ohne fremde Hilfe war ich nicht in der Lage, mich zu drehen. Selbstverständlich lagerten mich die Krankenschwestern in regelmäßigen Abständen um. Sie mussten vermeiden, dass sich mein Fleisch wund liegen würde und sich entzündete.

Seit der Schockbehandlung lag ich auf dem Rücken. Meine Haut brannte wie ein Steak, das man zu lange auf einer Seite angebraten hatte. Den Rest der Nacht würde ich in dieser Position verbringen müssen. Der Gedanke daran machte mich nervös. Eine Armee Ameisen wanderte über meinen Rücken. Ich wollte mich bewegen, konnte es aber nicht. Meine Muskeln waren taub. Meine Nerven waren wach und schickten den Juckreiz in mein Gehirn.

Ich hätte schreien können. Auch das gelang mir nicht. Ich streckte meine Beine aus und versuchte, mich mit den Zehen an der Unterseite des Bettes abzudrücken. Wenn ich nur zwei oder drei Zentimeter nach oben rutschen könnte. Das würde mir schon ausreichen, um die Ameisen abzuschütteln. Der große Zeh spürte einen Widerstand. Reichte das aus?

Ich spannte meine Oberschenkel an und versuchte, die Muskeln zu mobilisieren. Ich nahm meine ganze Kraft zusammen und stieß mich ab, wie ich es beim Rückenschwimmen in der Schule gelernt hatte. Der Gedanke an das kühle Nass tat gut. Ich schaffte die gewünschte Bewegung und streifte meinen Rücken über das weiße Laken. Was für eine Wohltat.

Völlig erschöpft schlief ich ein paar Minuten später ein und begann zu träumen.

7

Blaue und weiße Blitze schossen über meinem Kopf durch die Nacht und stürzten auf mich herab. Ich spürte nichts. Von Weitem hörte ich ein Martinshorn, laute Geräusche und hektisch gesprochene Wortfetzen. Alles um mich herum war in Panik. Offensichtlich war die Hölle ausgebrochen. Der Grund dafür war ich.

Ich erinnerte mich daran, wie die Feuchtigkeit langsam meine Kleidung durchnässte und ich anfing zu frieren. Mir wurde von Minute zu Minute kälter. Meine Lippen bibberten und meine Zähne klapperten laut aufeinander. Ich schmeckte Blut in meinem Mund. Mein Kopf blutete stark. Die Stofffetzen meiner Kleidung klebten auf meiner Haut und bildeten eine Hülle. Eine Schutzhülle, als würde man mich mit Verbänden zusammenhalten oder zur Mumifizierung vorbereiten. Das Gefühl der Kälte war auszuhalten. Dass alles um mich herum enger wurde, missfiel mir dafür umso mehr. Ich konnte mich nicht bewegen und mich nicht artikulieren. Ich wurde panisch.

„Bei drei: Eins, zwei, drei!"

Mein Körper schwebte durch die Luft und landete unsanft auf einer harten Trage. Ich riss die Augen auf, um meine Sicht zu schärfen. Vergebens. Direkt über meinem Kopf wartete eine Maske aus Kunststoff darauf, mein Gesicht zu bedecken.

„Sauerstoff!"

„Läuft." Mehr als ein säuselndes *pfffffffff* konnte ich in dem Moment nicht mehr hören. Mir wurde eine transparente Hülle aus Kunststoff aufs Gesicht gepresst. Ich hatte Angst, ich müsste ersticken. Das Atmen fiel mehr schwer.

„Er kollabiert!"

Ein paar Sekunden später wurde ich ohnmächtig. Ich ging auf die dunkle Seite und stand dem Sonnentod gegenüber. Er schien mich zu ignorieren und sprach durch mich hindurch. Ich stand in der ersten Reihe und wartete darauf, dass er mich an die Hand nahm und mir meinen zukünftigen Platz zeigte. Ich streckte meine Hand aus...

„Da ist er wieder! Ich habe ihn. Sein Händedruck ist kräftig!"

Ich war zurück bei den Lebenden. Eine medizinische Definition meines Zustands, der wenig aussagekräftig war. Ich selbst konnte nicht einschätzen, wie es mir ging. Ich spürte rein gar nichts.

„Wir sind auf dem Weg in die Klinik."

Ich dämmerte vor mich hin. Über mir strahlte helles Licht. Ich lag in einem Rettungswagen und wurde mit Höchstgeschwindigkeit transportiert. *In die Klinik* hatte ich verstanden.

Welche Klinik? Was war passiert?

Fragen konnte ich nicht. Kühle Luft blies über meinen Mund in die Nase. Sauerstoff vermutete ich. Ich hatte nicht versucht, mich verständlich zu machen oder sogar etwas zu sagen. Ich vermutete, dass es möglich war.

Im Halbschlaf spürte ich Erschütterungen. Der Krankenwagen raste über eine holprige Landstraße. Draußen war es dunkel. Nach einer Weile näherten wir uns einer Stadt. Straßenbeleuchtungen und Reklame erhellten den Weg.

„RTW 39 bitte kommen."

Der Fahrer wurde über Funk angesprochen.

„RTW 39 hört?"

„Kollegen, hier ist die Klinik-Notruf-Zentrale."

„Wir hören."

„Bitte benutzen Sie die Einfahrt zur Notaufnahme Nr. 2. Ich wiederhole: Notaufnahme Nr. 2!"

„Positiv."

„Over and out."

Der Wagen fuhr mit hoher Geschwindigkeit auf das Klinikgelände. Nachdem er abgebremst hatte, nahm der Fahrer eine Linkskurve und parkte den RTW unter dem Dach des Eingangs.

Die Türen wurden aufgerissen.

„Ist er das? Der OP ist vorbereitet!"

„Ja, hier die ersten Befunde. Medikation wie folgt..."

Mehr hörte ich nicht mehr.

Auf einer Bahre schob man mich durch die Flure der Klinik. Ich starrte an die Decke. Die Neonröhren der Deckenlampen strahlten mich an. Sie kamen und gingen im Sekundentakt. Mein Kopf lag in einer harten Plastikschale und versuchte, das Geschaukel so gut es ging abzufedern. Vergeblich. Nach ein paar Kurven nach links und rechts, war ich kurz davor, mich zu übergeben. Ich riss meinen Mund auf.

„Er erstickt!"

Der Sanitäter, der an der Kopfseite der Bahre das Tempo vorgab, schrie mir hysterisch in die Ohren. Der transparente Kunststoff der Maske färbte sich dunkelrot. Ich schmeckte das Eisen meines Blutes, das mir aus dem Mund schoss.

8

Dr. Thomas Klaus lief über den breiten Weg auf sein Haus zu. Von Weitem hörte er ein Bellen. Gonzo war aufgewacht, nachdem er den Wagen gehört hatte. Dr. Klaus hatte die S-Klasse erst seit kurzer Zeit. Der Hund konnte die Geräusche des neuen Fahrzeugs noch nicht mit ihm in Verbindung bringen. Den in die Jahre gekommenen Saab Kombi seines Herrchens, erkannte er sofort. Schließlich fuhren die beiden damit fast täglich in die angrenzenden Wälder.

Seit zwei Jahren lebte Dr. Klaus außerhalb der Großstadt Köln. Er war sehr lange auf der Suche nach einem neuen Haus und wurde schließlich auf dem Land fündig. In Kerpen. Der Stadt, die jeder Formel Eins Fan kennt.

Bis auf einen kurzen Abstecher auf der Kartbahn von Michael Schumacher, war ihm die kleine Stadt westlich von Köln nie einen Besuch wert gewesen. Es lag nicht an der Kartbahn, dass er über die A4 nach Kerpen fuhr, sondern an der Einladung zu einem sechzigsten Geburtstag eines geschätzten Kollegen. Dieser hatte das italienische Restaurant im Gebäude der Rennbahn für seine Feier angemietet. Auf der Hinfahrt wunderte sich Dr. Klaus, dass man für die Strecke nicht einmal zwanzig Minuten bis nach Kerpen benötigte.

Als er zu seinen Suchkriterien in den Immobilienanzeigen einen Treffer geschickt bekam, störte es ihn nicht, dass Kerpen nicht ganz oben auf seiner Wunschliste stand. Die Anzahl der Zimmer, die Fußbodenheizung, die gewünschte Wohnfläche, ein Kamin, zwei Bäder, eine Doppelgarage, ein Pool im Keller, ein Pool im Freien, Sauna. Viel mehr ging nicht. Das Haus aus den 80er Jahren sah auf den Bildern perfekt aus. Vor allem das Flachdach gefiel dem Arzt. Der Preis lag bei 750.000 Euro. Selbst ohne zu verhandeln, war es ein Schnäppchen.

Schnell waren sich Dr. Klaus und der Verkäufer bzw. dessen Makler vor Ort einig. Dieter Brinkmann war ein älterer Herr. Er kannte fast jedes Haus der Siedlung. Nachdem die Häuser gebaut wurden, ging der gesamte Verkauf der Immobilien über seinen Schreibtisch. Er musste ein Vermögen verdient habe. Der Eigentümer ließ sich nie blicken. Er lebte den Großteil des Jahres in Italien und genoss „la dolce vita", wie Herr Brinkmann bei der ersten Besichtigung erzählte.

„Na, der hat es wohl geschafft...", schmunzelte Dr. Klaus, nachdem er die Geschichte gehört hatte.

„Sie sind doch auf dem besten Weg, Herr Doktor. Dann sind wir uns einig, ja?" Brinkmann streckte ihm die Hand entgegen.

Sie schlossen den Deal mit einem Handschlag.

„Ja, das sind wir. Und bitte…Lassen Sie den Doktor weg. Herr Klaus reicht völlig."

Dr. Klaus steckte den Schlüssel ins Schlüsselloch und war dabei, die Haustür zu öffnen, als er ein Geräusch aus dem Garten hörte. Er zögerte. Da war es wieder.

„Hallo?! Ist da jemand?", rief er und schaute um die Ecke. Er umklammerte den Schlüssel mit seiner rechten Hand. Gonzo rannte zum bodentiefen

Wohnzimmerfenster und bellte aufgeregt. Dr. Klaus starrte in den dunklen Garten und rief erneut:

„Hallo? Kommen Sie doch bitte raus." Keine Antwort.

Vielleicht hatte er sich getäuscht und das Geräusch kam vom Nachbargrundstück? Der Anruf auf der Rückfahrt hatte ihn nervös gemacht. Er hatte noch eine Weile gegrübelt.

„Gonzo, mein Freund. Komm raus."

Mit einem Satz sprang der große Hund aus der Tür und rannte durch den Garten. Dr. Klaus ging hinein und hängte seinen Mantel an die Garderobe. Gleich daneben befand sich das Büro. Hier stellte er seinen Koffer ab. Durch einen Druck auf die Fernbedienung fuhren die Lamellen der Rollläden nach unten.

„Gonzo, komm rein!"

Gonzo hatte seine Kontrollrunde im Garten beendet und rannte, ohne zu murren ins Haus.

Auf seinen Hinterläufen saß der Hund vor ihm. Für seine breite schwarze Brust hatte die Natur ihm ein weißes Kreuz geschenkt. Rasse typisch für einen Cane Corso. Die Hunderasse, die von der italienischen Mafia zum Geld eintreiben benutzt wurde und sich prächtig als Familienhund eignete. Der Hund brauchte Grenzen und Kontrolle. Seine Größe und sein Gewicht machten ihn zu einer Kampfmaschine oder zu einem treuen und furchtlosen Begleiter.

„Braver Junge. Ist alles in Ordnung? Ja?"

Mit der rhetorischen Frage beruhigte sich der nervöse Arzt. Wenn jemand im Garten gewesen wäre, hatte Gonzo ihn vertrieben.

Nachdem Dr. Klaus mit diesem Haus seinen neuen Lebensmittelpunkt gefunden hatte, zog Gonzo bei ihm ein. Als Welpe nahm ich er ihn bei sich auf. Bald feierte er seinen zweiten Geburtstag.

Dr. Klaus schloss die Haustür ab und ging in die Küche. Gonzo lief hinter ihm her und machte es sich in seinem Hundekorb bequem. Er gähnte.

„Ja, ich bin auch müde", sagte Dr. Klaus. Er holte sich eine Flasche Bier aus dem Kühlschrank und trank einen Schluck. Er nahm die Flasche mit ins Wohnzimmer und setzte sich auf die Ledercouch. Die Füße legte er auf den Couchtisch. Er schaltete den Fernseher an und blieb bei einer alten Krimi Folge hängen. Nachdem er das Bier ausgetrunken hatte, stellte er die Flasche weg und ging ins Bad.

Fünfzehn Minuten später lag er im Bett und schlief ein.

9

Es war bewölkt. Mit großer Mühe schob die Sonne ihre Strahlen durch den grauen Himmel. Sehr langsam ging die Temperatur in die Höhe.

Arlette fuhr auf ihrem Mountainbike und genoss die frische Luft im Kölner Stadtwald. Die Hektik durch den unerwarteten Notfall, riss die junge Ärztin aus ihrem Rhythmus. Ihr zurückliegender Nachtdienst war anstrengend. Meistens verliefen die Dienste ruhig und die Patienten schliefen bis zum nächsten Morgen. Wirkliche Notfälle lagen zurzeit nicht auf ihrer Station.

Ihre Station war die *Station 8*. Innere Medizin. Sie lag im zweiten Obergeschoss des neuen Teils der Klinik. Kurz bevor Arlette ihren Dienst angetreten hatte, wurde der neue Anbau in Betrieb genommen. Die Stadt Köln war der Bauträger und dementsprechend groß waren die Feierlichkeiten zur Eröffnung des hochmodernen Krankenhaustraktes.

Arlette war bei dieser Feier ebenfalls anwesend. Sie arbeitete offiziell noch nicht in der Klinik, aber ihr direkter Vorgesetzter Dr. Thomas Klaus hatte sie zu diesem Event eingeladen.

„Frau Kollegin, da verpassen Sie etwas, wenn Sie nicht kommen. Ich bitte Sie..."

„Ich werde sehen, was ich machen kann. Danke für die Einladung."

Feierlichkeiten waren nicht ihr Ding. Sie ließen sich nicht immer vermeiden. Die Ansprachen der Klinikleitung, der Politik und etlicher Kölner Prominenten zogen sich in die Länge. Arlette rutschte nervös auf ihrem Stuhl hin und her. Sie trug einen hellblauen, enganliegenden Hosenanzug, den sie sich speziell für solche Anlässe gekauft hatte. Er schmeichelte ihrer sportlichen Figur. Das helle blonde Haar trug sie offen. Nach kurzer Zeit kamen bei den anwesenden männlichen Gästen Fragen auf, wer die hübsche junge Frau war, die auf einem für das Personal reservierten Platz saß.

„Dat ess die Neue für die Innere meen ich. Jupp, wesst du mehr, Jung´?"

„Neee, dat ess die abba. "

Mittlerweile war die Ärztin jedem bekannt. Ihre neuen Kollegen hatten den Frischling von der Universität freundlich im Team aufgenommen. Die 27-jährige hatte die Leitung der Station offiziell als Vertretung für einen länger erkrankten Kollegen übernommen. Es war reine Formsache, dass sie den Posten bekommen würde, wenn der Kollege Schneider vorzeitig in den Ruhestand gehen würde. Niemand rechnete mit der vollständigen Genesung des langjährigen Leiters der Abteilung Innere Medizin.

Schneider machte aktuell nur noch wenige Dienste. Und das waren Nachtdienste.

Der Patient in Zimmer 78 wäre heute um ein Haar gestorben. Arlette war damit beschäftigt, ihre Patientenberichte zu schreiben, als in ihrem Büro die rote Alarmlampe anging und sie aus der Konzentration gerissen wurde. Die Theorie musste warten. Die Praxis rief um Hilfe. Sie hatte ihre weißen Turnschuhe nur halb ausgezogen. Während sie ihre Berichte tippte, hörte sie leise Musik. Ihre Zehen wippten in der Mitte der Turnschuhsohle im Takt der Musik.

Als der Alarm losging, sprang Arlette erschrocken von ihrem Sitzball auf. An so etwas würde man sich nie gewöhnen, hatten ihr die Kollegen mit auf den Weg gegeben. Es konnte immer und zu jeder Zeit etwas passieren. Jetzt war es wieder so weit. Sie bückte sich kurz und schlüpfte in die Sportschuhe. Dann nahm sie ihren Ärztekittel von der Garderobe neben der Tür. Als sie im Flur war, warf sie die Tür ins Schloss. Im Laufen schlüpfte sie in den weißen Kittel. Ihr Stethoskop fiel dabei fast aus der Brusttasche. Fünf Minuten später war sie auf der Station angekommen.

„Was ist passiert? Bringen Sie mich schnell auf den aktuellen Stand. Ich höre..."

In ihrer Jogginghose strampelte sie nun seit zehn Minuten durch den Stadtwald. Ihre Wohnung lag in der Südstadt. Ihr Auto benutzte sie aufgrund der Wohnsituation nur selten. In der Südstadt einen Parkplatz zu finden, dauerte länger als die Heimfahrt mit dem Rad. Davon konnte jeder zweite Kölner ein Lied singen.

Außerdem kam sie immer seltener zum Sport. Ein weiterer Grund für die schlanke Ärztin, mit dem Fahrrad zu fahren, so oft es ging. Ihre Freizeit war knapp bemessen. Die Schichten gingen oft in Überstunden über. An Sport oder ein Liebesleben war zurzeit nicht zu denken.

Mit ein paar kurzen Sprints auf ihrem Weg nach Hause, trainierte sie ein wenig ihre Beinmuskulatur. Nach der letzten Steigerung ließ sie die Pedale los. Die prall gefüllten Reifen des Mountainbikes rollten bis zum Ende des Weges. Die Fußgänger- und Radfahrerampel am Rand des Stadtwaldes zeigte Rot.

Arlette schnaufte aus und richtete sich auf. Mit einer Hand hielt sie sich am Ampelpfosten fest und brachte ihren Rücken in eine aufrechte Haltung. Sie drehte ihren Kopf einmal nach links und rechts und schob die müden Nackenwirbel in ihre ursprüngliche Position. Die Blicke der im Auto sitzenden Männer nahm sie nicht wahr. Nachdem die Ampel auf Grün gesprungen war, wechselte die Ärztin auf den schmalen Radweg und radelte gemütlich in Richtung ihrer Wohnung.

Die ersten Arbeiter hatten ihr Frühstück geholt und bissen hungrig in ihren „Halwe Hahn“, der kölschen Bezeichnung eines Roggen Brötchens mit Gouda. Andere rannten mit einem Kaffee in der Hand zu einem im Auto wartenden Kollegen. Am Büdchen an der Ecke wurde die Ausgabe des Expresses zu jeder Bestellung mitgenommen. Wie kostenloser Senf zu einem Würstchen. Es war 7.30 Uhr und die Stadt war wach.

Arlette schulterte ihr Rad und nahm es mit in die erste Etage. Vor ihrer Tür lag der Express. Ihr Nachbar legte die Zeitung vor ihre Tür, nachdem er sie gelesen hatte. Sie schob das Rad in den Flur der Wohnung und legte die Zeitung in der Küche auf den Tisch. Zum Lesen war sie zu müde.

Sie hatte auf der Couch in ihrem Büro ein paar Stunden geschlafen. Der Notfall war der einzige Zwischenfall in dieser Nacht geblieben. Zum Glück. Nach einer kurzen Dusche ging sie ins Schlafzimmer und legte sich ins Bett.

10

Um 8:00 Uhr meldete sich der Wecker.

„Es ist 8:00 Uhr. Die Nachrichten. Köln: Bei einer Drogenrazzia in der Südstadt hat die Polizei gestern am späten Abend..."

Dr. Klaus war seit zehn Minuten wach. Er stand am Schlafzimmerfenster und schaute hinaus in den Garten. Gonzo war draußen und lief über den feuchten Rasen. Thomas stoppte die Durchsage an seinem alten Radiowecker. Er hatte den Wecker zur ersten Heiligen Kommunion geschenkt bekommen. Mittlerweile war das Design in die Jahre gekommen. Der Arzt mochte die 80er Jahre. Das alte Markengerät der Firma ´Grundig` funktionierte einwandfrei. Trotzdem benutzte er es nur aus sentimentalen Gründen. Das Design des Weckers war zeitlos. Ein in die Jahre gekommener Klassiker, der mit seinem Besitzer gemeinsam alt wurde. Für den verlässlichen Klingelton am Morgen benutzte er sein Smartphone. Es lag auf einem Tisch am Fenster.

Der Arzt streckte sich und ging ins Bad. Das große Schlafzimmer hatte einen direkten Zugang zu einem eigenen Badezimmer. Das ´master bath` für den ´master bedroom`. Ein kleiner Gruß aus den USA wurde, in dem ansonsten sehr puristischen Haus verbaut. Bei der letzten Modernisierung hatte der Vorbesitzer eine ebenerdige Dusche einbauen lassen. Die luxuriöse Massage Funktion der diversen verbauten Düsen, belebte den müden Körper des Arztes.

„Der Tag gestern war lang und anstrengend. Ich brauche eine Auszeit", dachte er.

Die Notoperation war das eine. Der Kollaps des unbekannten Patienten, das andere. Beides konnte jeden Tag passieren. Dass zwei solche Ausnahmesituationen innerhalb eines Dienstes passierten, kam nicht häufig vor. Die Konzentration hochzuhalten war schwierig. Unter Stress zu arbeiten, zehrte an den Reserven.

Als Chirurg waren Operationen das tägliche Brot für Dr. Klaus. Durch Haut zu schneiden, Knochen zu zersägen, Bänder zusammenzunähen und Knochenbrüche mit Nägeln zu stabilisieren, gehörten seit Jahren zu seiner Jobbeschreibung. Von Jahr zu Jahr wurde diese Routine anstrengender.

´Neunundfünfzig. Nächsten Monat werde ich sechzig. `

Er beendete seine Morgentoilette. Mit einer Jeans und einem Polo-Shirt saß er zwanzig Minuten später am gedeckten Frühstückstisch. Der Kaffee duftete herrlich. Fast wie in alten Zeiten.

Nur, dass nicht gleich seine Frau Christine liebevoll aus der Küche rufen würde, um ihm einen guten Appetit zu wünschen, sondern die neue Haushälterin, die sich um den Wohnraum und den Hund kümmerte, wenn er nicht zu Hause war. Die Gartenarbeit erledigte er selbst.

„Guten Morgen, Herr Doktor. Gut geschlafen?"

„Danke. Ihnen auch einen guten Morgen. Hat Gonzo bereits gegessen?"

„Nein. Das macht er gerade eben."

„Gonzo, komm….", rief Dr. Klaus in Richtung Küche. Dort hatte Gonzo seinen Wassernapf und bekam seine Mahlzeiten serviert. Der Hund reagierte sofort auf die Worte seines Herrchens. Mit seinen riesigen Pranken schlitterte er über den italienischen Marmorboden des Hauses und stoppte am Tisch. Erwartungsvoll schaute er Dr. Klaus an. Dieser zuckte mit der rechten Augenbraue und Gonzo machte ´Platz`.

„Braver Hund. Fang..." Eine Scheibe Brot mit frischer Kalbsleberwurst flog durch die Luft. Gonzo schnappte zu, bevor die Schnitte sich auf den Weg in Richtung

Boden machte. Zufrieden schmatzte er seinen Nachtisch.

„Eier?“

„Ja, zwei Spiegeleier nehme ich.“

Die Haushälterin lief in die Küche und schaltete das Radio an. Sie nahm die Eier aus dem Kühlschrank und legte sie auf die Arbeitsfläche. Dann goss sie Öl in die Pfanne. Einige Sekunden später brutzelten die Eier in der Pfanne. Sie stellte das Radio lauter.

„...ogenrazzia in der Südstadt hat die Polizei gestern am späten Abend mehrere Wohnungen durchsucht. Ein anonymer Tipp eines Insiders war der Grund für die Durchsuchung. Beschlagnahmt wurden mehrere Kilo Opiate, gefälschte Ausweise. Die Zahl der...“

„So, hier sind die Eier.“

„Kam das eben in den Radionachrichten? Ich konnte nicht alles verstehen. Wissen Sie mehr von dem, was da passiert ist?“

„Nein. Radionachrichten. Herr Doktor, wer hört denn heute noch Nachrichten im Radio? Schauen Sie doch ins Internet. Ich hole das Tablet. Moment.“

Die Haushälterin stellte sein Frühstück auf den Tisch. Die Eier waren mit Kräutern dekoriert und mit grobem Meersalz gesalzen. Daneben lag eine warme Scheibe Toastbrot, die mit etwas Butter bestrichen war. Dr. Klaus verspeiste seine Eier. Das letzte Stück der Toastbrot Scheibe wischte er über den Teller und beklebte die Butteroberfläche mit den Resten des Eigelbs. Er wischte sich den Mund mit einer Serviette ab und legte das Besteck auf den Teller.

„Hier steht es doch. In der App vom Express:“

„Danke, Frau Gonzales.“

11

„War etwas Besonderes heute Nacht, Britta?"

„Der Typ im Zimmer 78 wäre fast hopsgegangen. Danach war alles ruhig", antwortete die Schwester.

„Schwester Britta!"

„Sorry, also der ist fast gestorben. Ich habe noch Blut abgenommen. Die Ergebnisse sollten bis zur Visite vorliegen. Sonst noch was? Ich verschwinde dann."

„Schönen Feierabend."

„Danke." Britta verließ das Schwesternzimmer und machte sich auf den Heimweg.

„Die jungen Leute...", dachte die Oberschwester von Station 8. Schwester Katharina arbeitet seit ihrer Ausbildung in der Klinik am Stadtwald. Als die neue Abteilung eröffnet wurde, hatte sich die Personalleitung dazu entschlossen, den jungen Mitarbeitern eine erfahrene Pflegekraft zur Seite zu stellen. Der Mix der Generationen funktionierte gut. Katharina war Anfang fünfzig. Sie hatte unzählige Patienten und Kollegen kommen und gehen sehen.

Sie setzte sich an den Tisch im Schwesternzimmer und rührte mit einem Löffel durch den Kaffee. Das Schwarz färbte sich hell und vermischte sich mit den drei Stücken Würfelzucker, die sich die Schwester in die Tasse gegeben hatte. Sie brauchte den Zucker für die Nerven, sagte sie den Kollegen, wenn diese sie mahnend auf die große Menge hinwiesen.

Ihre Tasche stand auf dem Stuhl neben ihr. Sie griff nach ihrer Brotdose und der Tageszeitung. Rituale gehörten zum Alltag und halfen, den oftmals stressigen Arbeitstag erträglicher zu machen. Wenn man die Möglichkeit hatte sich auszuruhen, musste man das auch tun. Sie hatte ihr Käsebrot zur Hälfte gegessen, als das Telefon im Zimmer klingelte.

„Schwester Katharina, Station 8. Hallo. Ja, davon habe ich gehört. Ich bin in ein paar Minuten da."

Das Labor hatte die Ergebnisse von Ernesto. Schwester Katharina trank den Kaffee aus. Die Tasse ließ sie neben dem Teller mit dem an gegessenen Käsebrot stehen. Schnellen Schrittes lief sie zum Aufzug und fuhr in den Keller. Das Labor lag neben der Pathologie.

„Guten Morgen."

„Schwester Katharina, richtig?"

„Ja. Ich wollte den Bericht abholen. Station 8, Zimmer 78. Ernesto. Irgendetwas auffälliges?"

„Dazu kann ich nichts sagen. Das müssen sich die behandelnden Ärzte noch einmal genauer anschauen. Hier, die Akte."

„Danke für die schnelle Arbeit."

Katharina nahm die Unterlagen an sich und lief zurück zum Aufzug. Die Aufzugtür schloss sich hinter ihr. Sie überlegte, ob sie einen Blick in die Akte werfen sollte. Es waren Laborergebnisse. Nichts, was sie nicht schon hundertmal gesehen hatte und nichts, was sie nicht verstehen würde.

Die Akte hatte einen roten Aufkleber auf der Vorderseite: *´streng vertraulich!* ` stand mit fetten schwarzen Buchstaben auf einem hellroten Aufkleber.

„Seltsam. Durch den Aufkleber sieht das so aus wie eine Polizeiakte, die man in Krimis immer zu sehen bekommt." Ihre Neugier war geweckt. Katharina überlegte, ob sie einen kurzen Blick auf die Ergebnisse werfen sollte. Sie zögerte. Die Neugierde kämpfte gegen die Berufsehre.

Plötzlich öffnete sich der Aufzug.

„Schwester Katharina. Guten Morgen."

Erschrocken schaute sie in das strenge Gesicht von Dr. Josef Magenheimer.

„Ist das bereits das Labor von gestern Abend?“

Magenheimer zeigte auf die Akte in Katharinas Hand. Er konnte nur die Rückseite sehen. Katharina umklammerte die Mappe fest mit beiden Händen. Ihr Gesicht war blass. Sie fühlte sich ertappt.

„Schwester Katharina? Hallo?“ Magenheimer sprach sie erneut an. Er hatte den geschockten Gesichtsausdruck wahrgenommen.

„Jetzt bin ich aber erschrocken. Guten Morgen, Dr. Magenheimer.“ Katharina versuchte gelassen zu reagieren und trat aus dem Aufzug.

„Ja, das ist sie. Die Kollegen waren schnell. Soll ich sie zu Dr. Klaus ins Büro bringen?“ Sie spielte offensichtlich auf Zeit.

„Nein, ich nehme die Unterlagen an mich. Den Kollegen sehe ich später vermutlich sowieso.“ Zögerlich löste Schwester Katharina die Akte aus ihren klammernden Händen und reichte sie dem Arzt.

Als der Aufzug hinter ihr mit einem ´Ping` die Tür verschloss, erschrak sie erneut.

12

Um 7:30 Uhr erstrahlte das Licht auf der Station 8. Die Nacht war vorbei, der Tag hielt Einzug. Die Putzkolonne startete wie üblich damit, die Besuchertoiletten zu reinigen. Währenddessen lief das Pflegepersonal durch die Zimmer und wusch die Patienten, die dazu selbst nicht in der Lage waren. Ernesto war einer dieser Patienten. Seit seinem ersten Tag auf der Station dämmerte er im Koma vor sich hin und wurde von den Pflegekräften versorgt. So auch heute.

„Guten Morgen, Ernesto! Aufwachen! Sorry, mein Freund, aber Spaß muss sein!“

Jule schob einen kleinen Wagen mit den Waschutensilien vor sich her und parkte ihn neben Ernestos Bett. Sie warf die Decke zur Seite und begann damit, Ernesto zu waschen. Er fühlte sich warm an. Hatte er Fieber? Routiniert wie sie war, entgingen ihr solche Symptome nicht. Sie schrieb eine kurze Notiz auf ihren Patientenbogen. Draußen wischte eine Putzfrau den Flur und stieß dabei mit ihrem Mopp an die Zimmertür.

„Hey, aufpassen!“, rief Jule in Richtung Tür.

Ernesto zuckte. Er erschrak durch die laute Äußerung. Jule schien davon nichts zu bemerken. Sie spulte ihr Programm ab.

„Deine Haare sollten wir waschen. Die Zeit nehme ich mir jetzt. So gehts nicht. Vielleicht bekommst du Damenbesuch.“ Jule schmunzelte und trocknete Ernestos Körper ab. Mit einem frischen Waschlappen fuhr sie ihm über das Gesicht.

Er musste ein gutaussehender Mann gewesen sein, dachte sie bei sich. Eine große Narbe lief über das halbe Gesicht. Vom Kopf bis ans Kinn war die linke Gesichtshälfte mit einer wulstigen Hautfalte gezeichnet. Offensichtlich wurde diese Verletzung nicht professionell verarztet. Heute musste niemand mit solchen Narben durch den Alltag gehen. Die Medizin war weit genug fortgeschritten, um Narben fast unsichtbar zu machen. Wenn es für den Patienten eine psychische Belastung war, übernahmen auch gesetzliche Kassen solche kosmetischen Eingriffe. Zumindest bei Verletzungen im Gesicht und bis zu einem vertretbaren Rechnungsbetrag.

„Was ist mit Dir passiert, Ernesto?“ Sanft strich sie mit dem Waschlappen über die Narbe ihres Patienten. Sie mochte ihn. Auch wenn er bisher nie mit ihr gesprochen hatte.

„Dann machen wir Dich mal schick."

Jule stellte das Bettgestell ein wenig nach oben. Mit dem Hinweis auf ´Haare waschen` hatte sie übertrieben. Ernesto war zu schwach, als dass man das machen konnte. Sie wollte ihm, so gut es ging, den getrockneten Schweiß der letzten Nacht vom Kopf wischen und ihn erfrischen. Mit einem feuchten Lappen fuhr sie Ernesto über den Nacken. Mit Sicherheit würde ihm das guttun. Sie wusch die Haut hinter den Ohren. Dann nahm sie eine Bürste und strich ihm damit durchs Haar.

„Schon besser!"

Zufrieden legte sie den Kopf wieder auf das Kissen und fuhr das Kopfteil des Pflegebettes in eine bequemere Position.

„Da muss ich nochmal dran. Moment."

Erneut nahm Jule die Haarbürste in die Hand. Hinter dem linken Ohr standen Haarsträhnen ab. Es störte sie. Sie bückte sich auf das Bett hinunter und griff an Ernestos Ohr. Sie klappte es leicht nach vorne und drehte die Bürste in der rechten Hand. So gut es ging kämmte Jule das Haar nach hinten, um es zu glätten. Plötzlich stoppte sie. Erschrocken schaute sie auf die Hautpartie an seinem Hinterkopf

Was zum Teufel?!

13

„Guten Morgen, Ernesto! Aufwachen! Sorry, mein Freund, aber Spaß muss sein!"

Ich war wach. Bereits seit einer guten Stunde lag ich regungslos im Bett und starrte an die Decke. Meine Blase leerte sich. Ein warmer Strahl lief durch den Gummischlauch des Katheters über meinen Oberschenkel. Die Menge an Flüssigkeit, die man mir durch die Infusionen verabreichte, musste raus. Es fühlte sich eklig an. Einfach nur da zu liegen und nicht mehr in der Lage zu sein, sich um sich selbst zu kümmern, war eine Katastrophe. Das Gefühl der Hilflosigkeit kroch in mir hoch und stellte mir die Luft ab.

Als Jule die Bettdecke zur Seite schob, um mich zu waschen, schloss ich meine Augen und stellte mich schlafender und abwesender, als ich es tatsächlich war. Ich spürte, wie sich der feuchte Waschlappen über meinen Körper schrubbte. Als jemand gegen die Tür stieß, zuckte ich zusammen. Jule schien meine Regung nicht zu bemerken. Sie mokierte sich gegen die Störung vom Flur und rief in Richtung Tür:

„Hey, aufpassen!"

Sanft wusch sie mein Gesicht. Die riesige Narbe war sehr schlecht verheilt. Sie betrachtete die hellrote Zeichnung, die mein Gesicht zu einer Fratze entstellte. Mit dem kühlen Waschlappen tupfte sie auf die Narbe. Plötzlich spürte ich einen brennenden Schmerz. Ein glühendes Eisen wurde mir ins Gesicht gedrückt.

„Halt ihn fest!"

Meine Arme waren hinter meinem Rücken gefesselt. Jemand kniete hinter mir und hielt meinen Kopf fest. Ein dicker Mann saß auf meinen Beinen. Ich konnte mich nicht bewegen.

Ich schloss die Augen und ergab mich meinem Schicksal. Ein heißes Stück Eisen brannte sich in mein Gesicht.

Ich schrie vor Schmerzen.

„AAAAAHHHHH!"

Mein Augenlid löste sich als Erstes auf. Dann dämmerte ich weg. Als ich wieder aufwachte, lag ich auf einer alten

Matratze in der Ecke einer Fabrikhalle. Mit einem Auge versuchte ich mich zu orientieren. Die linke Seite meines Gesichts lag unter einer dicken Schicht von Pflastern und Tüchern. Ich spürte die Mullbinden, die man mir um den Kopf gewickelt hatte. Mit beiden Händen tastete ich meinen Kopf ab. Das linke Auge war dick bandagiert und wölbte sich einige Zentimeter aus der Augenhöhle. Ob der Augapfel noch ein Teil von mir war, konnte ich nicht spüren. Scheinbar hatte man mich betäubt und die Wunde versorgt. So gut das in der verlassenen Halle gemacht werden konnte. Vielleicht wurde ich hier abgelegt, als alles vorbei war? Ich wusste es nicht.

Die Gegenwart holte mich ein. Jule stellte das Kopfteil meines Bettes nach oben und begann damit, meine Haare zu kämmen. Nachdem sie mich wieder in meine ursprüngliche Position gelegt hatte, kramte ich weiter in meinen Erinnerungen.

Endlich gelang es mir, einzelne Bilder und Situationen zu rekonstruieren. Die Erinnerung an den Ursprung der Narbe lag lange zurück. Die Narbe im Gesicht trug ich mehrere Jahre mit mir mit.

Jule bückte sich über mich und schaute hinter mein Ohr. Sie erschrak. Das konnte ich sehen. Dann verließ sie das Zimmer und ließ mich allein zurück.

Es klopfte an der Tür. Langsam schob die Putzfrau ihren Kopf durch die Lücke und schaute sich um.

„Guten Morgen. Ich wische schnell durch.“

Sie sprach in den Raum. Offensichtlich wollte sie sich bemerkbar machen. Dass ich eine Reaktion zeigen würde, war nicht zu erwarten. Mein Nachttisch wurde abgewischt, die Stühle wieder an den kleinen Tisch gerückt. Dann wischte sie mit dem Mopp über den Fußboden. Es gab keinen Schmutz in diesem sterilen

Zimmer ohne Leben. Die Prozedur war in wenigen Minuten beendet. Die Putzfrau schaute noch einmal in meine Richtung.

„Ich sage Jule Bescheid, dass sie nochmal reinschauen soll. Ihr Urinbeutel läuft fast über."

Dann öffnete sie die Tür. Auf dem Weg nach draußen hörte ich sie sagen:

„Dann bis morgen."

„Bis morgen." Ich hatte geantwortet.

Silvia gefror das Blut in den Adern. Sie stand vor dem Zimmer 78, das sie gerade geputzt hatte. Erstarrt, wie eine Salzsäule.

„Bis morgen."

Ernesto hatte gesprochen. Er hatte ihr geantwortet. Sie hatte keinerlei medizinische Kenntnisse. Die Schwestern informierten die Putzfrauen trotzdem über den Zustand der Patienten. Sie sollten wissen, was sie in den Krankenzimmern erwartete. Dass Ernesto in sich gefangen war, wusste sie. Er lag seit seiner Notoperation in einer Art Koma. Was genau mit ihm los war, spielte keine Rolle.

„Alles okay bei Dir, Silvia?"

Jule sah die Putzfrau an der Tür lehnen und lief fragend auf sie zu.

„Er spricht."

„Wer spricht?"

„Ernesto"

„Ernesto spricht? Was hat er gesagt?"

„*Bis morgen.* Ich habe es klar und deutlich gehört."

„Der hat noch nie gesprochen. Bist Du Dir sicher?“

Jule öffnete die Tür zum Zimmer und rief hinein.

„Ernesto, hören Sie mich?!“

Stille.

„Der redet nicht. Das hast Du Dir eingebildet.“

„Nein. Ich bin mir sicher. Ich wollte Dir noch sagen, dass der Urinbeutel fast voll ist. Nicht dass der Boden gleich noch einmal nass wird...hihi.“

Silvia lachte und versuchte die Situation zu überspielen.

„Gut, dass Du es sagst. Ich hatte das vorhin vergessen. Das muss ich schnell machen, bevor die Visite startet. Danke.“

Jule lief ins Lager, wo sie den neuen Beutel holen wollte. Silvia ging ins nächste Zimmer und putzte weiter. Dass Ernesto gesprochen hatte, war für den Rest des Tages kein Thema mehr.

14

Dr. Magenheimer blätterte durch die Patientenakte von Ernesto. Konzentriert schaute er sich die bisherigen Befunde an. Auf der Nase hatte er seine Nickelbrille sitzen. Das Stahlgestell lag eng an seinem Kopf und platzierte die kleinen runden Gläser fest vor seinen Augen.

Während er mir der linken Hand durch die Papiere blätterte, fuhr er sich mit der rechten durch die Haare. Es war ein Reflex, eine Marotte aus früheren Tagen. Seit er sich erinnern konnte, hatte er sich beim Nachdenken durch die Haare gefahren. Diese Haare gab es nicht mehr.

Magenheimer hatte eine Chemotherapie hinter sich. Innerhalb kürzester Zeit hatte ihm die Behandlung die Haare vom Kopf gefegt. Seine Augenbrauen fielen ebenfalls der chemischen Mixtur zum Opfer, die den Krebs aus seinem Körper vertreiben sollte. Mit sechsundfünfzig Jahren fühlte er sich zu alt für eine Glatze.

In der Kölner Altstadt besuchte er ein Fachgeschäft für Haarteile und Perücken. Dr. Magenheimer entschied sich für ein blondes Echthaar Toupet. Es veränderte seine Optik radikal. Seine ihm nahestehenden Kollegen deuteten die Änderung der Haarfarbe von Schwarz zu Blond, als einen Teil seines neuen Lebens. Dem Leben nach oder mit dem Krebs.

Die Krebsdiagnose kam überraschend. Eine Routineuntersuchung vor fünf Jahren förderte Befunde ans Tageslicht, mit denen nicht zu rechnen war. Der Krebs verhielt sich bei einem Mediziner nicht anders als bei einem ´normalen` Patienten.

Seit mehreren Wochen klagte Dr. Magenheimer über Schmerzen im rechten Bein. Nach der Verdachtsdiagnose ´Hexenschuss`, folgte eine Behandlung mit Tabletten, Salben und Physiotherapie. Er schob die Schmerzen auf sein Alter. *„Mit sechsundfünfzig Jahren kann so was passieren*“, scherzte er. Nachdem sich durch die ersten Behandlungen keine Besserung einstellte, erhärtete sich der Verdacht auf einen Prolaps.

Die Symptome waren wie aus dem Schulbuch. Ein unangenehmes Ziehen an der Außenseite des rechten Beines, zog sich bis zu den Fußzehen. Die stärker werdenden Schmerzen machten Magenheimer zu schaffen. Der Arzt blieb öfter beim Gehen auf dem Boden kleben und fiel um ein Haar hin. Als sich die Ausfallerscheinungen häuften, musste gehandelt werden.

„Josef, mein Freund. Du musst ins MRT!“

Den Ratschlag der Kollegen ignorierte er so lange, wie es medizinisch zu vertreten war. Als er schließlich nach der Untersuchung aus der MRT-Röhre gefahren wurde, sah er am Blick des Kollegen, dass sich der Bandscheibenvorfall bestätigt hatte.

„Dr. Magenheimer. Schauen Sie bitte... Hier auf dem MRT-Bild." Mit einem langen Stift zeigte der Arzt auf die schwarz-weiße Aufnahme. Zur ersten Besprechung der Bilder, saß Dr. Magenheimer als Patient auf der ungewohnten Seite des Schreibtischs, der an der Wand des abgedunkelten Behandlungszimmers stand.

„Sehen Sie das? Hier?" Erneut kreiste der Zeigestock über die milchige Stelle des Magnetresonanz Fotos. Magenheimer war kein Chirurg. Jeder Mediziner verfügte über ein Grundwissen an Anatomie. Die Lage der Bandscheibensegmente L5/S1 war hinlänglich bekannt. Grob beschrieben lag sie oberhalb des Steißbeines. Eine Verletzung an dieser Stelle war verantwortlich für die Symptome, die Dr. Magenheimer seit Wochen zu ignorieren versuchte. Konsterniert saß der Arzt auf dem Stuhl und warf einen zweiten Blick auf das Foto. Der milchige Fleck lag nicht da, wo er liegen sollte. Er befand sich einige Zentimeter rechts neben der Wirbelsäule.

„Es ist der erste Befund, Dr. Magenheimer." Die Stimmfarbe von der anderen Seite des Schreibtischs klang ernst.

„Einen Prolaps können wir mit großer Wahrscheinlichkeit ausschließen, Herr Kollege." Die wissenschaftliche Bezeichnung für einen Bandscheibenvorfall hatte einen ernsten Unterton und verlieh dem Gespräch eine düstere Stimmung.

„Ja, das sehe ich genauso."

Dr. Magenheimer wusste, was folgen würde. Blutuntersuchungen, das nächste MRT mit einem radioaktiven Kontrastmittel und dann die Frage, wie lange er noch leben würde. Er hatte einen Tumor an der Wirbelsäule.

Die Operation von Ernesto war sieben Tage her. Der Eingriff am späten Samstagabend zog sich über mehrere Stunden. Die inneren Verletzungen waren schlimmer als befürchtet. Zum Glück für Ernesto, wurde die Bestimmung seiner Blutgruppe sofort angewiesen. Das Labor hatte das Ergebnis, zusammen mit den passenden Blutkonserven, in den Operationsbereich im zweiten Obergeschoss geschickt. Vier Beutel A-negativ lagen gekühlt bereit, um bei Bedarf in Ernestos Blutkreislauf gepumpt zu werden.

„Als ob man ihn mit einem Auto überfahren hätte", war eine der ersten Bemerkungen, an die sich Magenheimer erinnerte. Er selbst hatte der Operation nicht beigewohnt. Er konnte sich bildlich vorstellen, was Dr. Thomas Klaus mit dieser Bemerkung meinte.

„Die Rippen sind gebrochen. Die Splitter haben die Organe verletzt. Er war kurz davor, innerlich zu verbluten. Wir mussten die Milz entfernen. Die stabile Seitenlage vor Ort hat verhindert, dass die Lunge perforiert wurde. Das hat ihm das Leben gerettet. Er hatte großes Glück, dass der Fußgänger, der ihn gefunden hatte, mutig war und sich diese Handgriffe zugetraut hat. Als der RTW eintraf, fehlte vom Anrufer jede Spur. Soweit ich das jetzt einschätzen kann, sollte er gute Chancen haben, wieder gesund zu werden. Wenn es keine Komplikationen gibt."

Gestern kam es zu diesen Komplikationen. Zu einem Zeitpunkt, als das Schlimmste überstanden schien und keiner der Ärzte damit gerechnet hatte. Ernesto war nach wie vor nicht ansprechbar. Die verabreichten Medikamente sorgten dafür, dass er keine Schmerzen hatte und sollten verhindern, dass es zu Entzündungen kommen konnte. Dr. Magenheimer kratzte sich wiederholt am Kopf und schaute auf die Laborergebnisse.

„Was ist passiert?“, fragte er sich.

„Die Blutwerte sind nicht auffällig. Die Entzündungswerte sind nach der Operation stetig nach unten gegangen. Ein gutes Zeichen nach einem solchen Eingriff. Das kann nicht der Grund gewesen sein.“

Magenheimer sprach in sein Diktiergerät. Er wollte den ersten Eindruck einfangen.

„Nierenwerte kritisch. Infusion erhöhen. Fieber?“

Er klappte die Akte zu und schob sie vor sich auf den Schreibtisch. Warum die Akte mit einem roten Aufkleber bestückt war, wusste er nicht.

Was war der Grund dafür? Schwester Katharina wirkte im Aufzug, als hätte man sie beim Stehlen erwischt. So sehr klammerte sie sich an die Akte. Geöffnet hatte sie sie offensichtlich nicht.

Magenheimer schüttelte den Kopf. Er schlug die Mappe erneut auf und begann damit, die älteren Befunde zu lesen.

„Irgendetwas übersehe ich...“

15

Die Visite am Freitagmorgen dauerte nicht lange. Auf der Station waren nur wenige Betten belegt. Die meisten Patienten erholten sich in einem Koma ähnlichen Zustand von ihren Operationen.

Dr. Magenheimer drehte seine Runde und besprach sich mit den anwesenden Kollegen und einer Stationsschwester. Auf dem Weg zu Ernestos Zimmer stoppte er und versammelte die Gruppe um sich herum.

„Kollegen“, startete er mit seinen Ausführungen.

„Der Patient in Zimmer 78 hatte gestern einen Schwächeanfall. Wir mussten ihn wiederbeleben. Ich nenne es *Schwächeanfall*. Was der Grund für den plötzlichen Kollaps war, wissen wir nicht. Ich habe die aktuellen Befunde aus dem Labor. Für mich sieht das alles unauffällig aus. Ich bitte Sie deshalb, jede noch so kleine Auffälligkeit zu hinterfragen. Wir müssen herausfinden, warum das gestern passiert ist. Wie die meisten von Ihnen wissen, wurde der Patient ohne Papiere aufgefunden. Sprich, wir wissen nichts über seine Biographie. Es könnte sein, dass der Patient unter einer Allergie oder einer Medikamentenunverträglichkeit leidet. Wenn es keine Fragen gibt, gehen wir weiter. Zimmer 78 ist gleich hier vorne!“

Dr. Josef Magenheimer deutete mit der Hand in Richtung des Zimmers. Neben der Tür stand ein Küchencontainer.

Jule hatte die Putzfrau nicht ernst genommen. Wieso um alles in der Welt, sollte Ernesto plötzlich sprechen? Und wenn er das tat, wieso fiel das ausgerechnet der Putzfrau auf? Nein. Das war reine Wichtigtuerei.

Die Pflegerin schob einen großen Küchencontainer vor sich her. Die Küche hatte zu viel Frühstück vorbereitet. Die meisten Patienten auf der Inneren wurden künstlich ernährt. Zwischen den Tabletts mit Obst und Joghurts lag ein eingeschweißter Plastikbeutel. Jule hatte vergessen, den Urinbeutel von Ernesto zu tauschen. Wenn die Visite das sehen würde, bekäme sie Schwierigkeiten. Der kollegiale Hinweis von Silvia war Gold wert.

Heute hatte Dr. Magenheimer Frühdienst. Ihm entgingen keine Schlampereien von Seiten des Personals. Er duldete keine Fehler. Die Ärzte schätzten seine akribische Art, während die Schwestern und Pfleger ihn als Kotzbrocken betitelten, wenn sie in seiner Abwesenheit von ihm sprachen.

„Hoffentlich stimmt wenigstens das mit dem Urinbeutel!“, dachte Jule und schmunzelte.

Sie schob den Container um die Ecke und steuerte auf das Zimmer 78 zu. Erschrocken blickte sie auf, als sie die Worte hörte: „...die meisten von Ihnen wissen, wurde der Patient ohne Papiere aufgefunden...“

Die sind schon da?! Jule wurde nervös. Sie sah die Visite in der Nähe des Schwesternzimmers. Magenheimer hatte alle um sich versammelt und hielt eine Ansprache. Artig nickten die Zuhörer dem erfahrenen Arzt zu.

Hektisch schubste die Pflegerin den Container auf die linke Seite des Flures. Direkt neben der Zimmertür blieb er stehen. Sie nahm den Urinbeutel vom Tablett, öffnete die Tür und huschte ins Krankenzimmer.

„Ernesto, Du hast mich nicht gesehen!“, rief sie dem schlafenden Patienten zu. Sie lief neben das Bett und hängte den leeren Beutel an eine metallische Vorrichtung. Dann löste sie den Schlauch aus dem fast überlaufenden Behältnis. Mit einem Handgriff stopfte sie den Schlauch in den frischen Beutel und verschloss den benutzten. In der Hektik hatte sie vergessen, sich Handschuhe anzuziehen. Sie schüttelte sich vor Ekel, als sie den Beutel mit der körperwarmen Flüssigkeit in den Händen hielt.

„Nix wie raus hier!“

Jule stand im Flur.

„... Zimmer 78 ist gleich hier vorne!“

Magenheimer war nur wenige Schritte von ihr entfernt.

„Guten Morgen, Herr Doktor. Ich lasse die Tür auf, ja?“

Jule atmete erleichtert aus und grüßte die Gruppe.

„Guten Morgen. Danke. Sehr aufmerksam von Ihnen.“

Dr. Magenheimer betrat das Zimmer zuerst. Am Ende des Krankenbettes versammelte sich die kleine Runde der Ärzte und schaute auf die Laborberichte. Niemand schien einen Zusammenhang zwischen den neuesten Blutergebnissen und dem Notfall von gestern Abend zu sehen.

„Im Moment sieht das gut aus."

Magenheimer blickte auf den Patienten, der friedlich zu schlafen schien. Dann warf er einen Blick auf die Geräte, die die von Ernesto gesendeten Vitalwerte aufzeichneten und verarbeiteten. Der Puls war gleichmäßig. Die Atmung ebenfalls. Aus Schutz vor sich selbst war Ernesto nach wie vor fixiert.

„Halt! Hallo! Stopp!"

Dr. Magenheimer drehte sich erschrocken um. Ein junger Kollege stand in der Tür und schrie in den Flur hinaus.

„Hallo Schwester! Ja, Sie meine ich. Warten Sie bitte!"
„Was ist los?", wollte Magenheimer wissen.

„Der Urin von gestern!", rief der Kollege und rannte in den Flur.

Jule hatte das Rufen gehört. Sie blieb jedoch nicht stehen. Sie fühlte sich ertappt. Sie hatte die übrig gebliebenen Joghurts und das Obst ins Schwesternzimmer gebracht. Jetzt befürchtete sie, der Arzt würde ihr hinterherrufen, um sie zu maßregeln.

„Schwester?" Der Arzt schaute ins Schwesternzimmer. Es war leer. Er rief erneut nach ihr.

„Hallo? Schwester?"

Hinter der Tür in der Ecke hörte er die Toilettenspülung.

„Oh, nein!", glitt es ihm über die Lippen.

„Einen Moment noch."

Jule meldete sich aus dem Badezimmer zu Wort. Sie betrat den Aufenthaltsraum und desinfizierte ihre Hände. Der erfrischende Duft der Lotion aus dem Spender lag in der Luft.

„So, jetzt aber…“, sprach sie den Arzt an.

Dieser schaute sie mit fragenden Augen an.

„Haben Sie den Urinbeutel ausgeleert?!“

16

Gonzo hatte sich in seinen Korb verkrochen. Er lag auf dem Rücken und streckte alle Viere von sich. Reste des Leberwurstbrotes hingen an seinen Lefzen. Seine Zunge schnappte sich instinktiv die letzten Wurstreste. Der große schwarze Hund schnarchte zufrieden vor sich hin. Die Hektik um ihn herum schien er nicht zu bemerken. Frau Gonzales lief mit ihrem Tablet-PC zum Esszimmertisch.

„Hier, Herr Doktor. Hier steht es.“

Sie legte das Tablet auf den Tisch und zeigte mit dem Finger auf den Bericht über die Drogenrazzia.

„Ah, einen Moment.“, sprach sie und nahm es erneut in die Hand. Sie faltete die Schutzhülle zwei Mal und stellte das 10 Zoll große Display auf den Platz, auf dem kurze Zeit zuvor noch der Teller mit den Frühstückseiern stand.

„So können Sie es besser lesen. Wenn Sie hier ziehen, scrollen Sie im Text nach unten.“

„Danke. Das schaffe ich“, schmunzelte der Arzt.

Dr. Thomas Klaus war in der Lage, ein Tablet zu bedienen. Er machte es trotzdem nicht gerne. Als Chirurg musste er regelmäßig an Weiterbildungen teilnehmen. Der Fortschritt der Medizin, in seinem Falle vor allem die minimal invasive Chirurgie, forderte es von einem Arzt ein, auf dem neuesten Stand der modernen Technik zu sein.

Bei Kommunikationsmitteln verhielt es sich nicht anders. Ein Smartphone gehörte zur Grundausstattung. Jeder Arzt hatte ein solches Gerät, das ihm die Klinik zur Verfügung stellte. Die Ärzte konnten ihre privaten Telefonnummern für sich behalten. Zudem vereinfachte ein Austausch über Chat Gruppen viele Vorgänge und brachte Informationen schnell zu allen Beteiligten.

In seinem Privatleben grenzte der Arzt sich davon ab. Er besaß ein Smartphone für seine privaten Telefonate und selbstverständlich hatte sein Haus einen Festnetzanschluss. Letzteren benötige er streng genommen nur für die schnelle DSL-Leitung. Von der Telefonbuchse lief das Kabel in den Router. Um das WLAN-Netzwerk überall im Haus mit einer schnellen Datenverbindung auszustatten, hatte er eine Firma beauftragt. Der Techniker sprach bei seinem Besuch vor Ort eine Empfehlung für Signal Verstärker und Repeater aus. Diese Geräte wurden in den Steckdosen verbaut und stabilisierten das Heimnetz des Mediziners.

Das Abgrenzen von technischen Kommunikationsmitteln war nicht immer so. Frau Gonzales konnte nicht wissen, dass Dr. Thomas Klaus beim Begriff „App“ die Nackenhaare zu Berge standen. Als die Haushälterin ihren Dienst im Ärztehaushalt antrat, lebte der Chirurg allein. Das Haus war modern eingerichtet. Dr. Klaus hatte gute Arbeit geleistet. Es fehlte die Handschrift einer Frau. Die Möbel passten farblich hervorragend zu den gewählten Gardinen, Teppichen und Bildern. Blumen suchte man vergebens. Der für eine Frau typische Nippes mit Steinchen oder Muscheln fehlte ebenfalls.

Beim Vorstellungsgespräch war seine Frau kein Thema. Dr. Klaus führte Frau Gonzales durch die Räume und zeigte ihr ihren möglichen Arbeitsplatz. Er sprach in der Ich-Form und erklärte der Haushälterin, wo sich *sein*

Schlafzimmer, *sein* Büro, *sein* Wohnzimmer und *seine* Küche befanden.

Eine Frau war bei dieser Führung nicht anwesend. Weder physisch, noch in der Beschreibung. Frau Gonzales zählte eins und eins zusammen. Offensichtlich gab es seit mehr als einem Jahr niemanden an der Seite des attraktiven Chirurgen.

Geschickt umschiffte Frau Gonzales die Gesprächsthemen, wenn sie bemerkte, dass sie sich dem Thema *Frau* nähern konnten. Sie hatte ein ausgezeichnetes Gespür für Menschen und erkannte die Sensibilität des Themas. Es war eine private Angelegenheit, die Dr. Klaus nicht mit ihr teilen wollte. Sie akzeptierte es. Auf dem Kamin im Wohnzimmer stand das Porträtfoto einer jungen Frau. Falls es ein aktuelles Foto war, könnte es die Tochter des Chirurgen sein. Oder, das in die Jahre gekommene Foto zeigte die Frau von Dr. Thomas Klaus. Mit Sicherheit würde sie es noch erfahren. Alles zu seiner Zeit.

Thomas begann damit, den Bericht in der App zu lesen. Es gab eine Razzia in der Südstadt. Das wusste er bereits aus dem Radio. Arlette Bennington hatte dort eine Wohnung gefunden, erinnerte er sich. Vielleicht hatte sie etwas von dem Polizeieinsatz mitbekommen? Er wollte sie zu einem späteren Zeitpunkt darauf ansprechen. Als ihm einfiel, dass Arlette zur Zeit der Razzia Dienst hatte, verwarf er seine Idee.

Viel gab der Bericht nicht her. Er war reißerisch geschrieben. Ein ungeschriebenes Gesetz für einen Bericht im Express. Schließlich handelte es sich um die Kölner Bildzeitung. Die Razzia fand in einem Mehrfamilienhaus statt. In der zweiten Etage lag das Drogenlager, das von einem anonymen Insider an die Polizei verraten wurde. Bei der Razzia kam es zu Festnahmen. Drei Männer mittleren Alters wurden abgeführt und saßen in Untersuchungshaft. Über die Nationalitäten wurde geschwiegen. Der Redakteur des

Revolverblattes war sensibel genug, diesen Teil zu übergehen. Zu schnell hätte es zu einer Vorverurteilung und ausländerfeindlichen Parolen führen können. Beschlagnahmt wurden mehrere Kilo Kokain, dutzende gefälschter Reisepässe und 50.000 Euro in bar.

„Eine tolle Leistung der Polizei und ein Schlag gegen die organisierte Kriminalität in unserer geliebten Domstadt", zitierte man den Sprecher der Polizei Dienststelle.

Nachdem die Lobeshymne beendet war, ging der Text weiter. Trotz des Erfolges war man nicht gänzlich zufrieden. Es gab einen Flüchtigen. Einer der Bande wurde rechtzeitig gewarnt. Er verließ die Wohnung durch das Badezimmerfenster, als die Polizei sich bemerkbar machte.

Die Beschreibung war ebenso wenig aussagekräftig, wie das bei seinen Komplizen der Fall war. Man verließ sich auf die Aussage eines Nachbarn, der gesehen hatte, wie ein junger Mann auf seinen Balkon geklettert war und von da aus in den Hof sprang. Der Rentner meinte sich zu erinnern, dass der Flüchtige eine Glatze hatte. Diese sei durch das Licht aus seinem Wohnzimmerfenster deutlich zu sehen gewesen. Des Weiteren war sich der Mann sicher, auf der Glatze einen Fleck oder ein Zeichen gesehen zu haben.

Der Polizeizeichner fertigte auf dem Revier eine Art Phantombild des Hinterkopfes an. Dieses ging an die Redaktion des Expresses und wurde unter dem Bericht abgedruckt. Zusammen mit dem Hinweis auf eine Belohnung und einer Telefonnummer für die sachdienlichen Hinweise.

Auf dem Foto war nicht viel zu erkennen. Es handelte sich um die linke Seite eines Kopfes. Zwischen dem linken Ohr und rasierten Haaransatz schlängelte sich ein Tattoo nach oben.

17

Arlette kniff die Augen fest zusammen. Sie war dabei aufzuwachen und versuchte, sich krampfhaft dagegen zu wehren. Die Sonne stand am Horizont. Es war kurz nach 12:00 Uhr mittags.

Ihr Bett stand nah am Fenster des kleinen Schlafzimmers. Bisher hatte sie die Sonne nie gestört. Sie war im Herbst in die Wohnung gezogen und war froh um die hellen Zimmer. Sie verbrachte die meiste Zeit des Tages im künstlichen Licht. Zu Hause genoss sie es so oft es ging, das Tageslicht in die Wohnung zu lassen.

Es war Ende April. Die Tage waren länger und nach der Zeitumstellung strahlte die Sonne eine Stunde früher über der Kölner Südstadt. Nachdem ein weiteres Zukneifen der Augen keinen Schlaf brachte, machte sich Arlette auf den Weg ins Bad. Sie machte sich frisch, lief in die Küche und schaltete das Radio ein.

Über ihrem Schlaf Shirt trug sie einen kurzen grünen Bademantel. Sie legte ein Pad in die Kaffeemaschine und wartete darauf, dass sich die Maschine aufheizte. Dann drückte sie den Knopf für die große Tasse und schaute aus dem Fenster. Auf der Straße war viel los. Die Kölner Südstadt war sehr beliebt. Vor allem jüngere Menschen, Musiker und Künstler zog es in die Stadtteile. So war es nicht verwunderlich, dass nicht nur jede Menge Autos auf der Straße, sondern auch die Cafés gut besucht waren. Die Kreativen trafen sich zum Frühstück, tauschten sich aus oder schlugen Zeit bis zu einem Termin tot.

Mit der Tasse Kaffee setzte sich Arlette an den Küchentisch. Hunger hatte sie noch keinen. Sie klappte den Express auf und blätterte von hinten nach vorne durch die Tageszeitung. Sie überflog die Überschriften und schaute auf die diversen Fotos der Boulevardzeitung. Wirklich Interessantes gab es auf den ersten Blick nicht zu sehen. Ihr Nachbar hatte sich einen Rabatt Coupon ausgeschnitten. Sie musste ihm einen Gefallen tun und ihm etwas schenken. Er wollte die

Zeitung nicht mehr zurück, aber über eine kleine Aufmerksamkeit würde er sich freuen.

Das Kreuzworträtsel war fast komplett gelöst. Arlette ergänzte *„Anthrax“* auf die Frage *„englisch für Milzbrand“.* Der gute Mann musste früh aufstehen, wenn er sich durch alle Seiten gearbeitet hatte, bevor sie vom Dienst nach Hause kam.

Nach der halben Tasse Kaffee war Arlette auf der ersten Seite angekommen.

„Erfolgreiche Drogenrazzia in der Südstadt!“

Die Aufmerksamkeit der jungen Frau war geweckt.

Sie las den Bericht und schaute sich das etwas andere Fahndungsfoto an. Das skizzierte Tattoo kam ihr bekannt vor.

18

„Haben Sie den Urinbeutel ausgeleert?!“

Jule schaute in die fragenden Augen des Arztes.

„Ähm...“, sie fühlte sich ertappt.

„Was meinen Sie, Herr Doktor?“

„Sie waren als Letzte im Zimmer 78 und haben den Urinbeutel des Patienten getauscht. Wo ist der hingekommen? Haben Sie ihn etwa hier in die Toilette gegossen?“

Der Tonfall des Arztes wurde lauter. Der Urin der Patienten wurde über eine Toilette im Hauswirtschaftsraum der Pfleger entsorgt. Dort, wo sie sich mit Verbänden, Waschutensllien, Windeln etc. versorgten, mussten die Ausscheidungen der Patienten entsorgt werden. Darum war der Arzt laut geworden. Es wäre ein Verstoß gegen die Hygieneregeln der Klinik.

„Entschuldigung. Ich war etwas irritiert. Jetzt weiß ich, was Sie meinen. Nein. Also, der wurde nicht hier entsorgt, sondern...“, fuhr sie fort.

Dr. Frank Müller ließ den Kopf hängen. Er war zu spät gekommen. Die letzten Worte der Pflegerin hörte er nicht mehr. Er hatte sich umgedreht und lief zurück zu den Kollegen, die vor Zimmer 78 warteten.

„Herr Doktor, Hallo?“ Jule rief ihm hinterher.

Müller drehte sich um. Die Pflegerin stand neben dem Küchencontainer. Mit zwei Fingern hielt sie den Urinbeutel in die Höhe. Sichtlich angewidert zeigte sie mit der linken Hand auf das Plastikgefäß, das durch seinen flüssigen Inhalt dunkelgelb schimmerte.

„Suchen Sie den hier?!“

„Moment. Ich komme!“ Schnellen Schrittes lief Dr. Müller zurück und nahm den Beutel an sich. Er holte einen Filzstift aus der Tasche seines Kittels:

Station 8, Zimmer 78, Ernesto. Schrieb er auf das weiße Etikett.

„Damit die im Labor Bescheid wissen, zu wem das gehört. Danke Schwester...“ Müller schaute auf das Namensschild und vollendete den Satz. „Jule. Aber nächstes Mal will ich das nicht mehr sehen!“ Er deutete auf das Küchentablett, neben dem die Pflegerin den Beutel abgelegt hatte.

„Ja, kommt nicht wieder vor.“

Jule schob den Küchencontainer vor sich her und stellte ihn am Ende des Ganges ab. Von hier aus würde ihn das Küchenteam abholen.

Dr. Frank Müller wedelte aufgeregt mit der Hand in Richtung der Visite, die vor Ernestos Zimmer wartete. Er symbolisierte den Kollegen, dass er den Urin sofort ins

Labor bringen würde. Magenheimer winkte zurück und gab sein Okay.

´Wenn das Blut schon keine Resultate gebracht hat, dann haben wir mit Dir vielleicht mehr Glück`, dachte sich der junge Mediziner und schaute auf den Urinbeutel. Er drückte den Knopf neben dem Aufzug. Die Tür sprang sofort auf. Das Küchenteam hatte einen Anruf der Station bekommen und machte sich auf den Weg die Reste des Frühstücks zu holen.

„Guten Morgen", grüßte Müller freundlich. Eine Antwort bekam er nicht. Zu schnell schloss sich die Aufzugtür hinter ihm. Er drückte auf „K" und fuhr nach unten in den Keller.

Auf dem Flur des Kellergeschosses warteten zwei Leichen darauf, in den Obduktionssaal geschoben zu werden. Dr. Müller lief es kalt über den Rücken. Er war kein Mediziner aus Leidenschaft wie sein Vater und sein Großvater es gewesen waren. Das Studium hatte er seinem Vater zuliebe begonnen. Insgeheim hatte er gehofft, dass seine Qualifikationen nicht ausreichen würden, um es erfolgreich zu beenden.

Mittlerweile hatte er einen Doktortitel und mochte seine Arbeit. Mit dem Tod hatte er jedoch seine Probleme. Nachdem sein Vater im letzten Winter verstorben war, fühlte er sich hilflos und allein. Auf dem Sterbebett hatte sein Vater ihm ein Versprechen abgenommen. Er solle in seine Fußstapfen treten und es ihm gleichtun. Seitdem hatte er eine Aversion gegen den Tod bzw. gegen Tote. Er sah das Gesicht seines Vaters unter den weißen Leinen, an denen er vorbeilief.

Das Hinweisschild ´Labor` zeigte ihm den Weg. Die schwere Brandschutztür des Labors stand offen. Laute Musik schallte in den Flur. Der Klang der Musik verbesserte seine Stimmung. Mit voller Brust sprach er an der offenen Tür.

„Hallo, Frau Kollegin. Ich habe etwas für Sie."

„Kommen Sie herein. Was bringen Sie mit?“ Die Labormitarbeiterin nahm ihm den Beutel aus der Hand.

„Schon wieder was von dem? Da haben wir doch heute Nacht das Blut untersucht.“

„Ja, richtig. Das hat uns nicht weitergebracht. Da kam mir die Idee mit dem Urin.“

„Gab es noch keine Urinuntersuchung? Das ist seltsam. Ich meine mich zu erinnern, dass wir das nach der Operation gemacht haben. Das ist Standard. Aber wenn es nicht da ist, ist es vielleicht nicht gemacht worden. So was kann passieren. Ich kümmere mich darum. Es wird aber bis nach dem Mittagessen warten müssen. Sie sehen ja, was hier noch alles steht.“

„Das passt schon. Am besten das volle Programm. Wir tappen im Dunkeln. Schicken Sie die Ergebnisse per Mail an mich, Dr. Frank Müller oder an Dr. Magenheimer. Der hat auch Dienst.“

19

Die Visite war beendet. Ich war müde und hatte mich schlafend gestellt. Vielleicht schlief ich auch. Ich konnte es nicht einschätzen. Eine kleine Gruppe von Ärzten betrat jeden Morgen mein Zimmer und versammelte sich um das Bett. Voller Anteilnahme hatten sie die Arme hinter dem Rücken verschränkt. Andere blätterten durch Ausdrucke und schauten mich fragend an.

Heute war der Augen-Doktor da. An sein Gesicht konnte ich mich erinnern. Es wirkte, als ob etwas fehlte. Es waren die Augenbrauen, wie ich bei seinem zweiten Besuch erkannte. Er trug eine kleine Nickelbrille und war sehr dünn. Sein Kittel flatterte an ihm herab. Er sah aus, wie ich mir einen KZ-Arzt in einem Kriegsfilm vorstelle. Seine Worte waren sehr direkt. Der Tonfall hart und militärisch. Er fuhr sich oft durch die blonden Haare und schien eine Gehbehinderung zu haben. Das war mir am ersten Tag aufgefallen. Als er aus der Tür ging, hatte sich ein Arzt vorgedrängelt und ihm dabei den Weg abgeschnitten. Den plötzlichen Richtungswechsel konnte er nicht auffangen. Er stolperte und fiel um ein Haar auf den Boden.

Ich öffnete die Augen und starrte an die Decke. Viel mehr gab es nicht zu tun. Viel mehr konnte ich nicht tun. Meine Hände steckten noch immer in Schlaufen. Ich konnte meine Finger ein wenig bewegen.

Im Traum fiel es mir auf, dass ich die Kontrolle über meine Muskeln zurückgewann. Ich träumte von der Misshandlung, die der Grund dafür war, dass mein Gesicht durch eine Narbe entstellt war.

Als sich das heiße Eisen meinem Antlitz näherte, wollte ich meine Hände schützend vor das Gesicht heben. Was mir damals nicht gelang, gelang mir auch heute nicht. Meine Finger hoben sich jedoch ein paar Zentimeter von der Matratze meines Krankenbettes in die Höhe. Ich versuchte mich erneut an den Traum zu erinnern.

Eine verlassene Industriehalle war der Ort des Grauens. Von Staub bedeckte Maschinenteile lagen durcheinander auf dem Boden. Die großen Fensterscheiben waren teilweise durchlöchert. Jugendliche hatten das verlassene Gebäude als Spielplatz ausgesucht und die Scheiben mit Steinen eingeworfen. Ich lag auf einer stinkigen Matratze, die Obdachlosen als Schlafstätte gedient hatte. Über mir kreiste eine Schar schwarzer Vögel und krächzte aufgeregt.

„Ich lebe noch! Haut ab!“

Ich hatte geschrien. Ich wollte die Vögel vertreiben und meine Angst in den Griff bekommen. Ich war allein mit mir, meinen Gedanken und meinen Schmerzen.

Mir war kalt. Der Wind wehte durch die Halle und brachte die Feuchtigkeit des Regens mit ins Innere. Die durchlöcherten Fensterscheiben in der Wand boten nur schwachen Schutz vor der Feuchtigkeit. Ein ums andere Mal flogen Regentropfen herein und landeten auf meiner Matratze.

Es wurde dunkel. Ich sah ein Flackern an der Hallendecke. Hinter mir war ein orangefarbenes Licht. Es kam und ging. Je länger ich das Schauspiel beobachtete, umso schwächer wurde das Licht.

Mit aller Kraft drehte ich mich auf meine rechte Seite. Der Schmerz im Auge war kaum zu ertragen. Ich biss die Zähne zusammen und versuchte meinen Atem zu beruhigen. Nachdem sich der Schmerz gelegt hatte, liefen mir Tränen aus dem rechten Auge. Verwässert blickte ich hinter mich.

Im orangefarbenen Licht eines Feuers sah ich eine leere Kiste. In ihr lagen Gegenstände, die ich von meiner Position nicht erkennen konnte. Das Lagerfeuer war kurz davor auszugehen. Mehr als ein paar Minuten blieben mir nicht. Dann würden sich Kälte gegen Wärme und Licht gegen Dunkelheit tauschen.

Ich drehte mich auf den Bauch. Auf allen Vieren robbte ich zum Feuer. Es waren höchstens drei Meter, die es zu überwinden galt. Das schwache Licht erhellte einen kleinen Radius um das Feuer. Ich sah, dass es um mich herum genügend Bretter und alte Stühle gab, mit denen ich das Feuer am Leben halten konnte.

Ein Zischen erschrak mich. Der Regen wurde stärker und der Wind war dabei einzelne Tropfen durch die Fenster zu treiben. Einige große Tropfen fielen ins Feuer und verdampften lautstark. Das Feuer drohte schneller zu erlöschen, als es mir lieb war. Ich drehte mich um 90 Grad. Mit dem rechten Fuß stocherte ich über den Boden. Mein Schuh blieb an einer Diele hängen. Ich winkelte das Bein an und zog das Holz näher. Es gelang mir auf Anhieb.

Als das Holz in Reichweite war, setzte ich mich auf die Knie und streckte mich aus. Mit beiden Händen zog ich daran und warf es in die verbleibenden Flammen. Zu mehr war ich nicht mehr in der Lage. Ich fiel auf die Seite. Mein müder Blick ging ins Feuer. Es drohte zu ersticken. Die Diele war voller Staub und Farbreste. Die Glut brauchte ein paar Sekunden, bis sie das Holz erhitzt hatte. Schließlich stieg weißer Qualm auf. Ich hustete.

Plötzlich löste sich ein lauter Knall. Ich presste meinen Kopf auf den Boden. Mit einer grellen Stichflamme verbrannte die Farbe und setzte die Diele in Flammen. Erneut setzte ich mich auf meine Knie. Zum Aufstehen fühlte ich mich zu schwach. Ich rutschte zur Kiste, die man mir als Tisch hingestellt hatte.

Ich riss den Verschluss von der Wasserflasche und trank den halben Liter Mineralwasser mit einem Zug. Die restlichen drei Flaschen wollte ich einteilen. Hunger hatte ich keinen. Die Packung Zwieback war der gut gemeinte Hinweis, dass man mich nicht verhungern lassen würde.

Am Rand der Kiste klemmte eine Zeitung. Ich nahm sie an mich und setzte mich an meinen Tisch. Ich saß auf dem schmutzigen Boden und schlug die Zeitung auf.

Express, Mittwoch, 9.6.2018.

„Gestern kam es im Prozess gegen einen Clan des organisierten Verbrechens zu einer überraschenden Wende. Die Anklage rief jemanden in den Zeugenstand, mit dem keiner gerechnet hatte. Der Mann (siehe Zeichnung des Gerichtszeichners) verließ den Saal unter Polizeischutz. Die beiden Polizisten fand man am späten Abend in einer Schrebergarten Siedlung. Vom Zeugen fehlt jede Spur..."

Mit einem Auge hatte ich den Bericht gelesen. Ich schaute auf die Zeichnung. Ein Gerichtsaal, Stühle, Bänke, der Richter und andere Personen waren detailgetreu skizziert. Der erwähnte Zeuge hielt eine

Zeitung in die Höhe und verdeckte den linken Teil seines Gesichts. Seine Glatze und das Tattoo hinter dem linken Ohr waren nicht zu übersehen.

Ohne das Gesicht zu sehen, erkannte ich mich wieder.

20

Arlette war eine Stunde vor Dienstbeginn in ihrem Büro. Auf dem Schreibtisch lag die Hauspost. Flüchtig warf sie einen Blick darauf. Dann schaltete sie den Computer an und wartete darauf, dass sie sich ins Krankenhaus Intranet einloggen konnte.

„Benutzername“

„Password“

„Pin“ und eine zufällig generierte 6stellige Zahlenkombination eines Tokens vervollständigten den Log-In.

Sie nahm ein Haargummi aus der Schublade und band sich die Haare zu einem Zopf. Ins Gesicht fallende Haarsträhnen störten sie, wenn sie nachdenken musste. Der Rechner fuhr gemächlich alle Programme hoch. Mit einem Doppelklick öffnete die Ärztin Ernestos Akte.

Arlette ging noch einmal an den kleinen Tisch, auf dem sie ihren Rucksack abgelegt hatte. Sie packte ihre Ration an Obst und Müsliriegel auf den Tisch und nahm die Zeitung an sich. Zurück an ihrem Arbeitsplatz schlug sie den Express auf. Sie schaute sich die Zeichnung an. Was zum Teufel war das für ein Symbol?

Die Unterlagen von Ernesto poppten auf dem Desktop des Computers auf. Arlette verkleinerte die medizinische Akte. Sie brauchte ihre Notizen. Schnell fand sie, was sie suchte.

Auf einem Post-it stand der Hinweis: *„Diverse Tattoos. Wo? Bedeutung? Clan? Mafia?“*

Arlette hatte die Tattoos nicht gesehen. Nach der Operation wurden die Wunden genäht und mit großen Pflastern verschlossen. Zudem lag Ernesto bei der täglichen Visite unter einer Decke. Um die Wundversorgung kümmerte sich das Pflegepersonal. Ein Arzt wurde nur hinzugerufen, wenn es auffällige Befunde gab. Wenn Ernesto die Körperkunst auf seinem Bauch trug, konnte sie sie nicht sehen. Ihre innere Unruhe wuchs. Sie spürte, dass sie dieser Spur nachgehen musste.

´Ernesto, wir sehen uns gleich. Ich muss mich noch umziehen`, dachte sie.

Arlette Bennington schlüpften aus ihren Klamotten und legte sie über den Paravent in der Ecke. Sie zog ein weißes Polo- Shirt an und schlüpfte in die weiße Hose. Der Schnitt der medizinischen Bekleidung schlug ihre sportliche Figur in die Flucht. Sie schlüpfte in ihre Sportschuhe und zog den Kittel über. Arlette nahm ihr Smartphone aus dem Rucksack und steckte es in die rechte Tasche des Kittels. *´Los gehts! `*

Jule saß im Schwesternzimmer. In einer halben Stunde hatte sie Feierabend. Die Pflegerin gönnte sich eine kurze Pause und trank ein Glas Wasser. Auf dem Tisch stand eine Schüssel mit Gummibärchen. Sie konnte nicht anders und nahm sich eine Handvoll der kleinen Köstlichkeiten. Um die Zeit totzuschlagen, blätterte sie in den Werbeprospekten, die auf dem Tisch lagen. Es gab nichts Interessantes zu sehen. Sie legte die Werbung zur Seite und schaute auf die Schlagzeile des Expresses:

„Erfolgreiche Drogenrazzia in der Südstadt!“

„Das glaub ich ja nicht!“, sagte sie laut und erschrak sich selbst. Sie klemmte die Zeitung unter den Arm und lief auf den Flur. Ihr Ziel lag nur ein paar Türen weiter.

Das Zimmer 78.

Arlette schloss die Tür hinter sich. Sie ging zum Bett und schaute auf Ernesto. Er schien friedlich zu schlafen. Seine Stirn legte er ab und an in Falten. Vielleicht träumte er?

Arlette legte die Bettdecke zur Seite. Ernesto trug ein Krankenhaus OP-Hemd. Durch den dünnen weißen Stoff sah die Ärztin einen Verband um Ernestos Brust. Sie wunderte sich. Der Verband verlief über die Brust und um die Oberarme des Patienten. Gebrochene Rippen heilen in der Regel von allein und bedürfen keiner zusätzlichen Fixierung. Für den Moment waren die beiden Pflaster wichtiger. Aus dem größeren der beiden hing ein Schlauch. Hier wurde die Wundflüssigkeit abgesondert. Sie lief in einen Behälter, der auf der Seite des Bettes angebracht war.

Langsam zog Arlette das Nachthemd des Patienten nach oben und löste vorsichtig eine Seite des Pflasters. Ernesto zeigte keine Reaktion. Sie zog das Pflaster ab und schaute auf die große Narbe. Das, was ein Tattoo gewesen war, war nicht mehr zu erkennen. Grüne und blaue Verfärbungen, durch den operativen Eingriff hatten das Kunstwerk entstellt. Mehr als ein dunkler Fleck war nicht übriggeblieben. Das half ihr nicht weiter.

Die andere Tätowierung war sehr groß. Sie bestand aus aneinander gesetzten Bildern, die sich bis auf den Rücken erstreckten. Den Großteil erkannte sie auf der Haut. Der Rest lag unter dem Wundschutz. Das Pflaster fing am rechten Unterbauch an und reichte bis in Ernestos Leiste. Der Schlauch der Wundflüssigkeit lief parallel zum Katheter, den man dem Patienten gesetzt hatte. Arlette zögerte. Dann nahm sie ihren Mut zusammen und zog das Pflaster von der Haut.

Jule stand vor dem Zimmer 78. Sie war allein auf dem Flur. Trotzdem fühlte sie sich beobachtet. Sie hatte den Express gefaltet und schaute noch einmal auf das Bild. Dann öffnete sie die Tür und trat, ohne zu klopfen ein.

„Oh... Frau Doktor..."

Arlette Bennington erschrak und drehte sich ruckartig um. In ihrer Hand hielt sie ihr Smartphone.

„Was machen Sie denn, Frau Doktor?"

Jule hatte die Ärztin in einer Situation erwischt, die sie nicht deuten konnte. Hatte die Ärztin das Geschlechtsteil von Ernesto fotografiert?

„Schauen Sie sich das an, Jule! Und machen Sie die Tür zu!"

Die Pflegerin zögerte und schaute Arlette irritiert an.

„Jule ist doch richtig, oder?", fragte Arlette.

„Ja."

Jule trat näher. Sie hatte den Express in der Hand. Arlette sah das Foto und nahm ihr die Zeitung aus der Hand.

„Sehen Sie das?"

Die Ärztin hielt die Zeitung neben die Operationsnarbe. Das Tattoo war mit einem Skalpell zerschnitten. Mit viel Fantasie konnte man einen Vogel oder Drachen erkennen. Er hatte etwas im Maul. Was es war, war nicht mehr zu erkennen. Die Wunde hatte das Bild zerstört.

„Ich kenne das Tattoo", sagte Jule.

„Er hat es in einer kleineren Version auf dem Kopf. Hinterm Ohr. Es ist mir aufgefallen, als ich seine Haare gekämmt habe. Schauen Sie."

Jule trat näher an das Bett heran.

Sie ging ans Kopfende und legte Ernestos Kopf etwas auf seine rechte Gesichtshälfte.

„Moment, ich mache Licht." Arlette schaltete die Taschenlampe ihres Smartphones an und leuchtete hinter Ernestos Ohr. Jule kämmte die Haare mit ihren Fingern, soweit es ging zur Seite.

„Was denken Sie, was das ist?", fragte sie.

„Ein Drache? Was hat er im Maul?"

„Ich mache ein paar Fotos." Arlette bediente die Kamera.

„Holen Sie mir bitte noch Pflaster? Ich möchte die Wunden wieder versorgen."

„Ja. Ich bin sofort wieder da."

Ein paar Minuten später war Ernesto wieder allein in seinem Zimmer. Jule und Arlette liefen zum Treppenhaus. Als sie in Arlettes Büro ankamen, besprachen sie das eben Gesehene.

21

Betreff: Zimmer 78/8/E

Dr. Magenheimer las den Bericht, den das Labor an ihn und an Dr. Müller geschickt hatte. Im Urin des Patienten wurde Insulin nachgewiesen.

Endlich ein Hinweis. Insulin konnte bei einem gesunden Menschen in einer hohen Dosierung tödlich sein. Das, was das Labor aus Ernestos Urin herausgefiltert hatte, war nicht viel. Es reichte aber aus, um einen Schock auszulösen. Vor allem bei einem Patienten, der sehr schwach ist.

Magenheimer war in Gedanken versunken, als die nächste E-Mail in sein Postfach flog. Absender war Dr. Müller.

„Insulin?! Bitte um Rücksprache."

Mehr Text gab es nicht zu lesen.

Dr. Müller war ebenso irritiert, wie Dr. Magenheimer.

Das Insulin war ein hilfreicher Hinweis. Die Frage war, wie war es in Ernestos Körper gekommen?

Er bekam kein Insulin als Medikation. Es blieb nur eine Möglichkeit.

Jemand hatte es ihm heimlich verabreicht.

22

„Zimmer 78/8. Labor ist da: Insulin im Urin."

Dr. Klaus spazierte mit Gonzo durch den Wald. Er warf seinem Hund einen Stock. Gonzo jagte dem Holz hinterher und brachte es zu seinem Herrchen zurück.

„Gut gemacht, Gonzo! Und...hol!"

Erneut flog das Holz durch die Luft. Gonzo sprintete hinter seinem Spielzeug her.

´Ich hätte das Smartphone besser im Wagen gelassen!`

Der Arzt haderte mit sich selbst. Gonzo schleppte einen großen Ast hinter sich her. Er hatte das Stöckchen gegen ein großes Spielzeug getauscht. Dr. Thomas Klaus lachte über die Kreativität seines Hundes. Sein Smartphone piepste erneut.

„Insulin? Ist er Diabetiker?"

„Nein."

„Okay."

„Wie kann das passieren?"

„Hat jemand eine Idee?"

Genervt drückte Dr. Klaus auf sein Smartphone. Er stellte die Chat Gruppe auf ´stumm`. Wenn er sich Zeit für Gonzo nahm, hatte der Hund Priorität.

„Gonzo! Zu mir!"

Der Rüde ließ den Ast liegen und raste über den sandigen Waldweg. Thomas wartete. Er hatte Gonzos Lederleine über die Schultern gelegt, damit er die Hände frei hatte. Jetzt nahm er sie in die rechte Hand. Mit der linken kraulte er Gonzo hinterm Ohr und hakte den Karabiner am Lederhalsband ein. Im Gleichschritt lief das Mensch-Hund-Team zurück zum Parkplatz. Der Kofferraum des Saab stand offen. Der Aufkleber „Cane Corso an Bord" und das Schild „Arzt im Einsatz" hielten jeden Neugierigen davon ab, den Wagen zu stehlen.

Gonzo sprang mit einem Satz in den Kofferraum. Dr. Klaus legte die Leine neben den Hund und schloss die Heckklappe. Er setzte sich hinters Steuer und legte das Smartphone in eine Ablage. Mittlerweile war die Anzahl der ungelesenen Nachrichten auf dreiundvierzig gestiegen. Offensichtlich diskutierten die Kollegen über den überraschenden Laborbefund. Ohne auf den Gesprächsverlauf einzugehen, tippte Dr. Thomas Klaus eine kurze Nachricht:

„Insulin? Das überrascht mich sehr."

Er startete den Wagen und fuhr zurück nach Hause.

´Wie einfach es ist in einer Textnachricht zu lügen, ohne dass es einem unangenehm ist`, dachte er.

23

Arlette spielte die Fotos von ihrem Smartphone auf den Computer. Sie öffnete die Bilder und vergrößerte sie. Die Ärztin warf auf einen kurzen Blick auf die Aufnahmen der Leistengegend. Sie konnten warten. Das Foto von Ernestos Hinterkopf war interessanter.

„Können Sie es noch größer bekommen, Dr. Bennington?“, fragte Jule. Sie hatte die Zeitung in der Hand und verglich die beiden Abbildungen.

„Ja, so ist es perfekt. Das ist identisch. Was meinen Sie?“

Arlette schaute auf den Bildschirm. Die dunklen Haare des Patienten verdeckten einen Teil des Tattoos. Es war nicht groß. Im Krankenbett war es ihr nie aufgefallen. Jetzt sah sie es deutlich.

„Es ist ein Drache mit einem Schwert im Maul, oder?“ Arlette schaute Jule fragend an.

„Das ist das Motiv, das die Polizei in die Zeitung gegeben hat. Kein Zweifel.“

Jule nickte zustimmend. Sie vergaß, dass sie bereits, seit einer Stunde Feierabend hatte. Sie war aufgeregt. Wer war der Patient? Was hatte er mit der Drogenrazzia zu tun?

„Rufen wir die Polizei? Hier steht die Telefonnummer: Kölner Vorwahl, dann die: 78 8 78.“

24

„Insulin? Das überrascht mich sehr.“

Dr. Müller las die Nachricht von Dr. Klaus.

´Mehr fällt ihm dazu nicht ein? `, dachte er.

Dr. Müller hatte die Idee, den Urin des Patienten zu untersuchen. Lag es daran, dass der alte Chef der Abteilung sich nicht äußerte? Gönnte er einem jungen Kollegen keinen Erfolg? Dr. Frank Müller schätze Dr. Klaus anders ein. Dennoch war er verwundert.

Zwanzig Minuten hatte es gedauert, bis Dr. Klaus einen Kommentar von sich gab. Das war ungewöhnlich. Vor allem, weil er die Behandlung von Ernesto zur Chefsache erklärt hatte. Die Nachricht selbst war ebenfalls seltsam. Er drückte seine Verwunderung aus. Das taten alle Kollegen. Ernesto bekam kein Insulin gespritzt. Es war ein Befund, mit dem man nicht rechnen konnte.

Dr. Müller ging davon aus, dass der Urin neue Erkenntnisse liefern würde, was die Nierenfunktion des Patienten anging. Er vermutete, dass ein Nierenversagen nicht lange auf sich warten lassen würde. Blut im Urin wäre ebenfalls logisch gewesen. Insulin dagegen nicht.

Am meisten störte ihn, dass die Nachricht von Dr. Thomas Klaus aus dem Kontext der restlichen vierzig Nachrichten gerissen war. Die Kollegen diskutierten über eine mögliche Ursache. Der nächste Behandlungsschritt wurde besprochen. Als jeder damit rechnete, dass Dr. Klaus seine Meinung schreiben würde, speiste er die anderen mit einer lapidaren Äußerung ab.

„Dr. Magenheimer? Hier ist Dr. Müller.“

Höflich meldete sich der junge Arzt bei seinem Kollegen.

„... Ja... seltsam... Wundert mich auch. Dürfte ich mir die Unterlagen des Patienten genauer anschauen?“

Müller wurde aktiv.

„Ah, Sie sind bereits nicht mehr in der Klinik? Schade. Dann vielleicht morgen?“

25

Das Garagentor schloss sich auf Knopfdruck. Dr. Klaus öffnete die Heckklappe. Gonzo wartete geduldig, bis ihm sein Herrchen das Halsband ausgezogen hatte. Dann sprang er aus dem Kofferraum und lief in den Garten. Dr. Klaus ließ die Klappe geöffnet, damit der Wagen durchlüften konnte.

Er hatte Lehrgeld bezahlt, als er es zum ersten Mal so handhabte. Es war an einem Vormittag und der Arzt hatte beim Verlassen der Garage übersehen, dass die Kofferraumbeleuchtung des Saab durch die offenstehende Heckklappe nicht erlöschen war. Am nächsten Tag hatte er frei. Zwei Tage später gab der alte Schwede keinen Mucks mehr von sich. Es klickte nur, als er den Schlüssel im Zündschloss umdrehte. Die Batterie hatte sich entladen. Der Pannendienst überbrückte das Fahrzeug und half dem Arzt technisch weiter.

„Wissen Sie, ich habe zwei linke Hände, was das angeht.“, sprach der Chirurg und zeigte auf sein Auto.

Der Mechaniker schaute auf das Schild „Arzt im Einsatz“.

„Hoffentlich muss isch net unter dess Messer bei Ihne“, lachte er lautstark und machte sich an die Arbeit. Keine fünf Minuten später, war die Stromzufuhr der Kofferraumbeleuchtung abgeklemmt.

„Jezz iss abba nix meehr met Lich, hier drinnne.“

„Ja. Das ist mir lieber so. Was bekommen Sie für den Extra-Service?“, fragte der Arzt und zog sein Portemonnaie aus der Tasche.

„Passt so.“

„Kapiert“, antwortete Dr. Klaus und steckte dem Techniker einen 20-Euro Schein in die Tasche seiner Arbeitsjacke.

Gonzo lag in seinem Korb und schlief. Dr. Klaus ging unter die Dusche. Er musste zur Arbeit. Am Abend hatte er allein Dienst. Er hatte genug Zeit, sich auf den morgigen Tag vorzubereiten. Dieser würde viele Fragen mit sich bringen, wie man mit Ernestos Behandlung weitermachen würde. Eine Meinung hatte jeder. Es würde Diskussionen geben. Die Erfahrung lehrte ihn, dass es niemand wagte ihn zu kritisieren. Die Kompetenz von Dr. Magenheimer und sein eigenes Ansehen, würden die Entscheidung leicht machen.

Dass Insulin im Urin gefunden wurde, beunruhigte ihn nicht. Niemand ahnte, woher es kam und wie es in Ernestos Körper gelangt war. Über die Medikamentenvergabe wurden strenge Pläne geführt. Jede Ausgabe wurde notiert. Monatlich fanden Inventuren auf den Stationen statt. Die Menge an vorrätigem Insulin hielt jeder Prüfung statt.

Es gab keine Spuren. Keine Kameras auf den Fluren oder in den Zimmern. Eine Verbindung zu Dr. Thomas Klaus war ausgeschlossen.

26

Arlette hielt ihr Smartphone in der Hand. Sie entsperrte es mit der Face-ID und tippte auf das Display.

„78 und dann?“

„8 78.“

„Es läutet.“

Jule saß auf einem Stuhl. Die Zeitung lag auf dem Schreibtisch. Sie war zu nervös, um die Polizei anzurufen. Arlette Bennington führte das Gespräch.

„Bennington. Guten Tag.“

Die Leitung schien frei zu sein.

„Ich melde mich wegen des Berichtes im Express…“, begann sie das Gespräch.

„Mein Name ist Arlette Bennington. Ärztin in der Klinik am Stadtwald.“

Sie verdrehte die Augen. Die Polizistin am anderen Ende der Leitung stellte viele Fragen. Jedem Hinweis aus der Bevölkerung konnten die Beamten nicht nachgehen. Darum sortierten sie die Anrufer aus und gaben den Hinweisen dadurch eine Priorität. Arlette sprach ruhig weiter.

„Wir haben einen Patienten im Haus, der das gleiche Tattoo auf dem Kopf hat, wie der Gesuchte in der Zeitung. Nein, er kann es nicht sein. Das weiß ich. Wir haben über ihn keine Informationen. Darum könnten beide Seiten davon profitieren. Heute noch? Ja, ich bin vor Ort. Fragen Sie am Empfang nach mir. Station 8. Innere Medizin. Danke. Bis später.“

Jule platzte vor Neugier.

„Schicken die gleich jemanden her? Einen echten Kommissar? Wahnsinn!“

Aufgeregt rutschte sie auf dem Stuhl hin und her.

„Es wird noch dauern. Im Laufe des späten Nachmittags wird jemand herkommen.“

Arlette wirkte deutlich abgebrühter als die Pflegerin. Sie machte sich nichts aus Sensationen. Für sie war es wichtig, herauszufinden, wer Ernesto war. Sie brauchte Informationen zu seiner Biografie, um ihm helfen zu können.

„Brauchen Sie mich, Frau Doktor? Ich müsste schon längst weg sein.“ Jule stand auf und ging zur Tür.

„Nein, gehen Sie.“

„Aber Sie müssen mir morgen alles erzählen. Ein Kommissar bei uns im Haus. Wahnsinn!“

Arlette lächelte.

„Ja, das werde ich tun. Bis morgen.“

„Tschö.“ Jule schloss die Tür und machte sich auf den Heimweg.

Arlette schaute sich die Fotos von Ernestos Tattoos noch einmal an. Sie hakte den Hinweis auf dem hellblauen Post-it ab. Die Polizei hatte dazu bestimmt Informationen. Dessen war sie sich sicher. Vielleicht würde sich Ernestos Herkunft klären und wichtige Hinweise liefern.

´Die normalen Hinweise helfen manchmal besser als die Medizin`, dachte Arlette.

Dann griff sie zum Smartphone. Sie hatte noch ungelesene Nachrichten in der Chat Gruppe der Inneren Medizin. Dass man in Ernestos Urin Rückstände von Insulin gefunden hatte, hatte sie nebenbei registriert. Sie wollte sich dazu später Gedanken machen. Dr. Müller hatte die Idee zu dieser Untersuchung. Er wäre sicherlich bereits damit beschäftigt, sich etwas zu überlegen.

Dr. Thomas Klaus hatte teilnahmslos einen Satz geschrieben. Arlette wunderte sich nur kurz. Vielleicht war er mit seinem Hund unterwegs und hatte schlicht und ergreifend keine Lust, sich in seiner Freizeit mit beruflichem zu beschäftigen.

„Dr. Bennington auf Station 8. Dr. Bennington."

Über einen Lautsprecher in ihrem Büro rief man sie. Sie hatte noch keinen Doktortitel. Der Zusatz „Doktor, Schwester oder Pfleger" vereinfachte es den entsprechenden Personenkreis schneller zu sensibilisieren.

War die Polizei bereits im Haus?

27

„Danke, dass Sie so schnell gekommen sind, Frau Bennington. Ich hatte Sie auf dem Diensthandy angerufen, aber es war länger besetzt."

„Schwester Katharina, Guten Tag. Ja, ich habe mit der Polizei telefoniert."

Arlette war von ihrem Büro sofort auf die Station gelaufen. Sie ging ins Schwesternzimmer. In der Hand hatte sie den Express.

„Ist das Ihre Zeitung? Jule hatte sie mitgenommen."

„Ja, aber die hätten Sie nicht mitbringen müssen."

„Sehen Sie das Foto hier? Ernesto, aus Zimmer 78 hat auch so eine Tätowierung. Man sieht sie kaum, weil die Haare darüber gewachsen sind."

„Unser Ernesto?", fragte Schwester Katharina überrascht nach.

„Ja. Darum habe ich die Polizei informiert. Es gibt sicherlich einen Zusammenhang zwischen Ernesto und der Drogenrazzia gestern Abend."

„Drogenrazzia? Oh Gott, oh Gott." Katharina erschrak. Sie hatte noch keinen Blick in den Express werfen können und wusste nichts von den Ereignissen in der Südstadt.

Arlette zeigte ihr den Bericht auf der Titelseite.

„Und das hat Ernesto auch?", Schwester Katharina zeigte auf das Tattoo, das auf dem Foto zu sehen war.

„Ja."

„Warum ich Sie gerufen habe, Frau Bennington. Bei Ernesto wurden die Wunden versorgt. Es gibt aber keinen Hinweis im Behandlungsplan, wer das veranlasst und durchgeführt hat."

„Oh, sorry. Das war ich selbst."

„Sie? Sie machen das doch sonst nicht."

„Stimmt. Ich hatte eine Notiz in meinen Unterlagen und wollte schauen, welche Tätowierungen sich unter den Pflastern befinden. Als ich dann zusammen mit Jule das Tattoo gefunden habe, habe ich in der Eile nichts eingetragen. Ich hole das umgehend nach. Kommen Sie mit?"

Gemeinsam liefen sie zu Ernestos Zimmer.

Arlette notierte den Wechsel der Pflaster und zeichnete ihn mit ihrem Kürzel „AB" ab.

Schwester Katharina stand an Ernestos Bett. Sie blickte hinter sein Ohr und erschrak.

„Tatsächlich. Das ist mir bisher nicht aufgefallen. Was bedeutet das?"

„Das weiß ich auch nicht. Ich hoffe, die Polizei kann uns dazu mehr sagen."

„Die Polizei kommt heute?"

„Ja, ich denke es wird nicht mehr lange dauern. Trinken wir noch einen Kaffee? Dann können Sie mich über die übrigen Patienten auf den aktuellen Stand bringen."

Arlette und Katharina verließen das Zimmer.

28

Ich lag auf der Seite und schaute mich um. Mir war kalt. Es war windig. Ich fühlte mich nackt. Die Feuchtigkeit brachte die Kälte in die Fabrikhalle.

Meine Erinnerungen an eine Fabrikhalle und meinen Kampf ums Überleben, kamen mir real vor. Ich kroch über den staubigen Boden der Halle. Von draußen hörte ich den Regen. Je länger ich versuchte, dem Feuer näher zu kommen, umso kälter wurde es. Ich konnte die Kälte förmlich spüren. Mein Körper war bisher gleichmäßig temperiert. Mein Zimmer hatte eine angenehme Temperatur. Ich lag unter einer Decke, die mich zusätzlich wärmte. Ab und an hatte ich den Eindruck, ich hätte Fieber. Es störte mich nicht.

Jetzt spürte ich, wie es von Minute zu Minute kälter wurde. An meinem Bauch bildete sich Gänsehaut. Ich kannte das Gefühl, wenn sich Schüttelfrost vor einem akuten Fieberschub ankündigte. Plötzlich spürte ich ein starkes Ziehen an meiner Bauchdecke. Schmerzhaft löste sich ein Fetzen von meinem Körper. Wie war das möglich?

Lag ich bäuchlings auf der Matratze und eine blutende Wunde hatte sich mit dem Untergrund verklebt? Verursachte eine ruckartige Bewegung das Lösen der Verklebung aus Wundsekret und Blut?

Nein. Das konnte nicht der Fall sein. Ich lag nach wie vor auf dem Rücken. Ich schaute an die Decke und sah, wie die Krähen ihre Kreise zogen. Die Aasgeier warteten darauf, dass ich meinen letzten Atemzug nahm. Die Vögel würden nicht warten, bis mein Körper verfaulte. Sie würden sich auf meinen abkühlenden Leichnam stürzen und ihn in Stücke reißen. Noch war es nicht so weit.

Das nächste Ziehen stoppte meine Gedanken. Ich spürte einen Schmerz in meiner Leiste. Ein Schmerz, der für ein paar Sekunden anhielt und mir die Luft zum Atmen nahm. Ich starrte an die Decke.

Mit der Hand versuchte ich die Vögel zu vertreiben. Meine Handgelenke bewegten sich lediglich ein paar Zentimeter. Nach wie vor war ich ans Bett gefesselt. Ich wurde panisch. Es folgten mehrere helle Blitze und die Vögel verschwanden. Ein Donnern war nicht zu hören. Handelte es sich um das Blitzlicht einer Fotokamera?

Ich mobilisierte meine Kräfte und wagte den Versuch dem Feuer näher zu kommen. Diese Bewegungen wurden nicht von realen Sinneswahrnehmungen begleitet. Diese traten erneut auf, als ich mein Ziel erreicht hatte und mein Foto in der Zeitung sah.

Ich spürte den kühlen Wind in meinem linken Ohr.

„Die Polizei kommt heute?“

Woher kam die Stimme?

Hatte ich sie gehört oder war es Einbildung?!

29

„Guten Tag. Kommissar Hieronymus. Ich möchte zu Frau Bennington. Station 8."

Kurz nach 17:00 Uhr hatte Kommissar Hieronymus sein Büro verlassen. Er hatte Glück und erwischte eine grüne Welle. Nach zwanzig Minuten parkte er auf dem Parkplatz der Klinik. Er fuhr mit einem Wagen der Drogenfahndung. Dieser war nicht als Polizei Fahrzeug auszumachen. Hieronymus wollte kein Aufsehen erregen.

Vielleicht brachte der Anruf keine neuen Hinweise. Klar war, der Patient konnte nicht der Flüchtige sein. Er lag seit einer Woche in der Klinik. So viel Information hatte er von seiner Kollegin bekommen. Ob der Patient ein identisches Tattoo hatte, würde sich gleich herausstellen. Hieronymus steckte seinen Ausweis zurück in die Hosentasche und schaute in Richtung der Aufzüge.

„Nehmen Sie den Aufzug in die zweite Etage. Da ist die Innere Medizin. Ich rufe auf der Station an und sage Bescheid, dass Sie auf dem Weg sind."

„Danke."

Die Tür öffnete sich. Hieronymus ließ den Patienten den Vorrang. Er betrat den Aufzug als letztes. Der Knopf für die zweite Etage war bereits gedrückt. Auf der ersten Etage stieg niemand aus. Nach kurzer Zeit öffnete sich die Aufzugtür und der Kommissar betrat die Station.

„Sind Sie von der Polizei?", begrüßte ihn Schwester Katharina höflich.

„Ja, Hieronymus. Sie hatten angerufen?"

„Nein. Das war die Ärztin. Ich bin Schwester Katharina. Kommen Sie mit. Ich bringe Sie zu ihr."

Hieronymus schaute sich um. Er hatte von der neuen modernen Einheit des Krankenhauses gelesen. Man hatte nicht zu viel versprochen. Alles sah nach Hightech aus. Dennoch wollte er es bei beruflichen Besuchen belassen.

„Frau Bennington?“

Arlette schaute auf. Sie saß am Tisch und hatte eine Tasse Kaffee vor sich stehen.

„Kommissar Hieronymus.“

„Arlette Bennington. Ich hatte angerufen.“

Sie schüttelte dem Kommissar die Hand.

„Möchten Sie auch einen Kaffee?“, fragte Katharina.

„Nein. Können wir gleich zum Patienten? Ist das möglich?“

„Ja. Folgen Sie mir, bitte. Ich gehe voraus.“ Arlette lief über den Flur. Der Kommissar folgte ihr wortlos.

„Hier sind wir. Der Patient ist seit einer Woche bei uns in Behandlung und seitdem nicht ansprechbar. Wir wissen nichts über ihn. Er wurde ohne Papiere eingeliefert. Wir haben ihm den Namen Ernesto gegeben, weil er so gebräunt ist.“

Arlette lieferte die wichtigsten Informationen. Dann öffnete sie die Tür und ging ins Zimmer. Kommissar Hieronymus folgte ihr. Er hatte einen Schreibblock aus der Tasche geholt und sich etwas notiert.

„Wenn Sie näherkommen wollen, Herr Kommissar.“

Arlette stand am Kopfende des Bettes. Sie legte Ernestos Kopf zur Seite und strich die Haare weg.

„Sehen Sie hier.“ Arlette zeigte auf die Stelle am Kopf. Mit einer kleinen Taschenlampe verschaffte sich Hieronymus eine bessere Sicht.

„Kein Zweifel. Das ist eine Tätowierung der „Draco Gladius“.

„Das heißt?“ Arlette kannte die beiden lateinischen Worte. In welchem Zusammenhang sie standen, wusste sie nicht.

„Die Drachenkämpfer. Eine deutschlandweit operierende Gang des organisierten Verbrechens.“

Hieronymus zückte sein Smartphone und machte Fotos. Er schaute sich Ernestos Gesicht genauer an. Die Narbe hatte er sofort bemerkt.

„Hat der Patient noch ein weiteres Tattoo? In der Leiste?“

„Woher wissen Sie das?! Kennen Sie ihn?“ Arlette war überrascht.

„Er hat ein Tattoo in der Leiste. Die ist von einem Pflaster verdeckt und jetzt nicht zu sehen. Ich habe sie fotografiert. Moment.“ Auch Arlette holte ihr Smartphone aus der Tasche. Sie scrollte durch die Fotos.

„Hier.“ Sie hielt Hieronymus das Foto hin.

„Wissen Sie, wer das ist?“, fragte er.

„Nein. Ich sagte doch, wir haben ihn ohne Papiere eingeliefert bekommen. Eine Notoperation hat ihm das Leben gerettet. Besuch hatte er keinen. Niemand scheint ihn zu vermissen.“

„Das glaube ich sofort, dass den niemand vermisst!“ Hieronymus wurde ernst. Er ging zum Fußende des Bettes und zeigte auf den Patientenbogen mit dem Namen Ernesto.

„Mit „Ernesto“ lagen Sie gar nicht so falsch. Er ist kein Italiener, aber er ist unter einem italienischen Namen bekannt: “Alberto Tombe“. 1966 in Frankfurt am Main geboren. Sein richtiger Name lautet: „Albert Eisengräber“.“

Arlette schaute den Kommissar fragend an. Hieronymus beendete seine Ausführungen.

„Albert Eisengräber führt das Vermächtnis seiner Vorfahren weiter. Er ist einer der Köpfe der Draco Gladius.“

30

„Das muss ich erst mal sacken lassen.“ Arlette saß an ihrem Schreibtisch. Hieronymus nahm am Tisch in ihrem Büro Platz. Nachdem ihr der Kommissar die ersten Informationen über Ernesto gegeben hatte, waren beide in Arlettes Büro gegangen.

„Lassen Sie uns in meinem Büro weitersprechen. Hier haben die Wände Ohren. Sie wissen, was ich meine.“ Arlette lief über den Flur und rief Katharina zu: „Schwester Katharina. Ich bin in meinem Büro. Bitte keine Störung!“

Sie nahm den Weg über das Treppenhaus. Hieronymus folgte der jungen Ärztin. Er hatte nicht damit gerechnet, dass der Anruf von Arlette Bennington ihn ausgerechnet auf Alberto Tombe treffen ließ. Der Großteil der Hinweise aus der Bevölkerung verlief sich im Sand. Die Anrufer erinnerten sich an ein ähnliches Tattoo an einer anderen Körperstelle. An einen Glatzkopf, der sie beim letzten Heimspiel vom FC angepöbelt hatte oder riefen aus Neugier an, um sich zu erkundigen, in welchem Haus sich die erwähnte Wohnung befand.

„Bitte, nehmen Sie Platz, Herr Hieronymus. Oder muss ich Herr Kommissar sagen?“

„Herr Hieronymus reicht selbstverständlich.“

„Gut. Unter uns Medizinern legen viele Kollegen großen Wert auf ihren Doktor oder Professoren Titel. Darum meine Frage. Kaffee? Schwarz? Milch? Zucker?“

„Schwarz. Danke."

Arlette Bennington schaltete die Kaffeemaschine ein. Sie hatte sich für ihr Büro eine eigene Maschine gekauft. Der abgestandene Kaffee auf der Station brachte ihren Kreislauf nicht auf Trapp. Sie griff in das große Glasgefäß und fischte zwei Kaffeekapseln heraus. Wie es sich gehörte, servierte sie dem Kommissar den Kaffee zuerst. Sie kippte etwas Milch in ihre Tasse und drückte ein zweites Mal die Taste an der Maschine. Mit ihrem Kaffee in der Hand nahm sie am Schreibtisch Platz.

„Ich wollte Ihnen noch die anderen Tattoos zeigen. Moment. Ich suche eben den Ordner mit Ernestos Fotos". Arlette kreiste mit der Mouse über das Display.

„Alberto."

„Wie bitte?"

„Alberto. Er heißt Alberto. Wenn wir bei der italienischen Variante bleiben wollen."

Hieronymus nahm einen Schluck Kaffee und wartete auf Arlette.

„Hier sind die Fotos. Das erste kennen sie ja. Jetzt kommen wir zu einem weiteren. Hier ist nichts zu erkennen. Die Operationsnarbe hat das Tattoo zu einem Farbklecks verunstaltet. Jetzt kommt das große." Arlette vergrößerte das Foto.

„Der Drache." Mehr sagte Hieronymus nicht.

„Ja. Das Schwert erkennt man nur mit viel Fantasie."

„Woher wussten Sie, dass unser Patient dieser Ernesto... ähm... Alberto ist?"

Hieronymus setzte sich wieder an Tisch. Er hatte seinen Block vor sich liegen und schrieb an einer Notiz. Dann antwortete er.

„Ganz sicher war ich nicht. Ich arbeite seit vielen Jahren in der Abteilung für Drogendelikte. Die Draco Gladius Bande taucht in unseren Ermittlungen immer wieder auf. Dabei geht es um Glücksspiel, Drogen und Menschenhandel. Das volle Programm.“

Arlette hörte gespannt zu. Sie mochte die ruhige Art des Kommissars. Er ließ sich nicht in die Karten schauen. Für sein Pokerface hatte er lange trainiert.

„Die Entscheidungsträger der Bande haben immer zwei dieser Tattoos. Was der Hintergrund ist, können wir nur mutmaßen. Eins sitzt hinter dem linken Ohr, auf dem Schädel. Das andere in der rechten Leiste. Mit dem Drachen in der Leiste ist meistens eine Zahl oder ein Buchstabe kombiniert. Darf ich das Foto noch einmal sehen?“

Hieronymus schaute angestrengt auf das Display.

„Das müsste es sein. Erkennen Sie es?“

„Wenn ich ehrlich bin, nein.“

„Schauen Sie genau hin. Ich drehe das Foto.“

Der Kommissar klickte mit der Computer-Mouse auf den Pfeil in der Bedienungsleiste. Auf dem Foto lag der Patient mit den Füßen zu den beiden. Hieronymus drehte den Patienten per Mouse Klick nach rechts. Jetzt lag er quer zu ihnen. Sie sahen ihn von der linken Körperseite aus an.

„Sehen Sie es jetzt? A-negativ. Ist das seine Blutgruppe?“, fragte Hieronymus.

„Ja. Woher wissen Sie das alles.“

Hieronymus vergrößerte den Ausschnitt des Tattoos erneut. Bevor das Foto zu pixelig wurde, stoppte er den Vorgang.

„Ich sehe es!“ Arlette hatte den Buchstaben „A“ und ein „-“ erkannt.

Beides mit feiner Nadel in die Brust des Drachen gestochen.

„Die Draco Gladius bedienen sich der alten Nazi Blutgruppen-Tattoo-Methode. Sie wird so gestochen, dass man sie erst sieht, wenn man auf der Herzseite des Patienten steht. Nach unserer Einschätzung haben diese zweite Tätowierung nur die Mitglieder, die unverzichtbar sind. Darum der Hinweis, im Falle eines Falles." Hieronymus beendete seinen Exkurs um die Bedeutung der Tattoos bei den Drachenkämpfern.

„Wir haben einen Schnelltest gemacht, als er eingeliefert wurde. Die Blutkonserven haben wir bei der Operation auch dringend gebraucht. Zeit, um eine Tätowierung zu finden, hatten wir keine."

„Klar, heute macht das keinen Sinn mehr. Die Bande gibt es bereits seit dem zweiten Weltkrieg. Die Tradition wurde beibehalten. Es gibt auch noch eine weitere Sache, die mich stutzig gemacht hat."

Arlette federte auf ihrem Sitzball auf und ab.

„Die Narbe im Gesicht."

„Die haben wir auch gesehen. Die kann man nicht übersehen. Die ist aber nicht mehr frisch. Sicher ein oder sogar zwei Jahre alt, würde ich schätzen. Sie ist sehr schlecht behandelt worden."

„Oder gar nicht behandelt worden", ergänzte der Kommissar.

„Die Narbe ist das Zeichen für einen Verräter bei den Draco Gladius. Er wurde gebrandmarkt. Sie haben völlig recht, Frau Bennington. Knapp zwei Jahre müsste die Narbe alt sein. Kann ich über ihren Computer ins Internet? Ich würde Ihnen gerne etwas zeigen."

„Bitte. Noch einen Kaffee?" Arlette stand auf und überließ Hieronymus den Rechner.

„Ja, gerne.“

Der Kommissar öffnete den Internetbrowser. In die leere Leiste der Suchmaschine schrieb er die relevanten Suchbegriffe:

„Rivalisierende Clans; Gericht; Prozess 2018; Köln; Flüchtiger“

Er tippte auf „enter“ und wartete darauf, dass der Browser ihm die gesuchten Seiten anzeigte.

Mittlerweile war Arlette zurück am Schreibtisch. Sie stellte den Kaffee für Hieronymus auf den Schreibtisch. Ihre Tasse behielt sie in der Hand.

„Da ist es.“

Arlette schaute auf den Zeitungsbericht, den ihr Kommissar Hieronymus herausgesucht hatte. Sie begann den Text zu überfliegen:

„Der Mann (siehe Zeichnung des Gerichtszeichners) verließ das Gericht unter Polizeischutz. Die beiden Polizisten fand man am späten Abend in einer Schrebergarten Siedlung. Vom Zeugen fehlt jede Spur...“

Darunter folgte eine Zeichnung aus dem Gerichtssaal. Der erwähnte Zeuge hielt eine Zeitung in die Höhe und verdeckte den linken Teil seines Gesichts. Seine Glatze und das Tattoo hinter dem linken Ohr waren nicht zu übersehen. Ohne das Gesicht zu sehen, erkannte sie ihn sofort: Alberto Tombe!

31

Dr. Thomas Klaus schaute in den Rückspiegel. Das Garagentor senkte sich langsam nach unten. Als es verschlossen war, legte er den Schalthebel auf „D“ und trat aufs Gas. Der V8 Motor setzte den großen Wagen in Bewegung.

Sein Haus lag in einer kleinen Siedlung. Nach zwei Straßen kam er auf die Hauptstraße, die durch Kerpen führte. Es war nicht viel los. Die meisten Leute waren um diese Uhrzeit noch arbeiten. Dr. Klaus hatte Nachtdienst. Er wollte sich nicht zu stark von den Kollegen abgrenzen und nahm die ungeliebten Dienste in Kauf. Aufgrund seiner Reputation hätte er es ablehnen können. Das wollte er nicht. Er wollte als gutes Vorbild vorangehen.

Er war es gewohnt, lange zu arbeiten und die Nachtdienste störten ihn nicht. In seinem Alter brauchte man nicht mehr viel Schlaf, hatte er den Kollegen lachen erklärt, als sie ihm angeboten hatten, die Dienste untereinander aufzuteilen, falls er sie nicht machen wollte. Sein Telefon klingelte.

„Dr. Klaus. Ich höre."

Für eine Minute sagte er kein Wort mehr.

„Die Polizei? In der Klinik?"

Er erschrak. Wieso wusste er davon nichts? Warum war die Polizei in der Klinik gewesen? Wegen Ernesto?

„Ich kümmere mich darum", versuchte er seinen Gesprächspartner zu beruhigen.

„Wenn ich vor Ort bin, verschaffe ich mir einen Überblick. Sei unbesorgt."

Er trat aufs Gas und manövrierte den Wagen auf die linke Spur. Mittlerweile war er aus der Kleinstadt raus. Er überholte zwei Autos auf der Landstraße und nahm die Auffahrt auf die A4 in Richtung Köln. Mit 180 km/h raste er in Richtung der Domstadt. Ausrichten konnte er nichts mehr. Wenn die Polizei da war, wussten sie, wer Ernesto war.

Zuerst wollte er sich auf der Station umhören. Schwester Katharina sollte noch da sein. Sie wüsste sicherlich mehr. Zehn Minuten später parkte er seinen Mercedes auf dem reservierten Stellplatz. Er nahm seinen Koffer vom Rücksitz und schloss ab. Der Aufzug brachte ihn von der Tiefgarage auf die dritte Etage. Hier lagen die Büros der Ärzte. Im Büro von Arlette Bennington brannte noch Licht. Die Tür stand offen. Sein Büro lag auf der anderen Seite. Neugierig lief er zu Benningtons Büro und schaute hinein. Es war leer. Der Computer war angeschaltet. Auf dem Display erblickte er einen Zeitungsbericht.

„Suchen Sie mich?"

Erschrocken fuhr Dr. Klaus zusammen.

„Frau Bennington. Guten Abend. Ich dachte, Sie sind bereits zu Hause. Ich hatte mich über das Licht im Büro gewundert."

Thomas Klaus versuchte, sich seine Nervosität nicht anmerken zu lassen. Er fühlte sich ertappt.

„War etwas Besonderes?", versuchte er sich in Smalltalk.

„Die Polizei war hier. Ein Kommissar Hieronymus von der Drogenfahndung. Stellen Sie sich vor. Er kennt Ernesto. Kommen Sie doch herein, dann erzähle ich Ihnen alles."

Arlette lief in den Raum und bot Dr. Klaus einen Stuhl an. Sie zeigte auf den Zeitungsbericht und begann, zu erzählen, was ihr der Kommissar berichtet hatte.

„Zuerst: Sein richtiger Name ist Albert Eisengräber. Er war Mitglied bei den Draco Gladius. Das ist eine Gang der organisierten Kriminalität. Erkennen kann man das aufgrund der Tattoos, die er hat."

Arlette zeigte Dr. Klaus die Fotos, die sie auf dem Computer hatte. Interessiert schaute sich der Arzt die Bilder an. Arlette ergänzte noch mehr.

„2018 kam es zu einem Gerichtsprozess, in dem Ernesto... also Albert... ausgesagt hatte. Das steht in dem älteren Zeitungsbericht. Die Bande hat ihn aufgespürt und mit der Narbe ein Brandmahl verpasst, das ihn als Verräter kennzeichnen sollte. Ihm gelang die Flucht. Er hat sich nach Italien abgesetzt und seinen Namen in Alberto Tombe geändert."

Arlette war nicht zu bremsen. Sie zeigte Dr. Klaus die Fotos, den Bericht vom Gerichtsprozess und weitere Dokumente, die ihr Kommissar Hieronymus im Internet gezeigt hatte. Gespannt lauschte Dr. Klaus der Geschichte.

Er stellte Fragen zu Albertos Biografie und wartete auf die Antworten, die er bereits kannte.

32

Silvia betrat die Klinik über den Personaleingang an der Rückseite des Gebäudes. Sie fuhr bei Wind und Wetter mit dem Rad zu ihrem Arbeitsplatz. Es hielt sie jung und in Form, wie sie betonte. Über die Treppe ging sie nach unten. Hier lagen die Räume der Putzfrauen. Silvia stellte ihren Korb in der Ecke des Aufenthalts ab. Sie tauschte ihre Sommerjacke gegen den Arbeitskittel und die Sportschuhe gegen die weißen Schuhe, die die Klinik dem Personal zur Verfügung stellte.

Ein kurzer Blick in den Spiegel. Die Frisur war durch die Fahrt mit dem Rad nicht zerzaust. Der Tag konnte beginnen. Im Raum nebenan standen die Putz Trolleys. Die beiden Schichten teilten sich jeweils einen Wagen mit allem, was zum Putzen benötigt wurde. Silvia hatte ein kleines Radio auf ihrem fahrbaren Putzmobil stehen. Sie schaltet es an.

„Es ist 6:55 Uhr. Die Nachrichten."

Die Putzfrau nutzte das Radio am Morgen dazu, sich zeitlich zu orientieren. In fünf Minuten müsste sie auf der Station sein und mit ihrer Arbeit beginnen. Die Nachrichten waren nicht wichtig. Sie schob ihren Trolley über den Flur und drückte die Aufzugtaste mit dem Pfeil nach oben. Das Pflegepersonal, die Schwestern und die Ärzte hatten Vorrang, wenn es um die Fahrten in die Etagen ging. Der Aufzug war leer. Silvia schob den Trolley in die leere Kabine. Sie drückte die „2". Innere Medizin.

Auf ihrem Trolley lag ein Klemmbrett, auf dem die Schichten sich gegenseitig Nachrichten hinterließen. Es gab einen neuen Belegungsplan der Station 8. Mit einem kurzen akustischen Signal öffnete sich die Tür des Aufzugs. Silvia schaute auf den Plan.

Station 8: Zimmer 78: Albert Eisengräber.

Sie erschrak. Wo war Ernesto? War er verstorben?

Die Aufzugtür schloss sich und ließ Silvia zusammen mit ihren Gedanken in der Kabine zurück.

33

Dr. Thomas Klaus tippte auf der Tastatur seines Computers. „Ernesto Tattoo 1" und korrigierte sich umgehend. „Alberto Tattoo 1".

Der falsche Name war ihm in Fleisch und Blut übergegangen. Er hatte ihn in seine Rolle integriert. Er sprach den falschen Namen ebenso glaubwürdig aus, wie es alle Kollegen machten.

Arlette Bennington hatte ihm die Fotos des Patienten auf einen USB-Stick gespeichert. Er übertrug die Dokumente auf die Festplatte seines Rechners. Sie hatte keinen Verdacht geschöpft. Geduldig hatte die Ärztin ihm von Alberto berichtet. Von dessen Mitgliedschaft bei den Draco Gladius, der Verbannung und der Flucht ins Ausland. Nichts von dem, was sie berichtete, war für Dr. Klaus eine Neuigkeit. Er wollte die Neugier in seiner Rolle perfekt zu Ende spielen.

„Frau Bennington, danke für die Informationen. Wir schauen, ob uns das bei der Behandlung weiterbringt. Der Aufenthalt des Patienten Ernesto... ähm... Alberto in Italien birgt eventuell einen neuen Ansatzpunkt. Dürfte ich eine Kopie der Fotos mit den Tattoos haben? Ich würde meine Unterlagen gerne vervollständigen."

„Selbstverständlich. Ich ziehe Ihnen die Bilder auf einen USB-Stick.", sprach Arlette. Sie öffnete eine Schublade am Schreibtisch und nahm einen kleinen, grünen Stick heraus.

„Passt zu Italien, oder?" Die Ärztin lächelte. Das hatte Dr. Klaus bisher nur bei der Einweihungsfeier gesehen.

„Ich kopiere Ihnen den gesamten Ordner."

Eine Minute später wechselte der kleine Datenträger den Besitzer.

„Danke, Frau Kollegin. Ich gebe Ihnen den Stick morgen zurück."

Dr. Klaus bedankte sich und stand auf.

„Das hat keine Eile. Wenn Ihnen etwas auffällt, können Sie mir eine E-Mail schreiben."

„Schönen Feierabend."

Dr. Klaus verließ das Büro und lief über den Flur in sein Arbeitszimmer. Er bückte sich und verschloss den USB-Stick in der untersten Schreibtischschublade. Dann setzte er sich an den Schreibtisch und öffnete das Word-Programm des Office Pakets. Er wollte etwas aufschreiben. Nach drei Versuchen war er mit dem Ergebnis zufrieden. Er druckte das Dokument aus und setzte seine Signatur darunter: „Dr. TK"

Fertig. Dann zog er den Arztkittel an und verließ sein Büro. Er wollte einen kurzen Gang über die Station machen.

Auch Alberto würde Besuch bekommen.

34

Mit einem kurzen akustischen Signal öffnete sich die Tür des Aufzugs. Silvia schob den Trolley geradeaus in den Flur. Hinter ihr öffnete sich die Tür ebenfalls. Ein Patient wurde in den Aufzug geschoben. Die Haube auf seinem Kopf sagte ihr, dass er in den OP gebracht wurde.

Silvia stand im Flur der Station 8. Der neue Belegungsplan irritierte sie. Gestern war Ernesto doch noch hier. Sie hatte ihn sogar sprechen hören. *„Bis morgen“,* hatte er gesagt. Jetzt stand sein Name nicht mehr auf der Liste. Albert Eisengräber hieß der Patient in Zimmer 78. Ihre Arbeit startete sie für gewöhnlich in den Besuchertoiletten. Die mussten heute warten. Silvia schob ihren Trolley vor sich her und stoppte am Zimmer 78.

Auf dem Schild neben der Tür konnte man Ernestos Namen noch erahnen. Jemand hatte ein Stück beigefarbenes Kreppband über das Namensschild geklebt und mit einem schwarzen Filzstift ´Eisengräber` darauf geschrieben. Allzu lange konnte der Belegungswechsel nicht her sein, wenn improvisiert wurde.

Silvia klopfte an die Tür und drückte die Klinke nach unten.

35

„Guten Abend, Schwester Katharina“, grüßte Dr. Klaus in das Schwesternzimmer.

„Lassen Sie es sich schmecken!“, rief er gut gelaunt in Richtung des Tisches, an dem Katharina saß. Sie biss in ihr Käsebrot und grüßte zurück.

„Danke. Ist nur ein Käsebrot“, sagte sie und hielt die angebissene Brotscheibe in die Höhe.

„Moment. Mein Handy." Dr. Klaus nahm das Gespräch an und lief im Flur auf und ab.

„Magenheimer, was kann ich für Sie tun? Ja, das mit dem Insulin habe ich gelesen. Sie haben die Akte mit nach Hause genommen? Okay. Sonst nichts Auffälliges? Wir hatten die Polizei im Haus. Wir wissen nun, wer der Patient ist. Ich schicke Ihnen nachher ein Memo per E-Mail. Passt das? Gut. Dann sehen wir uns am Montag? Am Wochenende habe ich frei. Ihnen auch. Bis dann."

Dr. Klaus legte auf. Magenheimer hatte keine Neuigkeiten. Er hatte die Patientenakte mit nach Hause genommen. Sicherlich wollte er vermeiden, dass Dr. Müller sich zu wichtig nahm. Der Hinweis mit dem Urin war genug der Ehre.

„Herr Doktor?"

Schwester Katharina stand in der Tür des Schwesternzimmers.

„Kaffee?"

„Ja, ich bin gleich da."

Der Arzt machte sich eine Notiz in seinem Smartphone: E-Mail-Memo für Magenheimer. Polizei, Tattoos, Gang, etc. Dann setzte er sich zu Katharina an den Tisch und nippte am Kaffee.

„Waren Sie dabei, als der Kommissar bei Ernesto war? Alberto. Man, ich kann mir seinen Namen nicht merken", scherzte er.

„Ich auch nicht. Ich war nur kurz dabei. Frau Bennington und der Kommissar sind dann in ihr Büro gegangen. Sie hat mir später alles erzählt. Das ist ja ein Ding, dass wir so jemanden hier haben."

Sie trank einen Schluck Kaffee und wartete auf die Reaktion von Dr. Klaus.

„Der hippokratische Eid gilt für Alle. Auch für Kriminelle."

„Das meinte ich nicht. So sollte das nicht rüberkommen. Ich meinte vielmehr, dass sich ein gesuchter Verbrecher durch einen Zufall hierher verirrt. Wobei... Er konnte ja nichts dafür. Wie geht es weiter?“

Dr. Klaus trank seinen Kaffee aus. Er stellte die Tasse in die Spüle und lief in Richtung Tür.

„Er wird weiter behandelt, wie bisher. Wir hoffen, dass uns seine Herkunft neue Erkenntnisse bringt oder wir im besten Fall auch einen seiner früheren Ärzte ausfindig machen können.“

„Okay.“

„Haben wir Kreppband und einen Filzstift?“, fragte Dr. Klaus.

„Ich möchte den Namen an der Tür korrigieren. Den Bogen für die Patientenmappe am Bett habe ich bereits geändert.“ Dr. Klaus wedelte mit dem Blatt Papier.

Schwester Katharina brachte ihm die gewünschten Dinge.

„Soll ich mitkommen?“, fragte sie hilfsbereit.

„Nein, das mache ich selbst. Danke. Und danke für den Kaffee!“

36

Silvia stand in der Zimmertür und schaute auf das Bett.

„Hallo?“, rief sie in den Raum.

Wie immer war das Krankenzimmer nur schwach beleuchtet. Auf den ersten Blick konnte die Putzfrau nicht erkennen, wer im Bett lag. Sie trat näher und wunderte sich.

„Ernesto?! Ich dachte schon, Dir wäre etwas passiert. Wieso hast Du einen anderen Namen?"

Ernesto antwortete ihr nicht. Er schien zu schlafen. Wie er das seit einer Woche tat. Silvia sah am Fußende des Bettes ein Kreppband, das über das Plastikschild geklebt war. Es war identisch zu dem neben der Zimmertür. Handschriftlich geschrieben stand der Name Eisengräber auf dem Krepp. Es schien seine Richtigkeit zu haben. Offensichtlich hatten die Ärzte einen Hinweis auf die wahre Identität des Patienten bekommen. Silvia schaute am Bett herunter. Sie bückte sich und hob eine grüne Plastikhülle vom Boden auf. In Gedanken steckte sie diese in die Tasche ihres Kittels.

In einer Plastikhülle am Fußende steckte ein neuer Ausdruck.

Albert Eisengräber.

Geboren: 1.6.1966 in Frankfurt am Main.

Darunter folgten etliche medizinische Hinweise, Daten, von denen die Putzfrau nichts verstand. Ganz unten erkannte sie die Signatur des Arztes, der das Papier korrigiert hatte:

„Dr. TK"

„Wie ich sehe, haben Sie neue Papiere bekommen. Ist das ihr richtiger Name? Albert Eisengräber?!"

„Dann noch einmal herzlich willkommen, Herr Eisengräber!", sagte Silvia und verließ das Zimmer, um endlich mit dem Putzen zu beginn

Teil II

Wer ist Albert Eisengräber?

37

Ende Juli 2018

Ich zog meine Jeans nach oben und bediente die Toilettenspülung. Als ich die Kabine verließ, war ich allein im Raum. Ich ging zum Waschbecken und wusch meine Hände mit Seife und lauwarmem Wasser. Nachdem ich fertig war, drehte ich die andere Seite der Armatur auf. Sofort spürte ich, wie sich der Wasserstrahl abkühlte. Ich hielt die Innenseite meiner Handgelenke unter das fließende Wasser. Ich wollte meinen Kreislauf beruhigen. Nach ein oder zwei Minuten fühlte ich mich besser. Ich wusch mein Gesicht mit einer Ladung frischem Wasser. Dann schaute ich mich im Spiegel an.

An den Anblick musste ich mich noch gewöhnen. Meine linke Gesichtshälfte war durch eine Narbe entstellt. Die Wulst war rot und geschwollen. Das kalte Wasser hatte das rot noch verstärkt. Mein linkes Auge hatte seine Sehkraft behalten. Es glich einem Wunder. Als ich mein Gesicht zum ersten Mal ohne Verband und Augenklappe gesehen hatte, musste ich mich fast übergeben. Das Lid war mit der Augenbraue verschmolzen. Ich starrte auf ein offenes Auge, für das es rund um die Uhr Tag war. Mein Gesicht war zu einer Fratze entstellt.

Ich hatte mich aus der Fabrikhalle gerettet und mir ein Versteck bei einem Freund gesucht. Seine Frau hatte Kontakt zu einem befreundeten Arzt. Nachdem ich ihm eine große Menge Bargeld angeboten hatte, behandelte er mich, ohne Fragen zu stellen. An meine Frisur musste ich mich ebenfalls gewöhnen. Jahrelang hatte ich eine Glatze. Aufgrund der sichtbaren Tätowierung hinter dem Ohr entschloss ich mich dazu, mir die Haare wieder wachsen zu lasen. Für eine Laser Tattoo Entfernung blieb keine Zeit. Ich musste verschwinden. So schnell es ging.

Ich verließ die Toilette und lief durch das Restaurant der Raststätte. Es war die letzte Raststätte auf dem Weg nach Italien. Ich war in Österreich. Auf dem Brennerpass machte ich eine Zwangspause. Ich musste mir eine Autobahn Vignette für Italien kaufen. Je näher ich dem Grenzübergang kam, umso stärker rumorte es in meinem Magen. Ich war nervös.

„Eine Vignette bitte."

„Welche brauchen Sie?", fragte mich der Kassierer mit einem österreichischen Dialekt.

„Die, die am längsten haltbar ist. Wenn man das so sagt", versuchte ich mich locker zu geben und schmunzelte.

„Und die RedBull kommen noch dazu."

Ich stellte die beiden Dosen des Energy Drinks auf die Theke. Der Kassierer scannte den Barcode und fragte:

„Bar oder mit Karte?"

„Bar. Stimmt so."

Ich legte zwei 50-Euro Scheine auf den Tresen und verließ die Raststätte.

Die Nacht war sternenklar. Ich hatte Deutschland verlassen und war für drei Tage in einem Hotel in Österreich untergekommen. Wenn man mich suchen würde, würde man mich nicht in Österreich vermuten.

Das kleine 3-Sterne-Haus war idyllisch gelegen. Ich hatte mein Zimmer über ein Internetportal gebucht. Drei Tage. Zwei Nächte. Eine Person. Nichtraucher. Name: Albert Graber.

Bei der Wahl meines neuen Namens war ich nicht kreativ geworden. Ich orientierte mich an meinem wirklichen Namen, um zu vermeiden, dass ich nicht reagieren würde, wenn mich jemand mit meinem neuen Namen anspricht. Albert Graber klang unauffällig. Ich musste eine Weile auf meinen neuen Reisepass warten. Es lohnte sich. Die Fälschung war perfekt. Sie war nicht von einem Original zu unterscheiden. Als ich den Pass an der Rezeption der Pension vorzeigte, reichte der Rezeptionistin der Anblick des deutschen Adlers und ein flüchtiger Blick auf die Seite mit meinem Namen und meinem Foto.

„Herr Graber, Sie haben Zimmer 14 in der zweiten Etage. Frühstück gibt es morgens ab 7:00 Uhr im Speisesaal hinter Ihnen."

Ich drehte mich um und sah die Tür zum Speisesaal. Über ihr hing die Trophäe eines Keilers.

„Danke. Können Sie mir eine Gaststätte für das Mittagessen empfehlen? Ich habe Hunger nach der langen Fahrt."

„Gehen Sie zum Ochsen. Der ist auf der Hauptstraße. Hier raus, dann zweimal rechts. Die haben einen zünftigen Mittagstisch. Hier ist ihr Zimmerschlüssel. Einen schönen Aufenthalt, Herr Graber."

„Vielen Dank."

„Herr Graber?", rief die Rezeptionistin.

„Ja?"

„Hier ist der Zugang zum WLAN auf ihrer Etage." Sie lief mir mit einem kleinen Zettel entgegen und drückte ihn mir in die Hand.

Ich fuhr mit dem Aufzug in die zweite Etage und stellte meinen Koffer ab. Das Zimmer war größer, als man es in dieser Preiskategorie erwarten durfte. Ein Bett, TV, Tisch, Stuhl, eine Minibar und ein Bad mit Wanne.

Ich packte das Laptop aus meinem Rucksack und stellte es auf den Tisch. Nachdem ich es eingeschaltet hatte, nahm ich meinen Kulturbeutel aus dem Koffer und ging ins Bad. Ich putze mir die Zähne und trug ein wenig Parfum auf. Mein Magen knurrte. Bevor ich mich auf den

Weg zur Gaststätte machte, stellte ich die Verbindung meines Laptops zum WLAN her.

Auf den Online-Portalen der Kölner Zeitungen konnte man nach wie vor unzählige Berichte über den Gerichtsprozess gegen die Draco Gladius finden. Es wunderte mich nicht. Das Internet vergisst nichts. Mein Magen knurrte erneut. Ich klappte den Deckel des Laptops herunter und machte mich auf den Weg zum Ochsen.

„Guten Tag. Ich möchte gerne zu Mittag essen. Passt das zeitlich noch? Ich möchte keine Umstände machen.“

Fragend schaute ich auf meine Armbanduhr. Es war kurz vor 14:00 Uhr.

„Servas, der Herr. Freilich. Ich bringe Ihnen die Tageskarte mit dem Mittagstisch. Nehmen Sie Platz, wo Sie möchten.“

„Sehr freundlich.“ Ich setzte mich an den ersten freien Tisch. An der Fensterseite standen fünf Tische. Sie waren mit einer halbhohen Wand aus Holz und Pflanzenkübeln voneinander getrennt. Zwischen der Begrünung ragten schwarze Eisengitter nach oben und separierten die einzelnen Sitzgruppen. Das Ambiente kam ländlich und altmodisch daher. Mir gefiel es. Ich wollte ein paar Tage Kraft sammeln und war froh, wenn ich das so unauffällig wie möglich machen konnte.

„Was trinken Sie? Ein Helles?“ Die Bedienung legte die Karte auf den Tisch.

„Ja.“ Ich lächelte freundlich zurück und versuchte, meinen Blick vom Dekolleté zu nehmen.

„Danke, Traudel.“ Neben dem üppigen Busen klebte ein Namensschild auf der weißen Bluse.

Ein paar Minuten später stand das Helle vor mir. Traudel zückte ihren kleinen Block und notierte meine Bestellung. Schnitzel mit Kartoffelsalat, ein Beilagen

Salat und Kaiserschmarren. Sie lief zum nächsten Tisch und nahm auch hier die Bestellung entgegen.

Um mir ein wenig die Zeit zu vertreiben, nahm ich mein Smartphone aus der Hosentasche. Ich benutzte eine meiner nicht registrierten Sim-Karten und surfte durch das Internet.

„Der Herr, das Schnitzel. Und aufpassen, der Teller ist heiß. Guten Appetit."

Das Schnitzel schmeckte köstlich. Das frische Fleisch war in Butterschmalz gebacken. Der Kartoffelsalat hatte eine herbe Note und passte hervorragend zum Fleischgericht. Deftige Hausmannskost, wie man sie sich wünschte. Ich trank das Helle aus und schob den Teller zur Seite.

„Noch oans?", fragte Traudel und nahm das leere Glas und den Teller mit.

„Ja."

Zusammen mit dem nächsten Bier und dem Kaiserschmarren kam die Bedienung zurück an meinen Tisch. Sie setzte sich auf den freien Stuhl.

„Kurze Pause", sagte sie lächelnd.

„Und Sie? Sie machen Urlaub bei uns?"

Ich hatte das erste Stück der Mehlspeise im Mund und konnte nicht antworten. Mit einem Nicken beantwortete ich ihre Frage.

„Drei Tage", ergänzte ich, nachdem ich meinen Mund leer hatte.

„Köstlich."

„Ich muss weiter. Noch einen Espresso aufs Haus?", fragte Traudel.

Wiederholt konnte ich nur mit einem Nicken antworten.

„Und die Rechnung“, rief ich ihr hinterher.

Ich reichte Traudel einen 20-Euro Schein und bedankte mich für das gute Essen und den netten Service.

„Vielleicht schaue ich morgen Mittag wieder rein. Schönen Tag noch.“

Draußen schien die Sonne. Ich war mehr als satt und lief zum Hotel zurück. Im örtlichen Supermarkt kaufte ich mir eine Flasche Wasser und eine Packung Lakritz Schnecken. Dann ging ich in mein Hotelzimmer und legte mich auf mein Bett. Ich schlief bis in die Abendstunden.

Am dritten Abend meines Kurzurlaubs machte ich mich auf den Weg in Richtung Italien. Mittags hatte ich bei Traudel gegessen und mich verabschiedet. Sie schenkte mir eine getrocknete Salami als Reiseproviant, die ich dankend annahm. Ich verstaute das Gepäck im Kofferraum. An der Tankstelle am Ortsausgang füllte ich das Scheibenwasser auf und tankte den Wagen voll.

Den alten BMW hatte ich mir über meine früheren Kanäle besorgt. Bewusst wählte ich ein in die Jahre gekommenes Modell. Typisch für einen Urlauber mit einer um häkelten Klopapierrolle auf der hinteren Ablage. Typisch deutsch. Sogar der früher vorgeschriebene Aufkleber mit dem großen „D“ klebte neben der Rückleuchte. Die blaue Karosserie des Rentnerfahrzeugs wirkte unauffällig. ´BMW 318 Automatik` stand in silbernen Buchstaben auf dem Kofferraumdeckel. Der Lack war sehr gepflegt und brachte den Geißbock Aufkleber des FC Köln gut zur Geltung. Die Tarnung war perfekt.

Ich hatte den BMW am äußeren Rand der Tankstelle geparkt. Die Überwachungskameras richteten ihren Fokus auf den Bereich um das Tankstellen Gebäude. Ich öffnete den Kofferraum und nahm eine Tasche heraus. Ich musste meinen Beifahrersitz dekorieren.

In meinem Hotelzimmer hatte ich einen alten und oft benutzten Straßenatlas präpariert. Ich klappte die Seite mit dem Kartenausschnitt des Brennerpasses auf. Dazu legte ich ein Blatt Papier mit handschriftlichen Notizen für meine Route. Im Fußraum der Beifahrerseite stand ein Korb. Darin lagen Butterbrote, eine große Thermoskanne mit Kaffee, Obst, Schokolade sowie die getrocknete Salami von Traudel. Ich legte die beiden Dosen RedBull dazu. Der Anblick sollte sofort an einen Touristen erinnern, der sich auf den Weg in den Urlaub befindet. Meine Jacke lag auf dem Rücksitz. Ich holte sie nach vorne und kontrollierte die Innentasche. Portemonnaie, Papiere für das Auto und mein Reisepass. Es war vollständig. Ich legte die Jacke zurück, packte die Tasche in den Kofferraum und schloss ihn ab. Dann setzte ich mich hinter das Steuer und klebte die Vignette an die vorgeschriebene Position auf der Frontscheibe. Ich war startklar. Die letzten zwanzig Kilometer Fahrt bis zu meiner neuen Heimat konnten beginnen.

„Buon giorno, Signore. Alemannia?“

Meine Hoffnung, ohne eine Kontrolle durch den Zoll zu kommen, hatte sich zerschlagen. Ich hatte damit gerechnet, dass der Brenner in der Nacht stark von LKW befahren wurde und man einen Touristen in seinem PKW passieren ließ.

„Buon giorno“, grüßte ich freundlich zurück.

Der zweite Beamte am Grenzübergang lief um mein Auto. Ich beobachtete ihn durch den Rückspiegel. Er blieb hinter dem Kofferraum stehen und bückte sich hinunter.

„Passaporte, Signore.“

„Momento.“ Ich griff nach hinten und nahm meine Jacke vom Sitz. Aus der linken Innentasche fischte ich das gewünschte Dokument. Mit zittriger Hand reichte ich es aus dem geöffneten Beifahrerfenster.

„Kalt“, sagte ich. Ich rieb meine Hände aneinander, um meine Nervosität zu überspielen.

„Si, si.“

Der Beamte öffnete das neue Ausweisdokument und blätterte auf die erste Seite. Er schaute in mein Gesicht. Dann wurde er abgelenkt.

„Ragazzi!“, rief es von hinten.

Im Spiegel konnte ich sehen, wie der Beamte seinen Kollegen mit einem Winken zu sich rief. Beide gingen in die Hocke und waren komplett aus meinem Sichtfeld verschwunden. Plötzlich wurde es laut.

„Alemannia! Colonia! FC! Bravo!“

Mit seinem Finger zeigte der Zollbeamte auf seine Brust.

„AC Milan!“

Er gab mir meinen Reisepass zurück und winkte mich weiter.

„Buon giro!“

Erleichtert warf ich den Pass in den Korb im Fußraum. Ich fuhr in aller Ruhe von der Grenzstation und beschleunigte den Wagen erst, als ich außer Sichtweite der Beamten war. Nach fünf Kilometern nahm ich die Ausfahrt auf einen kleinen Parkplatz. Ich stieg aus und holte tief Luft.

Geschafft!

Dann erbrach ich meinen gesamten Mageninhalt neben dem BMW.

38

(8.6.2018; Der Prozess)

„Albert Eisengräber, bitte in den Zeugenstand. Herr Eisengräber, bitte."

Der Gerichtsdiener rief meinen Namen. Es war so weit. Ich hatte tagelang an meiner Aussage gefeilt. Es hing viel von ihr ab.

Die Draco Gladius lagen seit Jahren im Klinsch mit dem Gesetz sowie rivalisierenden Gangs. Gerichtstermine waren keine Seltenheit. Sie gehörten zum täglichen Geschäft. Meistens ging es um Lappalien. Die verhängten Geldstrafen spielten keine Rolle für die Familie der Drachenkrieger. Solange die Straftaten nicht zu Gefängnisstrafen führten, war den Mächtigen aus der Schattenwelt das deutsche Gericht egal. In kritischen Fällen opferten sie einen jungen Anwärter, einen Neuling, der sich nach oben arbeiten musste. Sein Verlust hinter Gittern war zu verkraften. Es gehörte zum guten Ton der Rookies, dass sie sich unterordneten. Was sein musste, musste sein.

Jeder, der dem Clan der Draco Gladius beitrat, wusste auf was er sich einließ. Er kannte die Vorlieben des süßen Lebens und nahm die Risiken in Kauf. Die Hierarchie war streng geregelt. Jedes Mitglied wusste, wo es hingehörte.

Die Spitze des Eisbergs war unantastbar. Sie war über dem Wasser. Es gab nur zwei Optionen für die Neulinge. Sie erklommen die steilen Stufen nach oben oder sie ertranken im Sumpf der Kriminalität: Do or die!

„Hier." Ich machte mich mit einem Handzeichen bemerkbar.

„Folgen Sie mir bitte."

Ich klopfte die Absätze meiner Schuhe aneinander und erhob mich von der Bank im Flur des Gerichts. Die

Knöpfe meines Sakkos verschloss ich im Gehen. Ich betrat den Gerichtssaal unter den gespannten Blicken der anwesenden Zuschauer und der Presse. Die Verhandlung war öffentlich. Fotoapparate oder Smartphones waren im Gerichtssaal nicht erlaubt. Es handelte sich um einen der größten Prozesse in der Geschichte der Draco Gladius. Über mehrere Wochen zogen sich die Termine zur Beweisaufnahme. Die Zeugen kamen und gingen. Die Beweiskette wuchs von Woche zu Woche. Es war kein alltäglicher Gerichtsprozess. Ohne eine Miene zu verziehen, betrat ich den Zeugenstand.

„Nehmen Sie bitte Platz. Sie heißen Albert Eisengräber. Geboren am 1.6.1966 in Frankfurt am Main. Zurzeit wohnhaft in Köln. Das sind die Angaben, die Sie zu Ihrer Person gemacht haben. Sind die Daten korrekt?“, fragte der Richter.

„Ja, Euer Ehren.“

„Herr Eisengräber, Sie wissen, warum Sie heute hier sind? Sie zählen zu den Angeklagten in diesem Prozess. Heute hat Sie der Staatsanwalt als Zeuge der Anklage geladen. Da es sich bei einem der Angeklagten um einen Verwandten von Ihnen handelt, müssen Sie keine Angaben machen. Hat man Sie darüber belehrt?“

„Ja, das weiß ich. Ich möchte aussagen.“ Ein Raunen machte sich im Saal breit.

„Ruhe bitte!“ Der Richter ermahnte das Publikum.

„Herr Eisengräber. Ich übergebe das Wort an den Staatsanwalt.“

Der Staatsanwalt stand auf und verlas die Klage. Den Draco Gladius wurde Menschenhandel mit tödlichem Ausgang vorgeworfen. Genauer gesagt, ging es um das Verschleppen von zehn jungen polnischen Frauen. Ein als Baustoff Transport getarnter LKW wurde an der Grenze gestoppt und von Zöllnern durchsucht. Zwei der zehn Frauen waren während der stundenlangen Autofahrt qualvoll erstickt. In einem abgetrennten Bereich der Ladefläche hatte man die jungen Frauen eingepfercht wie Schlachtvieh.

Der Fahrer wurde an der Grenze verhaftet. Hartnäckig verweigerte er jede Aussage. Seine Zugehörigkeit zu den Draco Gladius war offensichtlich. Die Drachentätowierung hinter seinem linken Ohr, wies ihn eindeutig als aktives Mitglied aus. Er wurde inhaftiert und in einem Prozess verurteilt. Der Fahrer war das typische Bauernopfer, das der Justiz seit Jahren zum Fressen vorgeworfen wurde. Wer sein Auftraggeber war, sagte er nicht. Ohne eine eindeutige Aussage, hatte die Staatsanwaltschaft nichts gegen die Hintermänner in der Hand.

Ich wurde in dieses Milieu hineingeboren. Im Sumpf der Korruption, des Drogenhandels, der Hehlerei und der Erpressung, wuchs ich auf. Meine Vorfahren waren seit Ende des zweiten Weltkriegs Mitglied bei den Drachenkämpfern. Mein Vater war einer der einflussreichsten Drachen. Als er mit Ende vierzig verstarb, kam es dazu, dass ich seinen Platz unter den fünf wichtigsten Mitgliedern einnahm.

Ich saß im Gremium der Entscheidungsträger. Hier wurde über wichtige Operationen beraten. Die Abstimmungen unter den „Holy Five“ bedurften ein einstimmiges Ergebnis.

Ein Teil der Mächtigen versuchte seit Jahren die Prostitution mit Frauen aus dem Ostblock lukrativer zu machen. Nachdem die Grenzen in Europa offener wurden, starteten die ersten Versuche. Um einen Grund für regelmäßige Fahrten in den Osten zu haben, gründeten die Draco Gladius drei Baustoff Handlungen mit strategisch günstigen Standpunkten. Das Baumaterial kam aus Polen. Einige dieser getarnten

Baustoff LKW-Ladungen kamen mit jungen Frauen oder Drogen im Gepäck in Deutschland an.

Eine bahnbrechende Abstimmung fand am Abend des vierten Geburtstags meiner Tochter statt. Wir feierten mit ihren Freunden und einem Teil der Familie. Ein Anruf holte mich vom Essenstisch. Ich musste zu einer kurzfristig einberufenen Besprechung, die keinen Aufschub duldetet. Eine halbe Stunde später saß ich im Büro der Organisation. Die kleine Runde hatte sich um den ovalen Tisch verteilt.

„Wir holen zehn Frauen aus Polen. Handzeichen."

Vier Hände gingen in die Luft. Ich enthielt mich.

„Zehn Frauen? Das sind zu viele. Viel zu viele, für das bisschen Platz im Laderaum. Ich passe."

„Zehn oder keine. Das ist der Deal."

Vier Hände und eine Enthaltung.

„Albert. Telefon für Dich. Videoanruf."

Ich schaute auf das Display des Smartphones.

„Papa?!"

Die Stimme meiner Tochter zitterte. Sie hatte Tränen in den Augen. Ich konnte einen Revolver an ihrem Kopf sehen.

„Keine Angst, Marie. Ich bin gleich wieder zu Hause. Dir passiert nichts."

Das Display wurde schwarz. Ich atmete aus.

„Okay. Zehn."

Das war der Wendepunkt meiner Karriere. Meine Tochter hatte mein Leben verändert. Seit ihrem ersten Tag auf Erden, war sie das Wichtigste für mich. Ihre Mutter Sabine starb bei der Geburt. Die Hebamme hatte einen Fehler gemacht. Es war der 28.1.2014, 19:37 Uhr.

Als ich in die Klinik kam, war sie tot. Sie lag aufgebahrt in der Leichenhalle. Ich schwor Rache. Die Klinik hielt sich bedeckt. Die Hebamme hatte das Haus verlassen, bevor ich sie zur Rede stellen konnte. Die Akten wurden vernichtet. Eine Krähe hackt der anderen kein Auge aus.

Meine Tochter wuchs behütet auf. Sie machte mich zu einem besseren Menschen. Mein Geld war nach wie vor schmutzig. Aber ich bekam ein Gewissen. Je älter sie wurde, umso mehr beschützte ich sie. Sie sollte nicht mitbekommen, wie ihr Vater sein Geld verdiente. Dazu war es fast zu spät. Das Ereignis an ihrem Geburtstag würde sie hoffentlich vergessen. Ich musste handeln.

Marie war mein Ein und Alles. Sie hielt meine Erinnerungen an Sabine wach. Die Frau, die mir durch einen Behandlungsfehler genommen wurde. Sie war damals fünfunddreißig Jahre alt. Früher hätte man diese Schwangerschaft als eine Risiko Schwangerschaft eingestuft. Für unsere Generation war es ein Alter, in dem viele Frauen Kinder bekamen. Auch ihre ersten Kinder.

Ich verlor Sabine an dem Tag, der der schönste Tag unseres Lebens sein sollte. Wir freuten uns auf die Geburt unserer Tochter. Unsere Hochzeit planten wir zusammen mit der Taufe.

Das Schicksal wollte es anders. Ich sah das ängstliche Gesicht meiner Tochter auf dem Smartphone Display. Es verfolgte mich in meinen Träumen. Ich musste eine Entscheidung treffen, die mir das Herz brechen würde. Ich musste Marie aus der Schusslinie nehmen. Koste es, was es wolle.

„Herr Eisengräber. Sie gelten als eines der führenden Mitglieder der Draco Gladius. Wenn unsere Recherchen stimmen, stehen Sie mit Ihrer Organisation für Drogenhandel, Prostitution, Geldwäsche und viele andere kriminelle Geschäfte. Aus der Führungsspitze sind uns neben ihnen noch Ihr Halbbruder Peter Kaufmann sowie Fritz Stein bekannt.“

Ich nickte. Die Zuschauer wurden erneut unruhig.

„Antworten Sie bitte mit ´Ja`, wenn das korrekt ist.“

„Ja.“

Es gab Tumulte in den Besucherreihen.

„Bitte Ruhe! Fahren Sie fort, Herr Staatsanwalt.“

„Wir können es kurz machen, Herr Eisengräber. Der Prozess hat viele Fragen geklärt. Die Indizien Lage ist eindeutig. Dennoch möchte ich es aus Ihrem Mund hören, wer den endgültigen Befehl gab, die zehn Frauen in den LKW zu stecken. Wer hat die beiden Toten zu verantworten?“

Ich schaute auf die linke Seite des Raumes. Stein und Kaufmann saßen mit versteinerten Mienen auf der Anklagebank. Mit Ausnahme des heutigen Prozesstages hatten wir dort zu dritt gesessen und uns den Fragen gestellt. Wir hatten eine Kaution hinterlegt. Unsere Anwälte hatte den Richter davon überzeugt, dass keine Fluchtgefahr bestand. Die Zeit zwischen den Prozesstagen verbrachten wir in unserem normalen Leben und gingen den Geschäften nach.

„Herr Eisengräber? Ich warte auf Ihre Antwort: Wer hat die beiden Toten zu verantworten? Wer gab den Befehl?“

„Peter Kaufmann.“

Im Gericht kam es zu Ausschreitungen. Mit Polizeischutz begleitete man mich aus dem Saal und verfrachtete mich in einen gepanzerten Wagen. Dieser verließ das Grundstück mit hoher Geschwindigkeit.

Ich war in Sicherheit. Dachte ich.

39

Der Wagen beschleunigte bereits in der Stadt auf über 50 km/h. Ich wurde auf einer unbequemen Pritsche hin und her geschüttelt. Um mich herum war es düster. Ich schaute auf die grauen Seitenwände des Transporters. Unterhalb der Decke gab es auf jeder Seite einen schmalen Lichtkanal mit einer Höhe von zwanzig Zentimetern, der nur wenig Licht in den Teil des Wagens warf. Die hintere Doppeltür hatte pro Seite ein vergittertes Fenster. Ich schaute hinaus und erkannte, dass die befahrene Straße zweispurig war. Der Polizeiwagen fuhr mit hoher Geschwindigkeit stadtauswärts und bahnte sich den Weg durch den dichten Verkehr. Das Ziel der Fahrt war mir nicht bekannt.

Ich hatte mit dem Staatsanwalt einen Deal geschlossen. Meine Zeugenaussage gegen Kaufmann, als Tausch gegen meine Flucht aus dem Milieu und einem neuen Leben im Zeugenschutz.

Meine Tochter wurde am letzten Tag der Verhandlung in Sicherheit gebracht. Nach dem Vorfall an ihrem Geburtstag hatte ich lange mit mir gehadert.

Was sollte ich tun? Was wäre das Richtige für Marie? Was hätte Sabine gewollt? Sabine hasste meinen Job. Sie sprach es nie aus. Ich wusste es dennoch. Wir kannten uns sehr lange. Ich hatte nie etwas anderes in meinem Leben gemacht, als in die Fußstapfen meiner Vorfahren zu treten.

Sabine kam aus einer bürgerlichen Familie. Sie hatte mit meiner Welt keine Berührungspunkte. Es ließ sich nicht immer vermeiden, dass sie von Feierlichkeiten fernblieb. Sie wurde der Rolle der fürsorglichen Frau gerecht und begleitete mich dann, wenn es verlangt wurde. Mit meinen kriminellen Freunden wollte sie nicht mehr als nötig zu tun haben, sagte sie mir regelmäßig. Die meisten ihrer Freunde kannte ich seit Jahren. Sie wussten nicht, womit ich mein Geld verdiente. Wir lebten in einer Neubau Siedlung in Kerpen. Mein Vater hatte mir einen Bungalow zur Verfügung gestellt. Er hatte alle Grundstücke der heutigen Siedlung gekauft und Häuser bauen lassen. Das ehemalige Ackerland wurde ein Jahr nach seinem Kauf als Bauland erschlossen. Es spülte gewaschenes Geld in die Kassen der Drachenkämpfer.

Ursprünglich kam meine Familie aus Frankfurt. Die Draco Gladius hatten mehrere Stützpunkte in Deutschland. Köln wurde mit der Zeit der wichtigste. Ich zog mit Anfang zwanzig in die Domstadt und nahm mich den Geschäften an.

Sabine war ein kölsches Mädchen. Wir lernten uns zufällig kennen. Sie arbeitete in der Praxis meines Zahnarztes. Dass auch er einen Teil seiner Einnahmen in die Organisation steckte, hatte sie nie erfahren. Für sie war es nur schwer vorstellbar, ihr Leben in der Großstadt gegen ein Leben im ländlichen Kerpen zu tauschen. Selbst, wenn es mit Bungalow, Pool und einer Haushälterin ein Leben im Luxus war.

Sie tat es mir zuliebe. Bei meiner beruflichen Abwesenheit verbrachte sie die Zeit in unserer Penthouse Wohnung im Agnesviertel. Diese gehörte offiziell meinem Freund Uwe. Ein treuer Begleiter seit Kindertagen. Er war den Drachenkämpfern nicht bekannt. Nach dem Tod von Sabine, bezog er zusammen mit seiner Frau die Wohnung. Die Verbindung zu mir war erloschen. Marie wäre bei ihm in Sicherheit. Für Erste. Wenn sich alles beruhigt hatte, würde ich sie nachholen. Sie war zu jung, um zu verstehen, worum es ging.

Ich hörte, wie der Fahrer über Funk kontaktiert wurde.

„Ich höre? Ja. Soweit alles in Ordnung. Wir sind auf dem Weg. Das Paket ist in Sicherheit. Over."

Ich musste schmunzeln. ´Das Paket` war ein gängiger Begriff, wenn im Milieu Geschäfte gemacht wurden. Es überraschte mich, dass die Polizei sich ebenfalls dieses

Jargons bediente. Der Beamte, der mir gegenübersaß, bot mir etwas zu trinken an.

„Herr Eisengräber, möchten Sie auch ein Wasser?“

Er öffnete eine 0,33 Liter Wasserflasche und nahm einen kräftigen Schluck.

„Ja, gerne. Das beruhigt die Nerven. Dieser Stress ist nicht alltäglich. Danke“

Ich nahm die Flasche entgegen und öffnete den Verschluss. Das kühle Wasser tat mir gut. Erneut hörte ich den Fahrer sprechen.

„Zehn Minuten bis zum Ziel. Paket ist ruhig. Over.“

Nach vorne konnte ich nicht viel sehen. Das Fenster der Trennwand war klein und zu hoch angebracht, um die Fahrbahn einsehen zu können. Ich beließ es beim Ausblick durch die Fenster der Hintertür.

Ich trank einen weiteren Schluck Wasser und sah, wie sich die Umgebung veränderte. Wir hatten die Stadt verlassen. In der Ferne sah ich ein Waldstück. Der Wagen wurde langsamer und nahm kurz darauf eine Ausfahrt. Offensichtlich waren wir gleich am Ziel. Ich vermutete, dass wir das Fahrzeug wechseln würden, um die Fahrt weiterzuführen.

„Ist es noch weit?“, fragte ich den Polizisten, der mir gegenübersaß.

Er antwortete und zeigte auf seine Uhr. Ich verstand seine Antwort nicht.

„Neiiiiiinnnnnn. Haaaaaben Sie Geduuuuuuuuuuuldd...“

Meine Augenlider wurden schwer. Der Beamte erhob sich. Er zog seine Jacke aus und legte sie neben sich auf die Pritsche. Meine Augen fielen zu. Ich wehrte mich gegen die Müdigkeit und riss meine Augen auf.

Der Polizist stand schräg vor mir. Fuhren wir bergauf?

Mit einem dumpfen Schlag kippte ich von der Sitzbank.

Die Wasserflasche fiel aus meiner Hand und verteilte den flüssigen Inhalt auf dem Boden des Fahrzeugs.

40

„Jupp, wat leest de do für ne driss? Geht das oach leis? Ich trinke minne Kaffee."

An Trudes Bude war viel los. Ab 8:00 Uhr trafen sich die Rentner aus den umliegenden Mehrfamilienhäusern auf einen Kaffee. Täglich wurde der neueste Tratsch ausgetauscht. Zum Kaffee gab es Zigaretten, einen kleinen klaren Aufmunterer und den Express.

„Iss dat was vun dene Mafia Type?"

„Jo. Gestern war de letz Daach der Vehannlung", antwortete Jupp.

Er kippte sich einen Schuss Klaren in den Kaffee und rührte mit dem Finger um.

„Isch lese nur de Sache vum FC!" Auch Trude, die Besitzerin des Büdchens mischte sich in das Gespräch ein.

„Hennes, minge Fründ! Kaffee?!"

Der nächste Stammkunde gesellte sich zu der kleinen Gesprächsrunde.

„Jo. Süß un blond... wie Du, Trude!"

Die drei Männer lachten.

„Wat Neues vun de Mafia?", fragte Hennes und zeigte auf die Tageszeitung.

Jupp brachte Hennes auf den neusten Stand.

„Dat woars?", fragte der Rentner und nahm einen Schluck seines Kaffees mit Milch und Zucker.

„Ne. Et geeht wigger."

Jupp schaute erneut auf den Bericht und das Foto. Darunter stand der Hinweis.

„Weiter auf Seite 3."

Er schlug die Zeitung auf und faltete sie einmal. Dann begann er laut vorzulesen.

„Vom Zeugen fehlt jeder Spur. Nach der überraschenden Aussage von Albert E., kam es im Gerichtssaal zu Tumulten. Ein führendes Mitglied der Drachenkämpfer sagte am letzten Prozesstag gegen die eigenen Reihen aus. Der Staatsanwaltschaft gelang dadurch ein großer Schlag gegen das organisierte Verbrechen.

Ob Albert E. einen Deal mit dem Staatsanwalt geschlossen hatte, wurde uns nicht bestätigt. Der Verdacht liegt nahe. Nach der Aussage und den Tumulten wurde der Zeuge unter Polizeischutz aus dem Gerichtssaal gebracht. Draußen wartete ein gepanzerter Polizei Van und brachte den Zeugen in Sicherheit. Am späten Abend wurde der Van leer aufgefunden. Von den beiden Vollzugsbeamten fehlt jede Spur.

Bis heute wird vermutet, dass Mitglieder der Draco Gladius den Wagen entführten. Wie die GPS-Auswertung mittlerweile ergab, gab es unweit des Fühlinger Sees einen außerplanmäßigen Stopp auf dem Weg zum Gericht.

Hier übernahmen die Gangster den Van. Aus dem Büro der Anklage musste eine Information an die Drachenkrieger gelangt sein. Im Hof des Landgerichts fiel niemandem auf, dass es sich bei den uniformierten Männern um Kriminelle handelte. Von Albert E. fehlt jede Spur. Ob er sich noch in Deutschland aufhält, ist unklar. Insider vermuten, dass Albert E. mit den Fischen im Rhein schwimmt."

41

Meine Arme waren hinter meinem Rücken gefesselt. Beim Versuch zu laufen, stolperte ich und fiel fast hin.

„Pass auf wo Du hinläufst, Albert!“ Ich spürte einen Schlag auf meinen Rücken und stolperte erneut. Es regnete. Die Erde unter meinen Füßen war aufgeweicht. Der Polizei Van stand auf dem gepflasterten Parkplatz auf der Rückseite des Gebäudes. Von hier aus gingen wir zu Fuß.

„Weiter gehts!“

Ich bekam kaum Luft. Der Knebel in meinem Mund rief einen Würgereiz hervor, den ich schwer kontrollieren konnte. Mir war schlecht. Die letzten Minuten der holprigen Fahrt hatten meinen Gleichgewichtssinn durcheinander gewürfelt.

Die Fahrt sollte mein Weg in die Freiheit sein. Ich hatte nicht damit gerechnet, dass es sich bei den Vollzugsbeamten um Kriminelle handelte, die mich entführten. Das Wasser war mit K.O.-Tropfen versetzt. Ich ärgerte mich über meine Naivität. Ich war einen kurzen Augenblick unachtsam und zahlte den Preis. Nachdem ich wieder zu mir kam, waren meine Hände auf den Rücken gefesselt und ich hatte einen Knebel im Mund. Die Augen hatten mir meine Entführer nicht verbunden. Ich hatte sie während der gesamten Fahrtzeit gesehen. Ein schlechtes Zeichen. Ich wäre ohne weiteres in der Lage, eine Beschreibung der beiden Männer zu geben. Mein Schicksal schien besiegelt.

„Moment.“

Ich blieb stehen. Einer der Entführer öffnete die schwere Eisentür. Ich schaute ins Dunkel. Staubig und verlassen lag eine riesige Halle vor mir.

„Rein mit Dir!“ Ein Stoß auf den Rücken ließ mich nach vorne fallen. Ich fing meinen Sturz ab und hörte, wie die

Tür zugeschlagen wurde. In weiter Entfernung sah ich ein Feuer brennen. Wir waren nicht allein. Offensichtlich hatte man auf meine Ankunft gewartet. Ich erkannte Umrisse von mehreren Personen. Langsam bewegten wir uns auf die unbekannte Gruppe Männer zu. Jemand sprach mich an.

„Albert Eisengräber. Der Verräter! Herzlich willkommen! Wie gut, dass wir überall unsere Leute haben. Dein Verrat wird Dich teuer zu stehen kommen."

Jemand trat hinter mich und machte sich an meinem Kopf zu schaffen. Er nahm mir den Knebel aus dem Mund. Ich spuckte mehrmals aus und hustete. Endlich konnte ich frei atmen.

„Was hast Du zu Deiner Verteidigung vorzubringen, Albert?!"

„Wer seid Ihr?"

„Gute Frage. Ja, mein Freund. Du bist einer der Bosse der Draco Gladius. Denkst Du. Du bist nichts, Albert! Du bist nichts, ohne Deinen Bruder. Hier ein Gruß von Peter Kaufmann!"

Ich sackte zu Boden. Eine Stange traf meinen Rücken mit voller Wucht. Ich krümmte mich vor Schmerzen und hielt meine Hände schützend vor mein Gesicht.

„Wir lassen Dich am Leben. Für Erste."

Ich schwieg. Mein Halbbruder war eine Ratte. Er hatte eine Information gekauft. Er war auf alles vorbereitet, was bei der Verhandlung hätte passieren können.

Man drehte mich auf den Rücken. Jemand kniete hinter mir und hielt meinen Kopf fest. Ein dicker Mann saß auf meinen Beinen. Ich konnte mich nicht bewegen. Um mich herum stand der Rest der kleinen Armee, die sich Peter aufgebaut hatte.

„Adam? Lass es uns beenden!"

Ein Berg von einem Mann löste sich aus der Gruppe, die mich bisher beobachtet hatte. Er lief zum Feuer. Über seine rechte Hand zog er einen Handschuh eines Schmiedes. Er fasste ins Feuer und nahm eine Eisenstange aus der Glut. Sie glühte an einem Ende in einem hellen rot.

Die Hitze kam meiner linken Gesichtshälfte gefährlich nah. Ich schloss die Augen und ergab mich meinem Schicksal. Das Eisen brannte sich in mein Gesicht. Ich schrie vor Schmerzen.

„AAAAAHHHHH!"

Mein Augenlid löste sich als Erstes auf.

Ich hörte Gekreische und Gelächter. Ich sah Blitze von Fotokameras, Smartphones, die mein Martyrium filmten.

Dann dämmerte ich weg.

42

Ich wachte auf dem Parkplatz einer Raststätte auf. Nachdem ich die Grenze hinter mir gelassen hatte, fiel der Stress von mir ab. Ich hatte den erstbesten Parkplatz genutzt, um frische Luft zu tanken. Dass ich dabei meinen übersäuerten Mageninhalt aus mir gekotzt hatte, hatte geholfen. Ich trank eine Dose RedBull in einem Zug. Dann setzte ich mich wieder hinter das Steuer und fuhr eine weitere Stunde über die italienische Autobahn.

Nach gut einhundert Kilometern lenkte ich den Wagen auf den Parkplatz einer Raststätte und benutze die Toilette. Dann holte ich mir eine Decke aus dem Kofferraum, drehte den Beifahrersitz so weit wie möglich nach hinten und versuchte zu schlafen.

Die Motoren der LKWs weckten mich gegen 7:00 Uhr. Die Brummis starteten ihre Weiterfahrt. Ich stand neben dem BMW und schaute dem Spektakel zu. Ich war in Sicherheit.

Entspannt ging ich zur Toilette. Nach einer kurzen Katzenwäsche stellte ich mich in die Besucherschlange des Restaurants. Die ersten Urlauber stapelten Brötchen, Wurst, Käse und Marmelade auf die Tabletts. Ich beobachtete das Schauspiel, als ich an der Ausgabe auf meine Spiegeleier wartete. Zu den drei Eiern mit Speck nahm ich mir eine Laugenstange, etwas Salami, Butter, ein großes Glas Orangensaft und einen Milchkaffee. Das Frühstück kostete mich 22,80 Euro.

Ich suchte mir einen Tisch abseits vom Trubel und begann zu essen. Ich hatte Hunger. Mein Mageninhalt lag seit einigen Stunden auf einem italienischen Parkplatz. Ich schlürfte meinen Milchkaffee und machte mir Gedanken über den Rest der Strecke. Es war nicht mehr weit. Ich schaute auf das Display meines Smartphones. Das Besucher WLAN des Restaurants war kostenlos und wollte sich mit meinem Handy verbinden. Ich bestätigte die Nutzungsbedingungen und startete die Routenplaner App. Das Ziel hatte ich bereits eingestellt:

„San Massimo, Via Cason 7." Als Startpunkt wählte ich den aktuellen Standort der Raststätte, der mir über das GPS-Signal angezeigt wurde. Ich drückte auf den Button ´Route berechnen`. Die blaue Linie der Fahrtstrecke schlängelte sich über das Grün der Landkarte und fand sein Ziel in der Nähe von Verona.

Zweihundertfünfzig Kilometer. Fahrtzeit: Drei Stunden.

Aufgrund des aktuell hohen Verkehrsaufkommens würde ich für die Strecke mehr Zeit benötigen, als gedacht. Ich hatte keine Eile. Nachdem ich den Wagen vollgetankt hatte, ging es zurück auf die Autobahn. Die A22 führte mich vorbei an Bozen und Trient in den Süden des Landes. Nach zwei Stunden Fahrt sah ich zum ersten Mal den Hinweis ´Verona` auf einem Schild. Ich kam meinem Ziel näher.

An der Ausfahrt ´Verona-Nord` verließ ich die Autobahn. Ich stoppte an einer Ampelkreuzung und ordnete mich auf der rechten Seite ein. Das Hinweisschild, *San Massimo 10 Kilometer*, sah ich bevor sich mein Navi zu Wort meldete:

„Biegen Sie rechts ab. Folgen Sie der Straße für zehn Kilometer.“

43

Die ersten Sonnenstrahlen weckten mich am frühen Morgen. Vor einer Woche hatte ich Deutschland verlassen und mich auf den Weg in den Süden gemacht. Ich saß auf meiner Terrasse und las die Online-Berichte über den Prozess gegen die Draco Gladius. Der Richter folgte der Empfehlung des Staatsanwalts. Peter Kaufmann wurde zu einer Haftstrafe verurteilt. Man konnte ihm Auftrag zum Mord nachweisen. Die Strafe lag bei fünfzehn Jahren Gefängnis. Kaufmanns Anwalt kündigte beim Verlassen des Gerichtssaals bereits an, das Urteil anzufechten. Die Führungsriege der Drachenkämpfer hatte Einbußen erlitten. Kaufmann musste hinter Gitter. Ich war untergetaucht.

Das Interesse an meiner Person war nicht sehr groß. Am zweiten Tag meines Verschwindens wurden die Strafvollzugs Mitarbeiter gefunden, die mich abholen sollten. In einer Schrebergarten Siedlung im Kölner Norden, fand man die beiden verängstigten Polizisten. Ein Nachbar hatte sich gewundert, dass die Blumen im Vorgarten der kleinen Hütte zertrampelt waren. Seine Neugier hatte die Beamten aus ihrem Gefängnis befreit. Als er durch ein Fenster schaute, sah er die beiden Polizisten geknebelt und gefesselt auf dem Boden sitzen. Ihre Hosen waren von Urin durchtränkt. Es stank fürchterlich, als der mutige Rentner ein Fenster einschlug und die beiden Gefangenen befreite.

„Wie wir mittlerweile bestätigen können, wurde Albert E. von einer kleinen Splitter-Gruppe der Drachenkrieger entführt. Sein Plan ins Zeugenschutz Programm zu wechseln, zerschlug sich, nachdem er den Gerichtssaal verlassen hatte. Wo Albert E. sich aufhält, ist nach wie vor unbekannt. Die Drachenkrieger gaben der Presse die Information, dass sie den Verräter gebrandmarkt und ihm seinem Schicksal überlassen hatten.

Die großflächig angelegte Fahndung der deutschen Polizei blieb erfolglos. Die Grenzkontrollen von Interpol liefen ebenfalls allesamt ins Leere. Vier Wochen nachdem Albert E. verschwunden war, ging man davon aus, dass er nicht mehr am Leben war."

Ich legte das Tablet zur Seite. Albert Eisengräber war Geschichte. Meinen alten Ausweis hatte ich an einer Raststätte in die Kanalisation gespült. Klein geschnitten, in zwanzig Schnipsel, hatte ich meine alten Ausweispapiere zusammen mit meinen Fäkalien in die Kläranlage gespült.

Jetzt war es an der Zeit, den nächsten Schritt zu tun. Das Hotel in Österreich registrierte mich als Albert Graber. Ein Gast aus Deutschland, dessen dreitägiger Aufenthalt ins Melderegister übermittelt wurde. Mit diesem Namen war ich nach Italien gekommen. In meinem Haus lebte ich unauffällig. Für immer konnte ich so nicht leben. Ich musste unter Menschen. Ich brauchte einen neuen Job. Es lag an mir, den Startschuss zu geben.

Gestern Morgen lag ein Umschlag im Briefkasten, auf den ich gewartet hatte. Ohne Adresse, mit dickem schwarzem Klebeband verschlossen, wurde er nachts eingeworfen. Im Schlaf wurde ich durch das Bellen eines Hundes gestört. Es war nichts Ungewöhnliches, dass hier draußen ein Hund sein Heim bewachte und sich nachts bemerkbar machte.

Ich öffnete die kostbare Lieferung an meinem Schreibtisch. Mit einem scharfen Messer zog ich eine tiefe Ritze in das Klebeband. Den Umschlag öffnete ich mit meinen Fingern. Ich hatte Angst, den teuren Inhalt zu zerschneiden. Mit zitternden Fingern griff ich hinein. Ich zog zwei Umschläge aus Alufolie heraus. Zuerst öffnete ich den kleineren der beiden. Er hatte die Größe einer Scheckkarte. Ich hielt die kleine Karte in die Luft und schaute auf die spiegelnden Hologramme. Es sah perfekt aus. Mein Foto zeigte mich mit fast vollem Haar. Die Narbe hatte ich mit leichtem Make-up kaschiert. Sie fiel bei einem flüchtigen Blick auf meinen neuen Ausweis kaum auf.

„Alberto Tombe. 1.6.1966. Geboren in Bozen."

Der Reisepass war ebenfalls perfekt. Meine neuen italienischen Papiere waren ihr Geld wert. Ich hatte mich für Bozen als Geburtsstadt entschieden, da ich fast kein Italienisch sprach. Als Sohn eines Tiroler Wirtes konzentrierte ich mich von Jugend an auf die deutschen Gäste des Restaurants. Das war Teil der neuen Vita.

Über eine App versuchte ich mir italienische Vokabeln anzueignen. Bisher übte ich nur für mich. Ein weiterer Grund, dass ich mein neues Leben beginnen sollte. Zusammen mit dem Umschlag wurde mir eine weitere Bestellung zugestellt.

Vor dem Haus parkte ein Alfa Romeo Spider neben meinem alten blauen BMW. Ein rotes Cabrio mit VR, dem Kennzeichenkürzel von Verona auf dem Nummernschild. Mit geöffnetem Verdeck erkundete ich die Gegend. Ich genoss die Sonne und die Freundlichkeit der Menschen. Mehr als die Einkäufe beim Metzger, Bäcker und im Supermarkt traute ich mir nicht zu. Ich wollte nichts überstürzen und meine Tarnung nicht gefährden.

In der Nähe meines Hauses lag der Lago di Garda, der Gardasee. Mit einer Uferlänge von mehr als einhundertfünfzig Kilometern, bot er mir tolle Strecken zum Cabrio fahren. Zum Schwimmen ging ich in den Caneva Aquapark. Die Fahrt zum Freibad dauerte maximal eine halbe Stunde. An einem Nachmittag zog ich meine Bahnen im Schwimmerbecken. Ich wollte körperlich in Form bleiben.

Plötzlich fiel etwas vor mir in die Tiefe. Ich tauchte den Kopf unter Wasser und verfolgte das blaue Spielzeugauto mit meinen Augen. Es nahm seinen Weg in die Tiefe und blieb auf dem Boden liegen.

Ich schwamm nach unten und schnappte mir das Auto. Als ich auftauchte, stand ein kleiner Junge am Beckenrand und weinte. Ich gab ihm das Auto zurück.

Am Ende der Bahn stieg ich aus dem Wasser. Ich drückte den Kopf der Dusche am Beckenrand und ließ das kalte Wasser über meinen Kopf laufen.

Ich hatte eine Idee.

44

Meine Ausflüge mit dem Cabrio häuften sich. Das östliche Ufer des Gardasees hatte ich nach ein paar Tagen komplett befahren. Für meinen Plan boten sich Optionen. Ich war unschlüssig. War es zu naheliegend, mich auf diese Seite des Sees zu konzentrieren?

Ich saß an meinem Laptop und schaute mir die Gegend im Südwesten des Lago di Garda genauer an. Das Naturschutzgebiet um den Parco Montinelle könnte passen. Die Karte zeigte eine reichhaltige Vegetation, die mit Wegen durchzogen war, die zu den Klippen des Sees führten. Aufgrund der farblichen Tönung konnte ich die Höhenunterschiede erkennen. Es sah vielversprechend aus.

Kurzerhand buchte ich mir ein Zimmer in einer Pension. Zwei Nächte sollten genügen. Meine Kleidung für den Kurzurlaub packte ich einen Rucksack. Nach einem späten Frühstück machte ich mich auf den Weg. Diesmal nahm ich den blauen BMW. Da er nach wie vor deutsche Kennzeichen hatte, parkte ich ihn auf einem öffentlichen Parkplatz und ging zu Fuß zum Hotel. Aufgrund meines italienischen Ausweises war der Check-In reine

Formalität. Alles ging ohne Papierkram von statten. Zehn Minuten nach meiner Ankunft war ich in meinem Zimmer.

Am späten Nachmittag machte ich mich auf den Weg. Ich packte etwas zu trinken und eine Karte in meinen Rucksack und verließ das Hotel. Ich folgte der Beschilderung zum Ufer. Den Weg hatte ich mir zuvor auf der Karte angeschaut. Auf einem Parkplatz stellte ich den Wagen ab und ging zu Fuß weiter. Auf einem breiten Waldweg marschierte ich zu den Klippen über dem See. Sie waren nicht sehr hoch. Ich schaute nach unten. Die Entfernung zur Wasseroberfläche schätzte ich auf fünf bis sechs Meter.

Ich nahm meinen Rucksack ab und trank etwas Wasser. Um mich herum hörte ich das Zwitschern der Vögel. Die leichten Wellen des Sees prallten am Gestein des Ufers ab. Sonst war es still. Von Urlaubern und Spaziergängern war weit und breit nichts zu sehen. Ich setzte mich auf einen Baumstamm und schaute mir die Gegend an. Nach einer Stunde lief ich zum Wagen zurück. Unweit der Hauptstraße war eine Bushaltestelle. Der erste Bus ging um 5:30 in Richtung Menasasso.

Mein Abendessen nahm ich im Hotel zu mir. Die Nacht war ruhig. Nach dem Frühstück am nächsten Morgen ging ich zu Fuß ins Freibad und verbrachte den halben Tag im Wasser und auf der Liegewiese. Nach meiner körperlichen Ertüchtigung im Schwimmbad lief ich in die Stadt. Auf dem Marktplatz setzte ich mich auf die Terrasse eines Restaurants. Nach dem zweiten Kaffee bestellte ich mir eine Pizza und einen Salat. Das Ende meines Kurzurlaubs stand bevor.

„Ich möchte auschecken. Geht das jetzt schon? Ich muss morgen sehr früh abreisen. Da wird die Rezeption nicht besetzt sein.“

Die Mitarbeiterin schaute in den Computer.

„Zimmer 23. Alberto Tombe“, vervollständigte ich meine Bitte.

„Si, Seniore. Kein Problem."

Ich zahlte bar und rundete den Betrag großzügig auf.

„Mille grazie, Seniore Tombe."

Der Tag in der Sonne hatte mich müde gemacht. So war es geplant. Ich duschte und packte meinen Rucksack. Gegen 8:00 Uhr legte ich mich ins Bett. Kurze Zeit später war ich eingeschlafen. In der Nacht wurde ich zweimal wach. Betrunkene Pensionsgäste liefen über den Flur meiner Etage und hatten Probleme, ihre Zimmertür zu öffnen.

Mein Wecker klingelte um 4:00 Uhr. Ich legte den Zimmerschlüssel auf die Theke der Rezeption und verließ die Pension. Um 4:15 Uhr saß ich hinter dem Lenkrad des BMW und fuhr zum Parkplatz am Seeufer. Es war ruhig. Der Waldweg lag vor mir. Ich zog kurz am Lichthebel. Das Fernlicht erhellte den breiten Weg. Langsam fuhr ich weiter. Die Klippen konnte ich von Weitem sehen. Auf der Höhe meiner gestrigen Sitzgelegenheit stoppte ich. Ich stellte die Schaltung des Automatikgetriebes auf ´P` und stieg aus. Der Motor lief ruhig. Meinen Rucksack lehnte ich an den Baumstamm. Dahinter hatte ich mir gestern einen großen Stein gelegt.

Ich lief zu den Klippen und schaute nach unten. Es war dunkel. Der Mond warf ein schwaches Licht auf den See. Ich konnte die sanften Wellen sehen, auf denen sich das Mondlicht spiegelte.

´Alles bestens. `

Ich sprach mir Mut zu und ging zurück zum Auto. Ich schnappte mir den schweren Stein mit beiden Händen und legte ihn auf den Fahrersitz. Den Lichtschalter drehte ich nach links. Um mich herum wurde es dunkel. Ich wartete einen Moment. Nachdem sich meine Augen an das Mondlicht gewöhnt hatten, fuhr ich fort.

Der Motor heulte auf. Ich hatte den Stein auf das Gaspedal gelegt. Es wurde ganz durchgedrückt. Ich stand in der geöffneten Tür. Jetzt kam der kritische Punkt. Um bei einem Automatikgetriebe einen Gang einzulegen, musste die Bremse getreten sein. Ich stellte meinen rechten Fuß auf das Bremspedal. Mein linkes Bein stand auf dem sandigen Untergrund. Es schmerzte aufgrund der ungewohnten Haltung. Ich beugte mich nach innen und riss den Schalter über ´D` in die schnellere Übersetzung ´S`. Der Motor erhöhte seine Drehzahl. Die Reifen drehten durch und wirbelten den sandigen Waldboden in die Luft. Ich schaffte es, mich durch einen Sprung nach links, in Sicherheit zu bringen.

Der Wagen raste auf die Klippen zu. Dabei überfuhr er einen großen Stein, der auf dem Weg lag. Ich wurde nervös. In meinem Plan hatte ich vergessen, das Lenkrad zu fixieren. Die Vorderräder lenkten nach links. Das Heck brach aus. Krachend raste der BMW auf die Steine der hohen Uferböschung. Er drehte sich zur Seite und überschlug sich seitlich. Ich hielt die Luft an und zählte die Sekunden. Bei zwölf schlug die Stahlkarosse im Wasser ein. Zitternd lief ich an den Rand. Es war zu dunkel, um etwas zu erkennen.

Ich nahm meinen Rucksack und lief in Richtung Hauptstraße. Dreißig Minuten später saß ich im Bus nach Menasasso. Von dort brauchte ich noch zwei kurze Busfahrten. Für den letzten Teil der Strecke nahm ich mir ein Taxi.

Völlig erschöpft kam ich zu Hause an. Ich wollte nur noch schlafen. Im Badezimmer nahm ich die Sim-Karte aus meinem Smartphone und zerschnitt sie mit einer Nagelschere. Die kleinen Teile spülte ich durch die Toilette. Nach einer kalten Dusche war ich bettfertig.

´Herzlich willkommen, Alberto Tombe! `

Ich schaute in den Badezimmerspiegel und kämmte meine Haare.

45

Der Sommer war vorbei. Langsam kam der Herbst und färbte die Blätter der Bäume rötlich. Die ersten Tage nach meinem Ausflug mit dem BMW, saß ich morgens unruhig am Schreibtisch und las die Online-Berichte der Tageszeitungen. Für die kostenpflichtigen Seiten legte ich mir ein kurzes Test Abo zu. So sehr ich suchte, ich fand keine Hinweise auf ein Autowrack, das man im See gefunden hatte. Ich wusste nicht, wie tief der Gardasee an der Stelle war, an der ich den BMW versenkt hatte. Es gab reichlich Kartenmaterial mit den geologischen Bedingungen an der Südwestküste. Ich konnte sie nicht lesen.

Nach zwei Wochen ohne einen Zeitungshinweis, fuhr ich zurück an den Ort des Verbrechens. Wie bei meinem ersten Besuch parkte ich auf dem öffentlichen Parkplatz und lief durch den Wald. Der Waldweg war unverändert. Es gab keine Absperrungen am Eingang. Mit einer solchen Sicherheitsmaßnahme hatte ich gerechnet, wenn man den Wagen gefunden hätte und die Spuren zu den Klippen zurückverfolgte.

Das Naturschutzgebiet des Parco Montinelle war an diesem Tag gut besucht. Urlauber liefen vor mir auf dem Weg zu den Klippen. Ich schlenderte gemütlich hinter der Gruppe her und hörte meine Muttersprache. Auf den Felsen machten die Touristen halt und schauten in die Tiefe.

„Fallen Sie bloß nicht runter!“, rief ich scherzend.

„Ach, ein Landsmann! Hallo. Nein, wir passen auf. Es geht sehr steil nach unten.“

„Da ist sicher schon öfter etwas passiert“, sagte ich besorgt. Ich hoffte auf einen zufälligen Hinweis, dass man erst vor kurzem ein Auto im See gefunden hatte.

„Bestimmt. Wir haben nichts gehört.“

„Sind Sie schon länger hier? Urlaub?“

„Ja. Wir sind in Urlaub. Seit einer Woche sind wir hier. Die Gegend ist toll. Und Sie?“

„Ich bin auf der Durchreise. Morgen geht es in Richtung Verona.“

„Wir gehen weiter. Vielleicht sieht man sich später in der Stadt. Auf dem Marktplatz gibt es schöne Restaurants und deutsches Bier.“

„Das klingt nach einem Plan. Dann vielleicht bis nachher.“

Die Gruppe ging weiter. Ich schaute zum See hinab. Zwischen den Felsen blinkte es. Es könnte ein Spiegel sein. Mehr war nicht zu sehen. Das Blau des Wassers harmonierte mit dem Blau des BMW.

Ich wollte umdrehen, als ich mit dem Fuß in einer Felsspalte hängen blieb und fast hinfiel. Mit beiden Händen fing ich den Sturz ab. Es schmerzte. Meine rechte Hand fing leicht an zu bluten. Ich setzte mich auf einen Stein und tupfte das Blut mit einem Taschentuch ab. Zwischen meinen Beinen sah ich blaue Lackabschürfungen auf einem Stein.

Ich stieg auf und ging zurück zu meinem Wagen.

Ich hatte mein altes Leben endgültig hinter mir gelassen. Den bürokratischen Teil zumindest. Emotional war ich nach wie vor mit der Domstadt verbunden. Ich blickte auf die Postkarte. Zusammen mit einem Brief hatte mir die Postbotin sie heute in den Briefkasten gesteckt.

„Buon giorno, Alberto!“

Emilia war eine Seele von Mensch. Sie war immer gut gelaunt. Bei Wind und Wetter versprühte sie Freundlichkeit. Meine Post stellte sie meistens gegen 10:00 Uhr zu. Wenn sie wenig zu tun hatte, tranken wir zusammen einen Espresso auf der Terrasse und unterhielten uns. Ihr Deutsch war sehr gut. Ich versuchte mich auf Italienisch zu artikulieren. Falls mir die Vokabeln ausgingen, konnte ich diese auch in meiner Muttersprache nachreichen. Emilia hatte ich die Geschichte meiner Herkunft aus Bozen erzählt. Ihr war es egal, woher ich kam. Sie war nicht neugierig. Bis heute hatte sie nicht gefragt, was ich beruflich mache.

„Grazie, Emilia! Espresso?" Ich hielt meine Kaffeetasse in die Höhe.

„No. Ich habe viel zu tun heute. Bis morgen." Schon saß sie auf ihrem Rad und machte sich auf den Weg zum nächsten Stopp.

Die Postkarte kam aus Köln. Der Dom unter blauem Himmel und das obligatorische ´Viva Colonia` zierten die Vorderseite der Karte. Die Rückseite bot nicht viel Platz für Text.

„Alles im Lot. Viele Grüße vom Geißen Peter."

Mehr gab es nicht zu lesen. Ich wusste Bescheid. Ich hatte mit meinem alten Freund Uwe einen Code vereinbart. Er sollte mir mitteilen, wenn er Köln verlassen würde. Der Hinweis auf den Geißen Peter war der Code für die neue Heimat von Marie. Uwe hatte eine Stelle in der Schweiz angetreten und war umgezogen. Marie nahm er mit. Seine Freundin Katja sollte eine Woche vorher das neue Haus beziehen und Marie in der Tagesstätte anmelden. Ich war beruhigt.

Ich öffnete den Brief und nahm die erste Seite heraus. Es handelte sich um die Rechnung für meine italienischen Papiere und den Alfa Spider. Zugestellt in einem länglichen Kuvert, in dem das Papier zwei Mal gefaltet war.

Der Brief kam von einem Clan aus Italien, mit dem ich Geschäfte gemacht hatte. Geschäfte, die nicht in den Bereich der Draco Gladius gehörten. Den Kontakt nutzte ich für Designermode aus Italien. Ich kaufte meine Anzüge und Hemden in einer Boutique in der Frankfurter Innenstadt. Die Ware kam direkt vom Großhändler aus Italien. Der Transport wurde mit offiziellen Papieren gemacht. Die Zweitausfertigung ging zum Finanzamt. Ich kaufte die ´kostenlose` Ware zu einem guten Preis. Wen oder was die italienischen Geschäftspartner sonst noch in die LKW-Lieferung steckten, war mir egal.

Meinen Ausweis hatte ich rechtzeitig vor meiner Flucht bestellt. Es dauerte trotzdem eine Weile, bis ich die neuen Papiere bekommen hatte. Ich musste warten, bis meine Haare gewachsen waren. Ich konnte unmöglich mit einer Glatze von meinem neuen Ausweis schauen. Mein Foto war in der Fahndung. In der Öffentlichkeit war es zu heikel, die Tätowierung zur Schau zu stellen.

Eine Woche, nachdem ich das Foto über einen Link im Darknet hochgeladen hatte, wurde der Ausweis geliefert. Zusammen mit dem Spider. Ich schaute auf das gefaltete Blatt Papier. Auf den ersten Blick sah ich nur den Absender und die Überschrift: ´Rechnung`:

„Moda Franco Italia“ und „Fattura“

Ich faltete einmal weiter. Die Mitte des DIN-A4-Blattes war leer. Als ich das Blatt aufgefaltet hatte, strich ich es glatt. Ganz unten fand ich, was ich suchte. Ich ging ins Haus.

Ich legte den Brief auf den Schreibtisch und schaltete meinen Laptop an. Nachdem der Rechner hochgefahren war, startete ich die Software der Kamera. Ich hielt den Brief vor die integrierte Webcam. Auf dem Bildschirm konnte ich den QR-Code sehen. Ich versuchte das Papier so ruhig wie möglich zu halten. Ein rotes Quadrat zitterte sich um die vier Seiten des Bildes. Plötzlich wurde es grün. Es fixierte den Code und speicherte die verlinkte URL in meinem Browser.

Ich benutzte einen Webbrowser ohne VPN-Erkennung. Der Link brachte mich auf eine Seite im Darknet. Hier stand der Preis für meine Bestellung. Es waren 0.7500 Bitcoin. Je nach Tageskurs entsprach das 25 Tausend Euro.

Ich übernahm die Blockchain und überwies den Betrag von meinem Kryptowährung Konto. Ein paar Sekunden später war die digitale Währung beim Empfänger angekommen. Die Spuren verloren sich in den Weiten des Internets. Ich verschaffte mir einen Überblick über meine Finanzen. Sorgen musste ich mir keine machen. Ich hatte genügend Reserven. Dazu kam die Immobilie in Kerpen und die Wohnung in Köln. Noch war es zu früh, um mir Gedanken zu machen, ob ich nach Deutschland zurückkehren würde. Ich schaltete den Computer aus.

Den Rest des Tages gönnte ich mir „la dolce vita“. Ich fuhr mit dem Cabrio am Ufer des Lago di Garda entlang. An meiner Lieblingsstelle des Ostufers parkte ich und ging schwimmen.

46

Die Tristesse holte mich zum Ende des Jahres ein. Weihnachten kündigte sich an. Die Städte waren festlich geschmückt. Die Touristen reisten in die Hotels am Gardasee. Familien feierten, saßen zusammen und lachten. Ich war zu Hause. Die Weihnachtsdepression kam angeflogen. Uwe hatte eine Karte aus der Schweiz geschickt. Marie hatte ein Herz darauf gemalt. Ich wurde sentimental.

Meine Gedanken waren bei meiner Familie. Marie kannte mich vermutlich nicht mehr, bis wir uns wieder sehen würden. Sabine war tot. Es war das vierte Weihnachtsfest ohne sie. Ich saß auf der Couch und trank ein Glas Rotwein auf meine Lieben. Auf dem Display des Laptops liefen ihre Fotos in einer Endlosschleife. Ich war traurig.

Als ich Sabine das letzte Mal gesehen hatte, war sie bereits tot. Ich konnte mich nicht verabschieden. Der letzte Kuss auf ihren kalten Mund, half mir nicht die Wut und den Zorn zu begraben. Ich schwor Rache. Rache gegen die Hebamme, die die Schuld an ihrem Tod trug.

Ich wollte Genugtuung. Es blieb bei dem Wunsch.

Dr. Klaus verabschiedete sich von der Weihnachtsfeier.

„Kollegen, für mich war es das für heute. Ich nehme ein Taxi."

Die letzten vier Jahre hatte sich Dr. Thomas Klaus für den Dienst an Weihnachten eingeteilt. Er gönnte den Kollegen die Zeit mit ihren Familien. Ihm war es egal. Er lebte allein. Die Arbeit lenkte ihn ab. Was klang, wie ein schlechter Ratschlag eines Psychologen, war bei ihm das jährliche Ritual.

„Dann schöne Feiertage!" Magenheimer rief ihm hinterher. Ohne sich umzudrehen, hob Dr. Klaus seine Hand und winkte zum Abschied in die Runde der Kollegen.

Vor der Klinik warteten Taxis. Er hatte nicht viel getrunken und hätte problemlos selbst fahren können. Der alte Saab war wie so oft in der Werkstatt. Dr. Magenheimer hatte ihn am Morgen mit zum Dienst genommen.

„Aachener Straße 545. Höhe Maarweg ist das." Dr. Klaus nahm auf dem Rücksitz Platz und starrte aus dem Fenster. Der Taxifahrer fuhr los.

„Stört Sie die Musik, Herr Doktor?", fragte er nach ein paar Metern.

Im Radio lief ein Lied von BAP. „Du kannst zaubre", sang Wolfgang Niedecken.

„Nein." Die Melancholie des Songs machte sich im Kopf des Arztes breit.

Christine war seit vier Jahren tot. Er konnte sich noch immer nicht daran gewöhnen. Seine Frau war gegangen. Selbstmord. Strenggenommen war es nicht seine Frau. Sie waren nicht verheiratet. Aber was heißt das heute schon? Sie lebten zehn Jahre zusammen. Christine war einige Jahre jünger als er. Sie arbeitete als Arzthelferin bei einem befreundeten Hausarzt. Dort lernten sie sich kennen. Dr. Klaus erfüllte ihr den Wunsch als Hebamme zu arbeiten und unterstütze sie finanziell, als sie die Ausbildung begann. Es war ihr größter Wunsch, Babys zur Welt zu bringen. Sie sagte, die Blicke der Eltern, das Strahlen in den Augen, die Wärme zu sehen, sei unvergleichbar. Sie lebte ihren beruflichen Traum.

Der Albtraum ereignete sich im Jahr 2013. Die 13 stand für ein schlechtes Omen. Im Frühjahr wurde eine hochschwangere Frau in die Klinik nach Frechen eingeliefert. Es kam zu Komplikationen. Christine brachte das Baby gesund zur Welt. Mit dem ersten Atemzug des Babys, atmete die Mutter zum letzten Mal aus und verstarb.

Christine wurde von jeder Schuld freigesprochen. Sie selbst verweigerte sich den Freispruch. Sie gab sich die Schuld für den Tod der Mutter. Dr. Klaus besprach sich unter der Hand mit den Kollegen der Klinik in Frechen. Ohne Details preiszugeben, versicherten die Kollegen ihm, dass Christine keine Schuld traf. Von da aus ging es bergab. Mit Christine, mit ihrer Beziehung, einfach mit allem.

Eine Woche nach dem Tod der Patientin nahm Christine die Arbeit wieder auf. Beruflich ging es schneller bergauf, als das im Privaten der Fall war. Christine wurde depressiv. Sie ließ sich die Haare kurz schneiden, schwarz färben und fing damit an, sich tätowieren zu lassen. Ihr Rücken wurde mit bunten Farben versehen. Die Motive von Schädeln, Schlangen und Kreuzen passten in ihre düstere Welt. Dr. Klaus bekam seine Frau kaum noch nackt zu Gesicht.

Um sich abzulenken, stürzte sie sich in wilde Affären. Dr. Klaus wusste, dass depressive Personen oft eine Zuflucht in Alkohol oder Drogen suchten. Christine war anders. Sie war auf der Suche nach Zuspruch und Befriedigung. Oftmals blieb sie die ganze Nacht weg. Als Ausrede halfen ihr der Schichtdienst und angebliche Notfall-Geburten.

Zu Hause war sie apathisch. Mit ihrem Mann unternahm sie nur wenig. Sie wollte nicht aus dem Haus. Das tat sie nur, wenn ihr Smartphone piepste und sie zu einem Notfall in die Klinik gerufen wurde.

Eines Abends tat Dr. Klaus das, was er nie machen wollte. Er verfolgte Christine. Kurz nachdem sie eine Nachricht auf ihr Handy bekommen hatte, verließ sie die Wohnung. Der Arzt ging ihr nach. Sie fuhr mit ihrem Wagen aus der Stadt. Er folgte ihr. Sie fuhr stadtauswärts Richtung Frechen. Vielleicht täuschte er sich? War es ein Notfall, wie sie es ihm gesagt hatte?

Er blieb ihr auf den Fersen. Im Kölner Westen fuhr sie in das neue Industriegebiet. Hier gab es nicht viel, was man abends gegen 20:00 Uhr machen konnte. Die Geschäfte schlossen um diese Uhrzeit. Zum Einkaufen hätte sie außerdem nicht so weit fahren müssen. Sie bog rechts ab. Dr. Klaus sah den Wagen in Richtung der Tankstelle fahren. Musste sie tanken, bevor sie in die Klinik fuhr? Dann konnte der Notfall nicht dringend sein. Er grübelte und behielt das Auto im Blick.

Christine fuhr über das Gelände der Tankstelle und parkte ihren Wagen. Sie holte eine Tasche aus dem Kofferraum und lief schnellen Schrittes auf ein Gebäude zu. Über dem Eingang strahlte eine Leuchtstoff Reklame: ´Motel One`. Christine ging hinein.

Ich betrat die Station der Gynäkologie und Geburtshilfe der Klinik in Frechen.

„Wo ist sie? Wo ist meine Frau? Wo ist Sabine?“ Ich stand in der Tür zu ihrem Zimmer. Es war leer. Das Bett war nicht mehr hier. Ihr Bademantel hing über einem Stuhl der kleinen Sitzgruppe. Das Einzelzimmer war abgedunkelt. Auf dem Nachttisch brannte eine Kerze. Sie war tot.

Bereits als ich den Anruf entgegennahm, konnte ich den Tod hören. Er flüsterte mir ins Ohr.

„Herr Eisengräber, warum wir anrufen… Ihre Frau...“

Mehr nahm ich nicht wahr.

„Ich komme sofort.“

Ich legte auf und rannte zu meinem Wagen. Mein Geschäftstermin in Düsseldorf hatte länger gedauert als geplant war. Es war bereits kurz vor 20:00 Uhr, als ich den Besprechungsraum verließ.

Sabine lag seit drei Tagen in der Klinik. Die Wehen hatten eine Woche vor dem berechneten Termin eingesetzt. Es war falscher Alarm. Ich hatte einen Termin, der meine Anwesenheit verlangte. Aus diesem Grund ging Sabine früher in die Klinik. Für den unwahrscheinlichen Fall, dass sie niemand zur Entbindung ins Krankenhaus fahren konnte. Wir gingen auf Nummer sicher.

Ich besuchte sie abends. Sie war nervös. Es gab keinen Grund. Die Wehen hatten sich beruhigt. Das Kind lag gut. Die Geburt sollte ein Kinderspiel werden. Am Morgen des 28. Januar rief ich sie aus dem Auto an.

„Ich bin heute Abend wieder bei Dir. Dann kann die Kleine zur Welt kommen.“

„Ich freue mich darauf.“

Das waren ihre letzten Worte an mich.

Ich raste über die Autobahn. Ich parkte meinen Wagen im Halteverbot vor dem Haupteingang und rannte in die Klinik. Im Aufzug versuchte ich, mich etwas zu beruhigen. Es gelang mir nicht.

„Herr Eisengräber, bitte beruhigen Sie sich."

Die Stationsschwester stand hinter mir. Sie legte ihre Hand auf meine Schulter. Ich wischte sie weg und schrie erneut.

„Wo ist meine Frau? Was haben Sie mit ihr gemacht?!"

Ich wollte mich nicht beruhigen.

„Herr Eisengräber... Bitte… Bitte beruhigen Sie sich. Ich bringe Sie zu Ihrer Frau. Kommen Sie bitte mit."

Wir nahmen die Treppe und gingen ein Stockwerk tiefer. Im Flur der ersten Etage konnte ich den Wegweiser erkennen. ´Andachtszimmer`

„Ich lasse Sie allein. Nehmen Sie sich Zeit. Sie finden mich auf der Station."

Sabine lag in ihrem Bett. Neben ihr flackerte eine Kerze. Sie wirkte zufrieden und entspannt. Marie lebte. Das hatte mir die Schwester auf dem Weg nach unten gesagt. Es kam bei der Geburt zu Komplikationen. Medizinische Details nannte sie mir nicht. Auch den Namen der Hebamme wollte die Schwester nicht preisgeben. Ich würde ihn über meine Quellen herausfinden. Ich hatte mich beruhigt und hörte der Schwester zu. Innerlich brodelte ein Vulkan. Ich stand neben dem Totenbett meiner Frau. Selbst im Tod war sie wunderschön.

„Ich werde Dich rächen. Wir sehen uns wieder. Ich liebe Dich."

Ich flüsterte ihr meine Worte ins Ohr und küsste sie ein letztes Mal.

Mit Tränen in den Augen und Hass in meinem Herz verließ ich den Raum.

Christine kam spät nach Hause. Dr. Klaus stellte sich schlafend. Er war hellwach. Seit mehreren Stunden lag er im Bett. Er drehte sich von einer Seite auf die andere. Der Schlaf wollte sich nicht einstellen. Was zum Teufel war in Christine gefahren? Mit wem hatte sie sich getroffen? Sollte er sie darauf ansprechen?

„Schlaf gut“, hörte er sie flüstern. Sie streichelte ihm über die Haare und legte sich neben ihn ins Bett. Sein Magen zog sich zusammen. Er hätte am liebsten laut geschrien und sie mit Sack und Pack auf die Straße gesetzt. Er brachte es nicht übers Herz.

„Hast Du gut geschlafen? War es gestern spät?“

Am Frühstückstisch spielte Thomas den besorgten Ehemann. Christine antwortete ihm, ohne zu zögern und berichtete von einem Notfall. Die Geburt musste eingeleitet werden, um das Leben des Kindes nicht zu gefährden. Alles verlief ohne Komplikationen. Gegen 3:00 Uhr morgens war sie zurück in der Wohnung.

Die Abende die der Chirurg allein zu Hause verbrachte, häuften sich. Das Smartphone piepste. Christine musste zu einem Notfall und war für Stunden verschwunden.

„Die Notfall-App, sorry. Ich muss nochmal los.“

Dass es sich bei der Notfall-App um eine Dating-App handelte, hatte Dr. Klaus nach kurzer Zeit herausgefunden. Er behielt es für sich. Er wollte Christine Zeit geben, zu sich zu finden. Das Gegenteil war der Fall. Sie entfernte sich immer mehr von ihm. Ihre Persönlichkeit veränderte sich. Ende Januar kam es zu einem fatalen Vorfall.

Christine hatte Frühdienst. Zwei Mütter brachten zwei gesunde Kinder zur Welt. Christine strahlte mit den glücklichen Eltern um die Wette. Wie so oft baten die Familien um ein Foto mit der Hebamme, die den Nachwuchs zur Welt brachte. Christine schaute vor Dienstschluss noch einmal auf der Station vorbei. Die jungen Mütter waren erschöpft, aber glücklich.

„Ich schaue morgen früh wieder nach Euch Beiden“, verabschiedete sie sich von ihren Patienten.

„Christine, kannst Du kurz kommen?“

„Moment.“ Christine schaute auf ihr Smartphone. Sie hatte Feierabend und las ihre neuen Nachrichten.

„Ich komme. Um was geht es? Ich müsste dringend weg. Mein Mann...“, log sie die Stationsschwester an.

„Wir haben doch die Patientin hier, die wegen den vorzeitigen Wehen eingeliefert wurde.“

„Ja, die Sabine. Was ist mit ihr? Da war heute alles normal.“

„Ist nur so ein Gefühl. Schaust Du nochmal nach ihr, bevor Du gehst? Dann wäre ich beruhigt.“

„Selbstverständlich.“ Als Christine zusammen mit der Schwester das Zimmer betrat, brach Panik aus.

„Notfall! Ich brauche den Kreißsaal!“ Christine rannte zum Bett der Patientin. Sie rang nach Luft und krümmte sich vor Schmerzen.

„Sabine? Hallo?! Bleib bei mir! Es ist gleich vorbei.“

Christine löste die Bremse des Bettes und schob es auf den Flur. Zwei Pfleger übernahmen die Patientin und fuhren sie in den Kreißsaal.

„Ich bin sofort da! Wir brauchen einen Arzt. Ein Schock, vermute ich.“

Christine schaute sich im Zimmer um. Das Tablett mit dem Abendessen stand auf dem Tisch. Der Teller war leer. Das Abendessen? Was hatte es zu essen gegeben?! Von draußen rief man nach ihr.

„Christine! Wir sind so weit! Schnell!"

Im Kreißsaal herrschte Hochbetrieb. Grelle Scheinwerferlampen waren auf die Patientin gerichtet. Sie bekam kaum noch Luft. Sie drohte zu ersticken.

„Wir müssen das Kind holen. Schnell!"

Sabine bekam eine Spritze gegen die Schmerzen. Zum Schreien war sie zu schwach.

„Allergischer Schock?" Der Arzt betrat den Raum.

„Vermutlich", sagte Christine so gelassen wie möglich.

„Das Kind stirbt mir weg. Ich spüre den Kopf."

Marie schrie. Sie lebte. Christine legte das Neugeborene auf die Brust der Mutter. Sabine war verstorben.

Am nächsten Tag versuchte das Team den Todesfall zu analysieren. Christine hatte die Patientin in ihrer Hebammen Sprechstunde aufgenommen. Sabine brachte ihre Unterlagen zu diesem Termin mit. Blutbilder, Impfnachweise und Berichte von Voruntersuchungen ihres Gynäkologen. Der Hinweis auf eine Knoblauch-Allergie stand im Anamnese Bogen. Er fehlte in den Unterlagen, die bei der stationären Unterbringung vor drei Tagen angelegt wurden.

Christine hatte vergessen, es zu übertragen. Das Abendessen hatte einen allergischen Schock ausgelöst. Für Sabine kam jede Hilfe zu spät.

„Albert? Bad News, mein Freund."

„Was ist passiert? Habt ihr die Schlampe, die Sabine auf dem Gewissen hat, nicht gefunden?"

Ich war voller Hass. Er fraß mich auf. Ich hatte Sabine Rache geschworen. Ich würde mein Versprechen halten. Nachdem ich mit dem Bestatter die Modalitäten für den Abtransport und die Beisetzung besprochen hatte, fuhr ich nach Hause. Eine Krankenschwester hatte das Zimmer von Sabine leergeräumt und mir ihre persönlichen Sachen in ihren Koffer gepackt.

Zu Hause stellte ich den Koffer in mein Arbeitszimmer. Marie blieb in der Klinik. Ich war nicht darauf vorbereitet, mich allein um einen Säugling zu kümmern. Außerdem wollte der behandelnde Arzt das Baby noch ein paar Tage zur Beobachtung in der Klinik behalten. Ich fügte mich dem Wunsch. Auch Sabines Mutter hatte sich dafür ausgesprochen. Sie würde sich die nächsten Wochen und Monate um das Baby kümmern. Marie hatte die Geburt gut überstanden. Niemand wusste so recht, was in dem kleinen Köpfchen vor sich ging und ob sich der Tod ihrer Mutter negativ auf ihre Psyche auswirken konnte.

Nach der Trauerfeier machte ich Pläne für die nahe Zukunft. Meine Rache hatte Priorität. Das Krankenhaus sprach die Hebamme von jeder Schuld frei. Ich fragte nach dem Namen und bekam keine Antwort. Kurzerhand verschob ich meine Recherche- und Rachepläne auf die Zeit nach der Beerdigung. Ich musste nicht lange suchen. Ich öffnete Sabines Koffer und packte ihre Sachen aus. Zwischen ihrer Kleidung lagen die Unterlagen der Hebamme.

„Christine Herrmann."

Ich durchsuchte die Website der Klinik. Auf die Idee kam ich erst, als ich den Namen kannte. So sehr blockierte der Schock über Sabines Tod mein Denken. Ich druckte ein Foto aus. Christine Herrmann stach optisch nicht aus der Gruppe der in weiß gekleideten Mediziner heraus. Ihre schwarzen Haare setzten sich etwas von der Gruppe ab. Sie wirkte paralysiert und abwesend.

Über ihren Namen und Beruf fand ich weitere Fotos im Internet, die ihrem Aussehen eher gerecht wurden. Sie kam mir bekannt vor. Ich hatte sie in der Klinik nicht gesehen. Unmittelbar nach Sabines Tod war sie nach Hause gefahren. Woher kannte ich sie?

Den Namen, drei Fotos und die Anschrift der Klinik schickte ich über einen verschlüsselten Server zu meinem Kontakt für die speziellen Fälle.

„Wie ist egal, aber auf jeden Fall final. Preis spielt keine Rolle. Eilt!"

Ich schickte die Nachricht ab. Dann fiel es mir ein. Sie war auf der Beerdigung! Ich hatte sie auf dem Weg einer anderen Grabreihe erblickt. Ihr wirrer Blick und die pechschwarzen, kurzen Haare waren mir aufgefallen. Die neugierigen Zaungäste und die Presse hatte ich aus meinem Gesichtsfeld verbannt, als man Sabines Sarg in die Erde ließ. Ein paar Tage nach der Beisetzung erreichte mich der Anruf.

„Doch. Wir haben sie gefunden. Aber zu spät."

„Ist sie Euch entkommen?!"

„Nein, Albert. Lies Deine E-Mails."

Es klickte. Die Leitung war tot.

Ich öffnete den Tor-Browser und begab mich ins Darknet. Meine E-Mails rief ich ausschließlich hier ab. Da stand es.

„Wir nehmen Abschied von unserer lieben Kollegin und Freundin Christine Herrmann.

Es war Dein Wunsch. Ruhe in Frieden.

Das Klinik-Team Frechen"

Dr. Thomas Klaus hatte die Seite mit den Todesanzeigen aufgeschlagen. Die Kollegen gaben Christine die letzte Ehre. Er vermied unnötiges Aufsehen in der Öffentlichkeit. Seine Anzeige war kurzgehalten:

„In Liebe und Dankbarkeit. Du fehlst. Thomas"

Auf eine Trauerfeier wurde verzichtet. Christine hätte es so gewollt. Die letzten Monate lebte sie in ihrer eigenen Welt. Sie kapselte sich von den Menschen um sie herum ab. Auch von Dr. Thomas Klaus. Er hatte gehofft, dass sie es schaffen würde, Hilfe anzunehmen und sich in Behandlung zu begeben. Dem war nicht so. Nach dem zweiten mortalen Ausgang bei einer Geburt, beendete sie ihre Tätigkeit. Sie kündigte fristlos und ging nicht mehr aus dem Haus.

Ihr letzter Ausflug in die Öffentlichkeit, war der Besuch bei der Beerdigung der verstorbenen Patientin. Sabine Metzmann war ihr Name. Mehr wusste er nicht. Dr. Klaus war an diesem Tag in der Klinik und ging seiner Arbeit nach. Christine wollte allein zur Beerdigung gehen. Nach dem Frühdienst musste der Chirurg noch einen Knochenbruch operieren. Gegen 15:00 Uhr war er zu Hause.

„Hallo, Christine", rief er, nachdem er die Wohnungstür aufgeschlossen hatte. Keine Antwort.

Er war es gewohnt, mit sich selbst zu reden. Die Begrüßung war eine rhetorische Floskel. Die Stille in der Wohnung irritierte ihn. Üblicherweise lief um diese Uhrzeit die ARD-Telenovela „Sturm der Liebe" im Fernsehen. Thomas klopfte an die Schlafzimmertür. Vorsichtig lugte er hinein. Das Bett war leer. Auf dem Kopfkissen sah er einen Zettel mit einer handschriftlichen Notiz. Er las die Nachricht:

„Mein lieber Thomas, krame Dich nicht.

Ich gehe zu Sabine. Kuss. C."

Warum schrieb sie ihm eine Nachricht? Er wusste von ihrem Vorhaben zur Beerdigung zu gehen. Es klingelte.

„Herr Klaus? Dr. Thomas Klaus?“

Zwei Polizisten standen ihm gegenüber.

„Ja. Der bin ich.“

„Herr Doktor. Wir müssen Sie bitten, uns zu begleiten.“

„Ist etwas passiert? Ist etwas mit meiner Frau?

„Herr Doktor, Ihre Frau... Ihre Frau... Sie ist tot. Es tut uns leid. Wir möchten Sie bitten, uns in die Pathologie zu begleiten.“

Eine Viertelstunde später stand Dr. Thomas Klaus neben seiner aufgebahrten Frau. Den Anblick der Wasserleiche konnte er bis heute nicht vergessen.

47

Der Jahreswechsel war ein Tag wie jeder andere. Ich hatte die Einladungen der Nachbarschaft ausgeschlagen und mich allein ins neue Jahr getrunken. Gute Vorsätze hatte ich keine. Ich wollte nach vorne schauen.

Ich mochte mein neues Leben. Ich lebte in den Tag und fühlte mich dabei gut. Die stressige Zeit bei den Draco Gladius rückte in Vergessenheit. Die Narbe in meinem Gesicht gehörte zu meinem neuen Ich. Ich hatte mich an den Anblick im Spiegel gewöhnt. Es störte mich nicht mehr, dass ich auf den ersten Blick entstellt aussah. Ich klammerte die negative Seite aus. Die Narbe war ein Teil von mir. Sie war ein Teil meiner Zukunft.

Geld verdienen musste ich irgendwann wieder. Klar. Ich war Anfang fünfzig. Bis ins hohe Alter würden meine Reserven nicht ausreichen. Auch wenn sich das Krypto Depot kontinuierlich vergrößerte. Es war mein tägliches

Ritual, mir die Kurse in meinem Portfolio anzuschauen und gegebenenfalls auf Schwankungen zu reagieren.

Ich wollte mich von meinem Haus in Kerpen trennen. So viel stand fest. Mein Vater hatte fast die gesamte Siedlung gebaut. Er wäre nicht begeistert, wenn das letzte Haus in Familienbesitz nun zu Geld gemacht wurde. Warum sollte ich es behalten? Ich hatte die Penthouse Wohnung in Köln. Für den unwahrscheinlichen Fall, dass ich nach Deutschland zurückkehren würde, könnte ich von dort aus meinem Leben neu organisieren.

Schneller als gedacht, entschloss ich mich dazu, das Haus an einen Makler zu geben, der sich um den Verkauf kümmern sollte. Der Preis für Immobilien war zur Zeit gut.

Für mich war wichtig, dass mein Name beim Verkauf nicht auftauchen würde. Das Geld sollte in Bitcoin auf mein Depot transferiert werden. Für solche Transaktionen hatte ich noch alte Kontakte. Diese Art der Geschäfte hatten ihren Preis. Das war mir klar. Bei einem geschätzten Verkaufspreis von 700.000 bis 800.000 Euro konnte ich einen geringen Prozentsatz für Mauscheleien verkraften.

„Brinki, verkauf die Hütte in Kerpen. Brauchst Du noch was von mir? Sag Bescheid. A.“

Dieter Brinkmann war der Makler meines Vaters. Ein Freund der Familie, der sich nie wirklich mit den Draco Gladius anfreunden konnte. Er wusste, wie wir unser Geld verdienten. Er duldete es und hielt selbst die Hand auf, wenn es Geld zu verdienen gab. Im wahren Leben war er zu seriös, um sich im großen Stil auf unsere Geschäfte einzulassen.

Mittlerweile müsste er über achtzig Jahre alt sein. Ich wusste, dass er nach wie vor im Geschäft war. Ich hatte nach seiner Website im Internet gesucht und dort aktuelle Immobilien Angebote gefunden. Geld musste er sicher nicht mehr verdienen. Vermutlich war es die Gewohnheit, das Geschäft weiterzuführen. Brinki hatte keine Kinder. Seine Ehefrau war nicht mehr am Leben.

Ein paar Tage nach meiner E-Mail, war das Haus auf seiner Website inseriert. Ich klickte mich durch die Fotos. Es war ein schönes Haus. Da gab es kein Vertun. Der Kamin, die beiden Bäder, der Pool im Keller, der Pool im Freien und die Sauna, rechtfertigten den Preis. Für 750.000 Euro VhB hatte Brinkmann das Haus angeboten. Nachdem ich die aktuellen Fotos gesehen hatte, dachte ich es wäre zu günstig. Es war mir egal. So könnte ich schneller damit abschließen.

2018. Neues Jahr neues Glück. Prosit Neujahr an alle Hausbewohner.

Dr. Thomas Klaus hatte den Briefkasten geleert. Zwischen den Jahren kam wenig Post. Die Hausverwaltung schickte Grüße zum Jahreswechsel. Nach den Weihnachtsfeiertagen hatte er einen Entschluss gefasst. Er würde umziehen. Raus aus der Wohnung, die seit Christines Tod zu einer Einzelzelle verkommen war. Er fühlte sich nicht mehr wohl.

Das Leben musste weiter gehen. Wie oft hatten die Kollegen und Freunde ihm diese Floskel mit auf den Weg gegeben. Vielleicht musste es jetzt so sein. Das neue Jahr würde nichts besser machen, aber es wäre eine Möglichkeit sich zu motivieren.

Christine hatte ihm Geld hinterlassen. Viel Geld. Sie hatte in ihrer Jugend eine Erbschaft gemacht, von der sie ihm nie erzählt hatte. Bei der Testamentseröffnung traute er seinen Ohren nicht:

„... vermache ich meinem Lebensgefährten, Herrn Dr. Thomas Klaus mein Sparkonto..."

Er nahm einen Schluck Kaffee und wartete darauf, dass der Notar einen Betrag nennen würde.

„... bei der Sparkasse Köln in Höhe von 408.386,32 Euro."

„Wie bitte?", fragte er nach.

„408.386,32 Euro", wiederholte der Notar.

„Nehmen Sie das Erbe an?"

Dr. Thomas Klaus saß wie versteinert auf seinem Stuhl.

„Dr. Klaus? Nehmen Sie das Erbe an?"

Er räusperte sich.

„Ja."

Das Budget für den Kauf einer Immobilie war gestiegen. Neben den Suchkriterien wie Pool, Sauna und Garage legte er den Kaufpreis zwischen 500.000 und 800.000 Euro fest. Ende Januar blieb er an einer Anzeige für ein Haus in Kerpen hängen.

Er stellte über die Website des Maklers eine Anfrage für eine Besichtigung. Kurze Zeit später meldete sich Dieter Brinkmann telefonisch bei ihm.

Teil III

Zimmer 78

48

Dr. Bennington erhob sich von ihrem Platz. Die Runde der anwesenden Kollegen zählte mehr als zehn Ärzte. Die junge Ärztin stellte sich neben den Beamer und räusperte sich. Es war Montagmorgen. Arlette hielt es für wichtig, die Visite bei Eisengräber in eine größere Konferenz umzuwandeln. Sie hatte am Samstag eine kurze Einladung an die Kollegen geschickt:

„Konferenz Patient aus Zimmer 78. Montag 11:00 Uhr in großer Runde. Ich hoffe auf Ihre Unterstützung. AB.“

„Guten Morgen, Kollegen. Ich denke wir sind vollständig. Danke, dass Sie meiner kurzfristigen Einladung gefolgt sind und sich die Zeit für diese außerplanmäßige Besprechung nehmen.

Ich hatte in der Nachricht geschrieben, dass wir uns über den Patienten aus Zimmer 78 unterhalten müssen. Mittlerweile gibt es neue Erkenntnisse. Ich fasse das Neueste zusammen:

Der Patient heißt Albert Eisengräber.

Geboren am 1.6.1966 in Frankfurt am Main.

Ich hatte die Polizei informiert, dass wir jemanden im Haus haben, dessen Tätowierung mich an die des Flüchtigen der Drogenrazzia erinnerte. Kommissar Hieronymus von der Drogenfahndung, hatte den Hinweis ernst genommen und mich am Freitag auf der Station besucht. Ich denke, den Bericht über die Razzia kennen Sie alle aus dem Express. Hier sehen Sie das Foto.“

Arlette öffnete das Bild auf dem Laptop. Dieser war mit einem Beamer verbunden, der das Foto in zehnfacher Vergrößerung an die weiße Wand des Besprechungszimmers warf.

„Es handelt sich um einen Drachen. Im Maul hat er ein Schwert. Eisengräber ist, bzw. war Mitglied bei den Draco Gladius. Den Drachenkämpfern. Es handelt sich um eine Bande des organisierten Verbrechens. Wir haben es also mit einem kriminellen Schwergewicht zu tun."

Bennington wechselte zwischen den Fotos des Kopfes und der Leiste von Albert.

„Das Tattoo in der Leiste weist ihn als ein führendes Mitglied aus. Das nur am Rande. Nach wie vor liegt der Patient regungslos im Bett. Heute Morgen habe ich ihm die Handfesseln entfernt."

Arlette wurde von einem Raunen der Ärzte unterbrochen.

„Sie müssen keine Angst haben. Eisengräber ist bei den Drachenkämpfern ausgestiegen. Von ihm wird keine Gefahr ausgehen, wie mir Kommissar Hieronymus versichert hat. Die Polizei bittet uns darum, sie umgehend zu informieren, sollte Albert Eisengräber das Bewusstsein erlangen. Sie erhoffen sich von seinem Insiderwissen einen Hinweis auf den flüchtigen Drogendealer. Vielleicht wird die Polizei das Zimmer 78 durch einen Polizeibeamten bewachen lassen. Das gilt es abzuwarten. Wichtig für uns:

Wir werden spätestens morgen damit beginnen, Eisengräber aufzuwecken. Dazu später mehr."

In der letzten Reihe machte sich ein Arzt eine Notiz in sein Smartphone: *Achtung! Bewachung! Koma in Gefahr.*

„Zu aktuellen, gesundheitlichen Situation gibt es folgendes zu sagen.

Das Positive zuerst. Die Wunden heilen sehr gut. Die Gefahr einer Sepsis würde ich mit nicht einmal zehn Prozent einstufen. Die gebrochenen Rippen liegen stabil. Die Lunge ist frei. Blutdruck und Puls sind schwach, aber stabil.

Die Nierenwerte bereiten uns große Sorgen. Die Medikation nach der Notoperation ist sehr hoch. Es gilt abzuwägen, ob wir sie reduzieren sollten. Vermutlich nahm Eisengräber vor seiner Einlieferung regelmäßig Tabletten ein, die seine Nieren geschädigt haben. Anders lassen sich die Werte nicht erklären. Der Kollege Frank Müller hatte bei der letzten Visite die Idee, den Urin des Patienten analysieren zu lassen."

Müller setzte sich aufrecht und nickte zustimmend in Arlettes Richtung.

„Danke für den Geistesblitz. Es ist niemandem aufgefallen, dass wir keine aktuellen Werte hatten. Nachdem wir Eisengräber erfolgreich operiert hatten, folgte eine breitgefächerte Labor-Diagnostik. Die Untersuchung des Urins fand entweder nicht statt oder die Ergebnisse sind verschwunden. Auch mir ist es durchgerutscht. Das vorliegende Ergebnis ist sehr überraschend. Das Labor konnte Spuren von Insulin nachweisen. Eisengräber wurde von uns nicht mit Insulin behandelt. Am Samstag und Sonntag hatten wir jeweils einen Diabetes Schnelltest gemacht. Beide waren ohne Befund. Es ist auszuschließen, dass Eisengräber Diabetiker ist. Das Insulin wurde ihm verabreicht. So viel steht fest. Einen Mordanschlag kann man aufgrund der geringen Menge ausschließen. Jemand wusste genau, was er tat."

Arlette schaute in die Runde. Sie hatte sich Formulierungen von Kommissar Hieronymus gemerkt und erzielte damit eine erstaunliche Wirkung. Sie konnte die Nervosität spüren, die sich im Raum breit machte.

„Hier noch einmal die Werte in einer Übersicht. Vielleicht hat jemand dazu noch eine Idee?"

Sie ließ die Frage im Raum stehen und klickte auf das Trackpad des Laptops. Die Laborwerte wurden an die Wand projiziert.

„Was meinten Sie damit, dass Sie Eisengräber aufwecken wollen? Wie soll das passieren?“

Es wurde laut getuschelt. Es gab unterschiedliche Meinungen zu der Vorgehensweise.

In der letzten Reihe wurde die nächste Notiz geschrieben:

Koma in Gefahr. Heute handeln!

49

Bennington fuhr mit ihrem Bericht fort. Die junge Kollegin wirkte selbstsicher und professionell. Sie verschaffte der Runde einen Überblick über den Patienten aus Zimmer 78, der nun einen Namen hatte:

Albert Eisengräber. Ein Krimineller. Ein Clan Mitglied. Ein Gangster. Seine moralisch fragwürdige Biografie half in medizinischer Hinsicht nicht weiter. Seine Herkunft und sein Umgang legten eine Nähe zu Drogen nah. Dieser Umstand könnte die Leberwerte ebenfalls erklären.

Arlette Bennington hatte erwähnt, dass Eisengräber vermutlich über einen langen Zeitraum Medikamente eingenommen hatte. Die Ärzte nickten zustimmend. Sie sprach mit lauter Stimme, die man in der letzten Reihe klar und deutlich verstand. Der Arzt kratzte sich am Kopf und schaute durch seine Brille nach vorne. Den Aspekt der Drogen behielt er für sich.

„Haben Sie Fragen?“ Bennington schaute in die Runde.

Dr. Frank Müller meldete sich zu Wort.

„Kollege Müller?“

Müller interpretierte die projizierten Urinwerte. Keiner der anderen Kollegen ging darauf ein. Jedem war klar, dass sich der junge Kollege in diesem Moment etwas wichtigmachen wollte. Sollte er seine ´fifteen minutes of fame` genießen.

Die beiden Ärzte in der letzten Reihe senkten ihre Köpfe und taten beschäftigt. Fragen hatten sie keine. Beide waren mit einem Ohr bei den Ausführungen von Müller und Bennington. Mit der anderen Gehirnhälfte waren sie damit beschäftigt, sich Gedanken zu machen, wie es weitergehen sollte. Jeder auf seine Art.

„Was meinten Sie damit, dass Sie Eisengräber aufwecken wollen? Wie soll das passieren“

Es wurde unruhig im Raum.

In die letzte Reihe kam Bewegung. Das Kratzen am Kopf wiederholte sich. Eine Notiz wurde in ein Smartphone geschrieben.

50

„Morgen um 9:30 Uhr? Gut. Danke für Ihre Zeit, Kollegen.“

Arlette Bennington beendete die Besprechung. Der Zeitpunkt stand fest. Morgen würden sie Albert Eisengräber aufwecken. Die Pro und Kontras wurden besprochen. Es blieb das Risiko, dass sie Eisengräber verlieren würden. Die Mehrzahl der Ärzte schätzte es als minimal ein.

„Wie sagt man so schön: Ein Risiko besteht selbst bei einer Blinddarm Operation.“

Dr. Thomas Klaus hatte sich während der Besprechung nicht zu Wort gemeldet. Erst, als es um den morgigen Tag ging, meldete er sich zu Wort. Seine Äußerung war ein eindeutiges ´Ja` zum Aufwecken. Er hatte Eisengräber bei der Operation das Leben gerettet. Alle wichtigen Entscheidungen liefen über seinen Schreibtisch.

„Wer hat morgen Dienst?"

Bennington, Dr. Magenheimer und Dr. Müller streckten ihre Hände in die Höhe.

„Gut. Frau Bennington, wenn Sie so freundlich wären sich um eine zusätzliche Schwester zu kümmern? Danke."

Dr. Klaus verließ das Zimmer. Er nahm den Aufzug nach unten und fuhr nach Hause. Er hatte seinen freien Tag und war lediglich für die angesetzte Besprechung in die Klinik gefahren. Dementsprechend leger war er gekleidet. Bevor er nach Hause fuhr, traf er sich mit einem Freund aus alten Tagen zum Mittagessen in der Innenstadt. Der Pharma Vertreter meldete sich regelmäßig bei seinen Besuchen in Köln. Mit seiner Aktentasche im Gepäck, traf Dr. Klaus im Restaurant auf den Ringen ein. Er wurde bereits erwartet.

„Dr. Magenheimer, dürfte ich Sie noch kurz sprechen?" Dr. Müller hatte einen Stapel Papiere unter den Arm geklemmt und lief Magenheimer hinterher.

„Selbstverständlich. Sie wollten die ´Akte Ernesto` einsehen, richtig?"

„Ja. Wenn das möglich wäre."

„Kommen Sie gleich mit. Ich habe die Unterlagen in meinem Büro."

Arlette Bennington war die letzte im Besprechungsraum. Sie klappte ihren Laptop zu und ordnete die Kabel. Der Beamer war Inventar dieses Raumes. Ebenso die benötigten Verbindungskabel. Sie packte alles zusammen in den Schrank. Mit ihrem Laptop in der Hand ging sie über den Flur in ihr Büro.

Sie schloss die Tür und setzte sich wippend auf den Sitzball. Die Last fiel von ihr ab. Vor der Besprechung verspürte sie ein leichtes Unbehagen. Sie war nervös. Die Gruppe der Ärzte war nicht groß. Es war kein Problem für sie vor Menschen zu sprechen. Sie hatte Bedenken, dass sich Dr. Thomas Klaus übergangen fühlte, wenn sie das Ruder an sich reißen würde. Darum hatte sie ihn am Samstagvormittag von ihrem Anschluss im Büro angerufen.

„Entschuldigen Sie die private Störung, Dr. Klaus."

„Ist etwas passiert? Weil Sie aus der Klinik anrufen?", fragte er irritiert nach.

„Nein. Es ist alles in bester Ordnung. Warum ich anrufe. Ich weiß, dass Sie den Patienten Ernesto zur Chefsache erklärt haben." Nervös startete Arlette das Telefongespräch.

Dr. Thomas Klaus überraschte es nicht, dass die junge Kollegin sich einbringen wollte. Nachdem sie ihn gefragt hatte, ob sie eine außerordentliche Besprechung einberufen durfte, reagierte er gelassen.

„Frau Bennington. Selbstverständlich. Sie haben die Informationen der Polizei und Ihnen ist es zu verdanken, dass wir mittlerweile die Identität des Patienten kennen."

Ihrem Wunsch den Patienten aufzuwecken, hatten alle Kollegen zugestimmt. Arlette hatte sich telefonisch das Okay von Dr. Klaus eingeholt. Aus diesem Grund benutzte sie die Formulierung: *Wir werden spätestens morgen damit beginnen, Eisengräber aufzuwecken.*

Für morgen gab es noch einiges zu organisieren. Sie machte sich einen Kaffee und begann damit, eine Liste für das Aufwecken zu erstellen. Neben diversen Medikamenten wollte sie auch unbedingt eine Bahre im Zimmer haben, um Albert im Notfall schnell in den OP fahren zu können. Danach drehte sie ihre erste Runde auf der Station. Sie hatte ihren Dienst für heute noch vor sich.

„Hier ist die Akte. Schauen Sie rein. Wenn Sie Fragen haben oder Ihnen etwas auffällt, melden Sie sich. Ich muss noch arbeiten."

Dr. Magenheimer setzte sich an seinen Schreibtisch und schob die Akte über den Tisch. Müller staunte, als er den roten Aufkleber erblickte.

„Fragen Sie nicht, was das soll... Ich weiß es nicht!" Magenheimer hatte die Frage im Keim erstickt.

„Viel Spaß damit."

Dr. Josef Magenheimer kratze sich am Kopf. Sein Gesicht verschwand hinter dem Display seines Computers. Ernestos Akte sah aus wie die Ermittlungsakte der Polizei. Dr. Müller überflog die Laborwerte, die keinem der Ärzte einen nützlichen Hinweis geben konnten. Der Anamnese Bogen interessierte ihn. Das hier Niedergeschriebene war hypothetisch. Nachdem er die Operation überstanden hatte, hatte Dr. Klaus einen Eindruck zum physischen Zustand aufgeschrieben.

Mit der Schätzung des Alters lag er fast richtig. Dass es sich bei dem unbekannten Patienten um einen Südländer handelte, war falsch. Eisengräber war Deutscher. Es spielte für die Behandlung keine Rolle. Größe und Gewicht des Patienten wurden vor der Operation gemessen. Das Körpergewicht war für die Dosierung der Narkose wichtig. Hier stand nichts, das von Bedeutung sein konnte. Die Tattoos wurden erwähnt. Der Hinweis hatte die Polizei auf den Plan gerufen, in die Klinik zu kommen. Die Anamnese lieferte Dr. Müller keine neuen Erkenntnisse.

„Auch einen Kaffee, Dr. Müller?" Magenheimer reichte dem Kollegen eine Tasse Kaffee.

„Neue Erkenntnisse?“ Dr. Magenheimer nippte an seinem Kaffee und zog seine Augenbrauen nach oben.

„Nein. Das Labor kannte ich. Die Anamnese gibt auch nichts her.“

Dr. Müller lehnte sich zurück und schob die Akte etwas von sich weg. Sein Blick verharrte an der Unterseite der Mappe. Genauer gesagt an dem kleinen Spalt, der sich an der Kante der Unterseite zeigte. Die Akte wirkte an dieser Stelle perforiert.

„Sehen Sie das auch, Dr. Magenheimer?“ Müller hob die Akte in die Höhe und zeigte mit seinem Finger auf die kleine Öffnung.

„Ja. Was ist das?!“

Das Essen schmeckte köstlich. Dr. Klaus und sein alter Freund Oliver tranken zum Nachtisch einen Espresso. Dann kam das Geschäftliche auf den Tisch.

„Unser Projekt läuft ohne Probleme?“, startete Oliver den ernsten Teil der Konversation.

„Ja. Ich sagte es bereits am Telefon. Keine Sorge. Ich habe alles unter Kontrolle.“

„Du musst verstehen, dass ich nervös werde. Mir sitzen die Geldgeber im Nacken. Ihr habt die Polizei im Haus. Das sorgt nicht für Ruhe in den oberen Etagen.“

Oliver trank seinen Espresso aus. In den Fingern seiner rechten Hand balancierte er einen USB-Stick hin und her.

„Da ist alles drauf? Alles, was es bisher gibt?“

„Ja. Eine Kopie habe ich bei mir im Tresor. Mach Dir keine Sorgen. Die Studie läuft. Das Kind ist stabil. Im Augenblick gibt es keinen Grund, sich Gedanken zu machen. Und das mit der Polizei ist Nebensache. Die sind auf einer anderen Etage tätig. Die Betten im dritten Stock sind offiziell mit anderen Patienten belegt. Vertrau mir."

Oliver stellte eine kleine Auswahl an Medikamenten Mustern auf den Tisch des Restaurants.

„Was Du brauchst, findest Du in der kleinen Packung."

Dr. Thomas Klaus nahm das Päckchen und stellte es neben sich auf die Sitzbank. Er saß gerne mit dem Rücken zur Wand, um sich vor allzu neugierigen Blicken zu schützen.

„Gut. Dann wäre das geklärt. Was sagst Du zu den Leistungen des FC?"

Die Stammtisch Konversation ging weiter. Eine Stunde später war Dr. Klaus in seinem Haus in Kerpen angekommen. Er stellte seine Tasche und die Medikamente in sein Büro. Die kleinste Packung verstaute er im Mittelfach seiner Tasche und schloss den Reißverschluss.

Dann schnappte er sich Gonzo und fuhr mit ihm in den nahegelegenen Wald. Hier konnte er abschalten und an seinem Plan für den späten Abend arbeiten.

„Das ist mir bisher nicht aufgefallen. Ich dachte, das wären die üblichen Gebrauchsspuren der Akte. Wenn ich es mir genauer anschaue, sieht es aus, als wäre darin etwas versteckt." Dr. Magenheimer schaute durch seine Nickelbrille. Sein Blick konzentrierte sich auf die Unterseite der Mappe.

Dr. Müller wurde zunehmend nervöser. Was steckte in dem Umschlag? Jemand hatte etwas zwischen die Pappe geklemmt und diese dann wieder verschlossen. Viel konnte es nicht sein. Müller schaltete die Taschenlampe seines Smartphone an und beleuchtete die Stelle. Magenheimer hatte ein Skalpell vom Schreibtisch genommen.

„Das benutze ich für meine Post“, erklärte er die Herkunft des medizinischen Messers, das auf seinem Schreibtisch strenggenommen nichts verloren hatte.

„Sehen Sie etwas?“ Dr. Müller hielt das Smartphone in einem anderen Winkel.

„Moment.“ Dr. Magenheimer fuhr mit dem Skalpell in den Falz der Pappe.

„Pinzette, bitte!“ Wie bei einer Operation gab er Anweisungen.

Müller reichte ihm die Pinzette. Kurze Zeit später fischte Magenheimer etwas aus dem Umschlag heraus. Er legte es behutsam auf ein Zellophan Taschentuch.

Im Strahl der Smartphone Taschenlampe glänzte der Mikrochip wie ein Diamant.

Der Arbeitstag von Arlette verlief ruhig. Sie schaute mehrmals bei Eisengräber vorbei und kontrollierte seine Werte. Alles war stabil.

„Morgen wecken wir Sie auf, Herr Eisengräber.“ Arlette notierte den Blutdruck auf Eisengräbers Tagestabelle. Das Fieberthermometer zeigte 36,4 Grad. Es waren keinerlei Komplikationen zu erwarten.

Das Team für morgen hatte sie ausgesucht. Als zusätzliche Schwester, hatte sie sich für Katharina entschieden. Sie war die Ruhe in Person. Das war wichtig.

„Danke, dass Sie die Dienste noch tauschen konnten, Katharina. Wir brauchen morgen erfahrene Leute.“

„Das ist kein Problem. Wenn ich ehrlich bin, ich bin auch neugierig. Man hat nicht jeden Tag so einen Patienten auf der Station. Noch einen Kaffee?“

„Warum nicht. Es ist ruhig. Hoffentlich nicht die Ruhe vor dem Sturm!“ Mit einem Scherz versuchte Arlette ihre Nervosität herunterzuspielen.

Nach der zweiten Tasse Kaffee und reichlich Smalltalk mit Schwester Katharina ging Arlette in ihr Büro. Auf dem Weg zum Treppenhaus stoppte sie an Eisengräbers Tür. Sie schaute hinein, als müsse sie sich versichern, dass der Patient noch da war.

„Doktor Bennington?“ Erschrocken fuhr Arlette herum.

Silvia stand hinter ihr.

„Wie geht es ihm?“, fragte sie besorgt.

„Morgen wecken wir ihn auf. Was machen Sie um diese Uhrzeit auf der Station? Ich dachte, Sie putzen die Zimmer immer früh morgens.“

„Ja, das stimmt. Ich hatte heute meinen Dienst im OP. Dabei ist mir etwas aufgefallen, Frau Doktor.“

Arlette korrigierte Silvia nicht. Ob sie Ärztin war oder einen Doktor Titel hatte, spielte für den Respekt, den ihr die Reinigungskraft entgegenbrachte, keine Rolle. Silvia kramte in der Tasche ihres Kittels.

„Ich habe am Freitag das Zimmer von Ernesto, also das Zimmer von Herrn Eisengräber geputzt. Dabei habe ich etwas eingesteckt, das ich auf dem Boden gefunden hatte.“

Arlette wartete ungeduldig, zu sehen, um was es sich handelte. Groß konnte es nicht sein, wenn sie es in der kleinen Seitentasche ihres Kittels mit sich umhertrug.

„Sehen sie das?“ Silvia hielt die kleine Plastikhülse in die Luft. Arlette schaute auf den Gegenstand aus Plastik.

„Eine Kappe von einer Spritze ist das. Die müssten Sie doch kennen, Silvia.“

„Selbstverständlich, Frau Doktor. Als ich heute im OP geputzt habe, habe ich einige davon im Müll gesehen.“

„Worauf möchten Sie hinaus?“

Silvia holte eine weitere Hülse aus der Tasche. Diese kam auf der anderen Seite zum Vorschein.

„Sehen Sie es jetzt?“

In beiden Händen hielt die Reinigungskraft eine Plastikkappe. Arlette nahm ihr beide Hülsen ab und schaute sie sich an. Die Kappe aus Alberts Zimmer war grün. Der Hersteller von dem die Klinik am Stadtwald die Spritzen bezog, benutzte rote Kappen. Außerdem stand in winziger Schrift „Sample“ auf der grünen Kappe.

Morgen sollte ich aufgeweckt werden. Hatte ich die junge Ärztin richtig verstanden? Sie hatte an meinem linken Oberarm den Blutdruck gemessen. Das moderne Fieberthermometer musste sie nur an meine Stirn halten und hatte Sekunden später die Temperatur auf dem Display. Sie sah zufrieden aus. Ich schien mich zu stabilisieren.

Das Wochenende hatte mir etwas Freiheit gebracht. Meine Handfesseln wurden endlich gelöst. In meinen Wachphasen versuchte ich meine Muskeln zu trainieren. Ich schaffte es fast, eine Faust zu machen. Die Kraft kehrte in meine Arme und Hände zurück. Meine Beine fühlten sich immer noch schwer und unbeweglich an.

Nach zwei Trainingstagen war meine rechte Hand in der Lage zuzupacken. Es steigerte mein Selbstwertgefühl. Wenn ich morgen aus meinem zwischen weltlichen Zustand aufwachen würde, wäre ich endlich in der Lage mich selbst um meine Ausscheidungen zu kümmern. Es kratzte an meinem Ego, dass mir die Selbstständigkeit genommen wurde, zu pinkeln, wann ich wollte. Ich schloss die Augen und versuchte zu schlafen.

21:47 Uhr

„Guten Abend, Herr Hieronymus. Es gibt Neuigkeiten bei Herrn Eisengräber. Nein. Er ist nicht aufgewacht. Wir haben einen Hinweis gefunden, dass ihm das Insulin von jemandem außer Haus verabreicht wurde."

Arlette suchte nach den richtigen Worten, der korrekten Formulierung, um den Kommissar auf den neuesten Stand zu bringen.

„Also, die Spritze stammt nicht aus unserem Haus", ergänzte sie.

„Das hatte ich befürchtet, Frau Bennington. Also wissen die Draco Gladius vermutlich, dass Eisengräber bei Ihnen liegt. Das klingt nach Ärger."

Hieronymus schmückte seine Worte aus. Arlette unterbrach ihn nach einer Weile.

„Wir brauchen Polizeischutz. Heute noch!"

„Da stimme ich Ihnen zu. Es ist spät. Fast 22:00 Uhr. Ob ich heute noch jemanden abstellen kann, kann ich Ihnen nicht versprechen, Frau Bennington."

„Ich glaube, es wäre angebracht." Arlette legte auf. Sie schaute auf die Plastikhülse, die vor ihr auf dem Schreibtisch lag.

Arlette Bennington spürte ein Gefühl in ihr aufsteigen, das sie nicht kannte.

Sie hatte Angst.

21:47 Uhr; Dr. Klaus

Das Garagentor schloss sich auf Knopfdruck. Die Mercedes S-Klasse fuhr aus Kerpen. Nach einer kurzen Strecke auf der A4 nahm die Luxuslimousine die Ausfahrt und näherte sich der Klinik am Stadtwald.

Dr. Thomas Klaus hatte sich zu Hause umgezogen. Falls ihm jemand auf dem Weg von der Tiefgarage auf die Station 8 begegnen würde, kämen keine Fragen auf, warum er um diese Zeit hier ist. Auf der Inneren hatte Arlette Bennington Dienst. Sie war, um diese Uhrzeit höchstwahrscheinlich damit beschäftigt, die Vorbereitungen für den morgigen Tag zu treffen. Zu später Stunde wäre sie nicht mehr auf der Station. Auch die Nachtschwester hatte ihre letzte Runde vor Mitternacht hinter sich. Wenn er sich beeilte, sollte er wieder im Wagen sein bevor der Motor sich abgekühlt hatte. An einer roten Ampel im Stadtwald tippte er eine Nachricht in die Chat Gruppe.

„Wie ist der Zustand von Eisengräber?“ Wie erhofft, meldete sich Bennington umgehend.

„Ich war noch einmal bei ihm. Alle Werte sind unauffällig.“

Dr. Thomas Klaus war erleichtert. Die Ampel schaltete auf Grün. Das Smartphone piepste erneut.

„Fast vergessen. Eisengräber bekommt Polizeischutz.“

Der Mercedes beschleunigte seine Fahrt. Es war Eile geboten.

„Ich glaube, es wäre angebracht.“ Arlettes Worte lagen Hieronymus in den Ohren. Er hatte sich auf einen gemütlichen Fernsehabend gefreut. Kaum war die Titelmelodie des Tatorts erklungen, klingelte sein Telefon. Nachdem er mit seiner Frau Essen war, wollte sich das Paar die zweite Ausstrahlung des Krimis auf

´ARD one` anschauen. In der heutigen Folge ermittelten die Kölner ´Kollegen`, wie er aus der Vorschau wusste.

„Ich muss kurz telefonieren. Ist wichtig."

„Hieronymus hier. N`abend. Ja, ich weiß, wie spät es ist. Tu mir einen Gefallen, Jung` Ich brauche jemanden in der Klinik am Stadtwald. Station 8. Der Kollege soll am Empfang nach Frau Bennington fragen. Die holt ihn ab und bringt ihn auf die Station. Richtig. Es geht um die Bewachung von Eisengräber. Ich verlasse mich auf Dich!"

Hieronymus legte auf und ging ins Wohnzimmer. Ballauf und Schenk waren dabei, sich eine Leiche in einer Industriehalle anzuschauen. Er hatte noch nichts verpasst.

Um 22:13 Uhr registrierte der Computer der Parkhaus Anlage die Karte von Dr. Thomas Klaus. Die Tiefgarage war leer. Klaus parkte in der Nähe der Eingangstür zum Treppenhaus. Er stieg aus und öffnete die hintere Wagentür. Zuerst schlüpfte er aus seinen hellen Turnschuhen. Nachdem er das Ersatzmodell des Klinikschuhes angezogen hatte, bückte er sich und verknotete die Schnürsenkel. Dann zog er seinen Kittel über das weiße Polo-Shirt. Er war nervös. Die Polizei wollte einen Beamten zur Bewachung von Eisengräber abstellen. Wann das sein sollte, hatte Bennington nicht geschrieben. Vielleicht war der Polizist bereits auf der Station? Er musste sich beeilen. Er öffnete den Koffer auf der Rückbank. Er nahm eine Spritze heraus und steckte sie in die Tasche des Kittels. Schnellen Schrittes ging er ins Treppenhaus und verschwand im Aufzug.

22:05 Uhr

„Danke Kollege. Ich weiß, das ist kurzfristig, aber wenn der Hieronymus das möchte... Du weißt ja, wie der tickt.

Wann kannst Du vor Ort sein? Viertel nach zehn? Perfekt. Wenn was ist, ruf sofort Verstärkung!“

Der Streifenpolizist Jürgen Schulz legte auf und fuhr zum Krankenhaus

---

Der Aufzug brachte Dr. Klaus auf die Station 8. Er trat in den Flur. Von der rechten Seite der Etage kam eine Schwester auf ihn zugelaufen.

„Guten Abend“, grüßte er beiläufig.

Die Schwester lief an ihm vorbei zum Aufzug. In der Hand hielt sie eine kleine silberne Schale mit Pflastern und Verbänden. Plötzlich stoppte sie und drehte sich um.

„Achtung, Herr Doktor!“ Klaus zuckte zusammen.

„Ja?“ Fragend blieb er stehen. Die junge Schwester zeigte auf seinen Fuß.

„Ihre Schnürsenkel sind offen.“

Dann war sie im Aufzug verschwunden. Der Arzt ignorierte den gut gemeinten Rat und lief, ohne zu zögern zum Zimmer 78. Er schaute kurz nach links in das Schwesternzimmer. Die Schwestern teilten sich bei den langweiligen Diensten in der Nacht ein Zimmer auf einer anderen Etage. Der Aufenthalt auf der Station 8 war leer. Vor Eisengräbers Zimmer stand ein Stuhl. Von einem Polizisten war nichts zu sehen. Er drückte die Klinke nach unten.

„Jürgen Schulz. Polizeidienstelle Köln-Süd. Guten Abend. Zu Doktor Bennington, bitte.“

Der Polizist hielt seinen Ausweis an die Glasscheibe der Empfangszentrale.

„Moment. Ich rufe Sie an.“

Um 22:30 Uhr nahm Arlette Bennington den Anruf entgegen.

Eisengräber lag in seinem Bett und schlief. Im Zimmer brannte ein schwaches Licht. Dr. Thomas Klaus hielt inne, um seine Augen an die Lichtverhältnisse zu gewöhnen. Dann lief er an die rechte Seite des Bettes. Die Bettdecke war zurückgeschlagen. Dr. Klaus sah die muskulösen Arme des Patienten.

Neben dem Bett stand der Ständer mit der Infusion, die Eisengräber mit Medikamenten und Flüssigkeit versorgte. Der Beutel war zu mehr als der Hälfte gefüllt. Dr. Klaus war beruhigt. Die Schwestern wussten, wie lange eine Infusion laufen musste. So schnell würde niemand ins Zimmer kommen. Er nahm die Spritze aus der linken Seitentasche. Mit der rechten Hand löste er die Kappe über der Nadel und steckte die grüne Hülle in seine rechte Kitteltasche. Mit der linken Hand hielt er den Infusionsbeutel fest. Dann drückte er die feine Nadel durch den Kunststoff und spritzte das Insulin in die Flüssigkeit.

Eisengräber schien von all dem nichts mitzubekommen. Er schaute teilnahmslos nach oben. Dr. Klaus schnippte mit dem Finger an die Plastikleitung. Im Beutel löste sich eine kleine Blase. Es funktionierte. Bevor er ging, schaute er Eisengräber für einen kurzen Augenblick in dessen offene Augen. Er nahm das Bettlaken und legte es über den Oberkörper von Eisengräber und bedeckte dessen Arme und Brust.

„Gute Nacht“, waren seine letzten Worte an den Patienten.

Plötzlich spürte er einen Schmerz am linken Handgelenk. Eisengräbers Hand hatte sich um seinen Arm gelegt und ihn fixiert, als würde ein Kabelbinder zugezogen. Panisch löste er sich aus der Umklammerung und rannte zur Zimmertür. Er öffnete sie und warf sie weit in die Angel. Beim Weg in den Flur stolperte Dr. Klaus fast über seine offenen Schnürsenkel. Das Plastikende hatte sich unter der geöffneten Tür verhakt. Beim Hinauslaufen riss das Textilband.

Dr. Thomas Klaus bemerkte nicht, dass er Spuren hinterlassen hatte.

Ich schaute ihm in die Augen. Ich wusste nicht genau, woher ich ihn kannte. Nach wie vor kam mir das Gesicht bekannt vor. Der Kontext fehlte mir. Ich ahnte, warum mich der Arzt um diese Uhrzeit besuchte. Ich wusste, was er vorhatte. Meinen Kopf konnte ich nach wie vor nicht gut bewegen. Aus dem Augenwinkel konnte ich sehen, wie der Arzt meine Infusion mit einer Spritze manipulierte. Ich konzentrierte mich auf meine Hände. Langsam bewegte ich meine Finger und pumpte das Blut in die Hände. Der Arzt deckte mich zu. Ich nahm alle Kraft zusammen.

„*Gute Nacht*“, war mein Kommando.

Ich schnappte mir den Arm des Peinigers und versuchte ihn mit aller Macht am Gehen zu hindern. Er konnte sich aus meiner Umklammerung lösen und rannte aus dem Raum. Die Finger meiner rechten Hand schmerzten. Ich hatte mir an seiner Armbanduhr einen Fingernagel eingerissen. Es blutete. Der Kraftakt brachte mich an meine körperlichen Grenzen. Ich war kurz davor, ohnmächtig zu werden.

Mit meiner linken Hand griff ich nach rechts. Mit einem schmerzhaften Ruck zog ich die Nadel aus der Handoberfläche. Die Infusionsflüssigkeit tropfte auf den Boden.

„Wir sind gleich da."

Arlette fuhr mit dem Polizisten auf die Station 8. Sie hatten lange auf den Aufzug gewartet. Die Anzeige stand auf ´P`, als Bennington ihn per Knopfdruck angefordert hatte. Sie wunderte sich, dass jemand gegen 22:45 Uhr den Aufzug in die Tiefgarage benutzt hatte.

„Ich zeige Ihnen alles. Zuerst das Zimmer des Patienten. Ich habe Ihnen bereits einen Stuhl hinstellen lassen. Wenn Sie etwas benötigen, sagen Sie mir Bescheid, Herr Schulz."

Die Tür öffnete sich mit einem ´Ping`.

„Ich gehe voran", sagte Arlette und lief den Flur entlang. Schulz folgte ihr. Auf dem Weg zum Zimmer schaute er sich die Gegebenheiten an und verschaffte sich einen ersten Überblick über die Station.

„Kommen Sie schnell!" Arlette rannte ins Zimmer. Die Tür stand offen. Es dauerte drei Sekunden, bis sich die Deckenbeleuchtung auf die maximale Leuchtkraft eingestellt hatte.

„Was ist passiert?" Schulz stand in der Tür und schaute sich um.

„Es war jemand hier!"

„Ich schaue, ob ich ihn finde", rief Schulz und rannte über den Flur.

Arlette Bennington schaute Eisengräber an und hielt seine Hand. Ein Fingernagel seiner rechten Hand war abgebrochen. Die Nadel aus seinem Handrücken hing am Plastikschlauch und tropfte Flüssigkeit auf den Boden.

„Herr Eisengräber?! Hallo?" Eisengräber wirkte erschöpft, als hätte ein Kampf stattgefunden. Er sah aus, als ob er etwas sagen wollte.

„Herr Eisengräber?! Hören Sie mich?“ Arlette schaute in das Gesicht des Patienten. Sie beugte ihren Kopf über sein Gesicht.

„Ja.“ Mit schwacher Stimme antwortete Albert Eisengräber. Dann fiel er in Ohnmacht.

Dr. Klaus warf seinen Kittel auf den Beifahrersitz und startete den Motor. Er gab Gas und ignorierte die vorgeschriebenen Fahrtwege. Er fuhr über die eingezeichneten Parkplätze in Richtung Ausfahrt.

Ängstlich und nervös schaute er in den Rückspiegel. Die Tiefgarage war leer. Niemand schien ihn bemerkt zu haben. Mit einer Ausnahme. Die Schwester auf Station 8. Sie hatte ihn nicht mit seinem Namen angesprochen. Ein Indiz, dass sie ihn nicht kannte. Offensichtlich hatte sie sich Verbandsmaterial geholt und kein Interesse an seiner Anwesenheit. Die Schranke der Ausfahrt stand wie gewöhnlich offen. Dr. Thomas Klaus fuhr, ohne abzubremsen weiter.

Die Überwachungskamera filmte den Mercedes, als er die Tiefgarage verließ. Es war 22:52 Uhr.

Schulz kam zurück. Er schnappte nach Luft.

„Keine Chance. Es war niemand zu sehen. Wie sieht es hier aus?“

„Eisengräber geht es gut. Er war kurz ohnmächtig. Ich habe ihm eine neue Infusion gelegt und etwas zur Beruhigung gespritzt.“

„Was meinen Sie, ist passiert?“, fragte der Polizist.

„Ich denke, es war jemand im Zimmer, der ihm etwas in die Infusion gespritzt hat. Wir hatten letzte Woche Insulin in seiner Urinprobe gefunden. Darauf basiert meine Vermutung.“ Arlette bückte sich neben das Bett.

„Könnten Sie mir das bitte abnehmen?“ Sie reichte dem Polizisten eine Spritze. Arlette hatte einen Teil der Flüssigkeit am Boden mit der Nadel aufgezogen. Es sollte für eine Analyse im Labor ausreichen.

„Danke. Und wenn Sie mir ein paar Tücher geben könnten. Ich wische das hier noch weg.“

Schulz legte die Spritze auf den Tisch. Arlette nahm ihm die grauen Papiertücher ab, die er aus dem Spender gezogen hatte. Sie wischte den Boden sauber. Nachdem sie fertig war, bückte sie sich, um zu schauen, ob sie etwas übersehen hatte. Ihre Augen blickten unter dem Bett hindurch bis zur Tür. Sie hatte etwas entdeckt.

„Haben Sie einen Beutel für Beweismittel?“

„Haben Sie etwas gefunden, Frau Doktor? Hier.“

Schulz reichte ihr einen Plastikbeutel. Arlette Bennington lief zur geöffneten Tür. Sie bückte sich und zog etwas mit einer Pinzette unter der Tür heraus. Sie packte es in den Beutel und verschloss ihn.

„Was ist das?“, fragte Schulz neugierig.

„Ein Teil von einem Schnürsenkel. Sehen Sie die Plastikspitze? Er gehört zu Schuhen, wie sie das Personal der Klinik trägt.“ Sie zeigte auf ihren Schuh. Die abgerissene Spitze war identisch. Arlette Bennington rief Kommissar Hieronymus an.

„Der Täter arbeitet in der Klinik. Das beschränkt den Kreis der Verdächtigen auf ca. dreihundert Personen.“

Dr. Thomas Klaus war zu Hause angekommen. Er ließ Gonzo in den Garten und harrte der Dinge. Er rechnete mit einem Anruf und der Information, dass Eisengräber kollabiert war. Im besten Fall war er gestorben. Die gespritzte Menge an Insulin war tödlich dosiert.

Falls ihn jemand zwischen 22:15 und 23:00 Uhr gesehen hatte, müsste er lügen. Er würde einen Notfall auf Station 10 als Alibi benutzen.

Nachdem Arlette Bennington die Nachricht geschickt hatte, dass die Polizei einen Beamten für Eisengräber abstellen würde, wurde er nervös. Er versuchte sein Vorgehen in seinen Gedanken zu simulieren. Wie viel Zeit er haben würde, war nicht abzuschätzen. Trotzdem riskierte er es. Nachdem er den Aufzug in der Tiefgarage betreten hatte, drückte er auf die Etage 3.

Station 10. Nicht öffentlich.

Die Abteilung konnte man nur mit einer speziellen Karte betreten.

Dr. Klaus entriegelte die Tür um 22:33 Uhr.

Er ließ die Tür zur Station offenstehen und fuhr mit dem Aufzug auf die zweite Etage. Dort betrat er die Station 8.

Um 22:43 Uhr schloss sich die Tür zur Station 10 automatisch und verriegelte den Versuchstrakt

Teil IV

Die Station 10

51

„Wie lange liegt der Tod Ihrer Frau zurück, Herr Kollege?“

Geduldig beantwortete der Arzt die Fragen der kleinen Kommission, die ihm an zwei nebeneinander gestellten Tischen gegenübersaß. Er kam sich vor wie ein Student, dem man die ausgeschriebene Stelle von vorneherein nicht zutraute. Jemand, der nur eingeladen wurde, um die Quote zu erfüllen.

„Spielt das in diesem Zusammenhang eine Rolle?“

Mit einem leicht genervten Unterton schaute der Mann durch seine Nickelbrille auf die Armbanduhr. Offensichtlich hatte der Bewerber einen Fürsprecher unter den fünf Ärzten und Wissenschaftlern, die ihn mit Fragen löcherten. Mittlerweile dauerte das Bewerbungsgespräch eine Stunde. Die meisten der Beteiligten hatten es als reine Formalität angesehen. Schließlich handelte es sich um eine interne Ausschreibung. Die Bewerber waren keine Unbekannten.

Die Klinik hatte das Forschungsprojekt für zwei Jahre bewilligt. Geplant waren zwei Stellen, die je nach Aufwand zwischen zehn und fünfzehn Stunden pro Woche kalkuliert waren. Eine Stelle gehörte dem Arzt, der das Ganze ins Leben gerufen hatte. Zu seiner Unterstützung suchte er jemanden aus dem Kollegenkreis, der seine Affinität zur Forschung teilte. Da die neue Stelle zu einem Teil von der Stadt Köln finanziert wurde, und ein privater Investor als Sponsor für die andere Hälfte aufkam, nahmen sich beide Parteien das Recht heraus, bei der Personalplanung mitzuwirken. Die Idee der unbürokratischen Stellenvergabe hatte sich erledigt.

Die Klinik am Stadtwald legte bei der Behandlung ihrer Patienten großen Wert auf eine ganzheitliche Betrachtung der Symptome. Seit Jahren ist bekannt, dass die Psyche einen entscheidenden Anteil zur

Genesung beiträgt. Ein Zusammenhang zwischen depressiven Störungen und körperlichen Erkrankungen, gilt ebenfalls als erwiesen. Vor Ort gab es zwei Psychologen, die diese kurzzeitige Betreuung übernahmen. Die Patienten sollten mit einer positiven Grundstimmung entlassen werden. Die Behandlung der Psyche erfordert viel Geduld, lange Gespräche, empathisches Verhalten und eine intensive Therapie. Eine medikamentöse Unterstützung war unumgänglich.

Zu Beginn der Studie richtete sich der Fokus auf die Patienten mit einer diagnostizierten psychischen Störung, die erfolgreich operiert wurden. Ihnen wurde angeboten, sich ambulant weiter behandeln zu lassen. Eine regelmäßige Überwachung der Medikation, Gespräche mit Psychologen und das aktive Mitwirken an Befragungen waren vorgesehen. Eine stationäre Aufnahme könnte erfolgen, falls Medikamente umgestellt wurden und eine Observation unumgänglich schien.

Die kleine Station im 3. OG sollte für das Forschungsprojekt benutzt werden. Sie lag im neuen Trakt der Klinik am Stadtwald. Auf dieser Etage befanden sich die Büros von Dr. Magenheimer, Arlette Bennington und Dr. Thomas Klaus. Hier gab es keinen Publikumsverkehr. Eine Stigmatisierung aufgrund psychischer Probleme, war eine bekannte Hemmschwelle, sich in Behandlung zu begeben. Diese wurde hier auf ein Minimum reduziert.

„Können wir zum Schluss kommen? Ich habe alle Informationen, die ich brauche."

Dr. Magenheimer kratzte sich am Kopf. Er hatte sich gefreut, seinen alten Weggefährten von seiner Idee zu überzeugen. Mit seiner Bewerbung hatte er nicht gerechnet. Er wusste, dass Depression für ihn ein heikles Thema war. Dass, aufgrund des bekannten Umstands, über den Maßen an der Qualifikation gezweifelt wurde, war ihm unangenehm.

Er schaute grimmig in die Runde.

„Im Februar werden es sechs Jahre.“

Dr. Thomas Klaus stand auf und verließ den Raum.

52

In der zweiten Januarwoche startete die Station 10 mit ihrer Arbeit. Belegte Betten gab es noch keine. Dr. Magenheimer hatte sich die Unterlagen von entlassenen Patienten angeschaut, die für seine Studie in Frage kämen. Er konzentrierte sich dabei ausschließlich auf Patienten, die in den letzten fünf Jahren bei ihm in Behandlung waren. Er legte eine Liste mit Namen und kurzen Informationen an. Es war nicht auszuschließen, dass diese Leute noch einmal eingeliefert wurden. Für drei oder vier Patienten wollte er eine fiktive Behandlungsakte erstellen. Dazu hatte er sich von seiner Sekretärin alle vorhandenen Unterlagen kopieren lassen. Anschließend schwärzte sie die Namen der Patienten und gab ihnen die Namen: Proband 10-01 bis Proband 10-50.

Nicht jede depressive Verstimmung war eine Depression. Nicht jede Depression wurde als solche erkannt. Es war von Fall zu Fall verschieden und erforderte eine individuelle Behandlung. Vor allem brauchte es Zeit. Falls der Patient bereits mit einer diagnostizierten Störung aufgenommen wurde, wurde das anhand der regelmäßig eingenommen Medikamente ersichtlich. Bei der Anamnese musste der Patient einen Bogen ausfüllen, in dem er angeben musste, welche Tabletten er täglich einnahm. Antidepressiva standen in den letzten Jahren immer häufiger auf der Liste. Eine kleine Verstimmung behandelte der Hausarzt mit Stimmungsaufhellern. Wenn die Dosis in die Höhe ging oder stärkere Medikamente verordnet wurden, durften diese nur von einem Psychiater verschrieben werden.

Dr. Magenheimer hatte eine psychiatrische Ausbildung. Anders wäre es nicht möglich gewesen, ihn mit der Leitung der neuen Station zu betrauen. Er war auf diesem Gebiet nicht mehr tätig. Dennoch verbrachte er viele Stunden mit dem Lesen von Fachliteratur und bildete sich weiter.

Magenheimer stand am Fenster und nippte an seinem Kaffee. Draußen schneite es. Seine Blicke wanderten über die Wiesen neben dem Stadtwald, die sich Weiß färbten. Kinder und Hunde spielten auf dem schneebedeckten Untergrund. Lange würden sie sich nicht am Schnee erfreuen können. Die winterlichen Temperaturen im Rheinland lagen bei den höchsten der Bundesrepublik.

Die kurze Kaffeepause war vorbei. Dr. Magenheimer setzte sich wieder an seinen Schreibtisch. Er begann damit, sich die Medikation der Probanden anzuschauen. Er hatte sich für vier Männer und Frauen unterschiedlichen Alters entschieden. Im ersten Schritt wollte er die Symptome der Patienten mit den verordneten Antidepressiva in Zusammenhang bringen.

Seinem Kollegen würde er weitere vier Akten der fünfzig ausgewählten Personen auf den Schreibtisch legen. Die Analyse könnte erste Ergebnisse bringen. Magenheimer wollte eine strukturierte Vorgehensweise erarbeiten, solange es keine ´richtigen` Patienten gab.

Proband 10-03 war an der Reihe: *Ein Patient mit einem Tumor. Männlich. 55 Jahre. Schlechte Prognose aufgrund zunehmender depressiver Gedanken. Medikation und Besuch beim Psychiater angeraten.*

Es klopfte an der Tür.

„Ist offen“, rief Magenheimer und stand auf.

„Hallo, sind Sie immer noch fleißig? Es ist bereits nach 18:00 Uhr.“

„Ich habe die Zeit vergessen. Sie kenne das ja, Herr Kollege. Ich beende noch die Notiz, dann bin ich weg.“

Handschriftlich ergänzte er etwas auf der aufgeschlagenen Seite: Citalopram 200 mg. Dann klappte er die Akte zu und öffnete die Schublade an seinem Schreibtisch. In gebeugter Haltung drückte er eine Tablette aus der Blister Verpackung in seine linke Hand. Er legte die Akte zurück und schloss die Schublade ab.

„Das wars für heute. Der PC macht noch ein Update und fährt dann runter. Wundern Sie sich nicht, dass der Bildschirm noch ein paar Minuten angeschaltet bleibt. Ich habe Ihnen vier Akten auf den Platz gelegt. Übrigens: Sie sollten durchlüften. Ich habe den gesamten Sauerstoff verbraucht. Mein Kopf tut weh.“

Dr. Josef Magenheimer humpelte an den Kühlschrank und schenkte sich ein Glas Wasser ein. Das lange Sitzen tat seinem rechten Bein nicht gut.

„Besser vorsorgen. Ich habe noch einen Termin zum Abendessen. Kopfschmerzen kann ich nicht gebrauchen. Es reicht, wenn das blöde Bein heute wieder wetterfühlig ist.“ Mit einem Lächeln schluckte er die Kapsel Citalopram mit einem Schluck Wasser hinunter.

„So, Das wars. Sehen wir uns morgen, Dr. Klaus?“ Magenheimer verließ humpelnd den Raum.

Nach dem Vorstellungsgespräch hatte Dr. Klaus nicht damit gerechnet, die Stelle zu bekommen. In Dr. Magenheimer hatte er einen Fürsprecher. Das wusste er bereits im Vorfeld. Den anderen Mitgliedern des Bewerbungsausschusses war seine Biografie bekannt. Der Suizid seiner Lebensgefährtin Christine warf einen Schatten auf die blütenweiße Weste des Chirurgen. Christine hatte sich die Schuld am Tod zweier Patientinnen gegeben und sich das Leben genommen. Die Depression hatte gesiegt und sie auf die dunkle Seite gezogen. Dr. Klaus gab sich eine Mitschuld an ihrem Tod. Er grübelte wochenlang und suchte den Punkt, an dem er hätte, anders reagieren müssen. Sie in eine Klinik einzuweisen, wäre ein radikaler Schritt gewesen. Hätte sie das gewollt? Wollte sie, dass man ihr hilft? Eine Antwort fand er nicht. Die kannte nicht einmal der Rhein, in dessen kalten Wogen sie ihre letzten Sekunden verbrachte.

Es muss ein grauenhafter Tod gewesen sein. Anfang Februar, im tiefsten Winter, ging sie in die Fluten. Bei der Obduktion wurden Schlafmittel, Schmerzmittel und unterschiedliche Psychopharmaka in ihrem Blut gefunden. Ihr Körper trieb ein paar hundert Meter im Wasser und verfing sich im Geäst einer kleinen Bucht. In den meisten Fällen zieht ein Strudel den Leichnam in die Tiefe und bringt ihn erst Tage später an die Oberfläche. Zerfressen von Tieren und mit jeder Menge Abschürfungen. Dr. Thomas Klaus schmerzte die Erinnerung an den Anblick ihres aufgedunsenen und unterkühlten Körpers, den er in der Pathologie identifizieren musste.

„Ja. Das ist sie“, stammelte er.

„Nehmen Sie sich Zeit, Herr Doktor.“

Die Floskel aus jedem Kriminalfilm schrillte in seinem Ohr. Für Wochen klang sie wie ein Vorwurf an ihn und nicht wie der gut gemeinte Rat sich zu verabschieden. Hatte er sich zu wenig Zeit genommen? Sich zu wenig gekümmert? Eines Abends kam er zu dem Schluss, dass er nichts hätte ändern können. Christine war tot. Es war ihr freier Wille.

Kurze Zeit später erzählte ihm Dr. Magenheimer zum ersten Mal von seiner Idee einer zusätzlichen Station bzw. einer zusätzlichen Art der Behandlung. Bei einer Tasse Kaffee und einem Stück Käsekuchen erklärte er ihm, was er vorhatte. Dr. Klaus war interessiert. Er wusste, dass Magenheimer selbst eine harte Zeit hinter sich hatte. Er hatte eine Chemotherapie überstanden. Ob er den Krebs erfolgreich bekämpft hatte, wusste niemand in der Klinik. Dr. Magenheimer sprach nicht darüber. Er hatte sich mit der Krankheit arrangiert und sich an sein neues Erscheinungsbild gewöhnt. Das auffällige blonde Toupet und das Fehlen der Augenbrauen, ließen ihn krank aussehen. Todkrank, wenn man den mageren Körper unter dem Ärztekittel mit in Betracht zog.

„Und Sie meinen, da gibt es einen Zusammenhang? In welche Richtung? Dass die Depression den Körper in bestimmter Weise krank macht? Oder dass die körperliche Erkrankung eine seelische nach sich führt?“

„Das Huhn oder das Ei?... Da ist es wieder.“ Dr. Magenheimer lachte.

„Ich kann es nicht sagen. Das gilt es herauszufinden. Es ist vielleicht unsensibel, Sie darauf anzusprechen, Herr Kollege. Ich weiß, dass Sie ihre Frau auf dramatische Weise verloren haben.“

Beide schwiegen und nippten an ihrem Kaffee.

„Christine war depressiv. Da bin ich sicher. Ich weiß nicht, ob sie in Behandlung war. Irgendwann hatte ich sie verloren. Lange bevor sie sich das Leben genommen hatte.“

Dr. Klaus nahm einen weiteren Schluck Kaffee.

„Wenn Sie die Stelle ausschreiben, werde ich meine Unterlagen einreichen.“ Thomas Klaus stand auf und brachte sein benutztes Geschirr auf einem Tablett an die Spülstation der Kantine.

Heute saß er zum zweiten Mal an seinem zweiten Arbeitsplatz. Magenheimer hatte eine Tablette gegen seine aufkommenden Kopfschmerzen genommen und war nach Hause gegangen. Die Luft in dem kleinen Raum war schlecht. Dr. Klaus öffnete das Fenster und schaute nach unten. Er konnte den Haupteingang sehen. Die Lampen warfen ihr Licht auf zwei Personen, die sich unterhielten. Hören konnte er sie nicht. Die wilden Gesten verrieten ihm, dass es sich um ein Wortgefecht handelte.

Er war dabei, das Fenster zu schließen, als er noch einmal nach unten schaute. Einer der Männer lief mit einer abwertenden Handbewegung zum Parkplatz.

Er humpelte und kratzte sich am Kopf.

53

Das Auswerten der Patientenakten brauchte Zeit. Es war nicht anders zu erwarten. Dr. Magenheimer und Dr. Klaus arbeiteten sich durch die Unterlagen und füllten Tabellen und Schaubilder mit Zahlen. Nach einem Monat trafen sie sich zu einer Besprechung.

„Ich habe einige Patienten mit einer Darmerkrankung, bei denen Antidepressiva eingenommen werden. Aufgrund der Dosis und den Hinweisen der behandelnden Ärzte, geschieht das über einen langen Zeitraum. *Dass einem etwas auf den Magen schlägt,* sagt man im Volksmund seit hunderten Jahren. Da scheint etwas dran zu sein.“

Dr. Klaus nickte. Er hatte ähnliche Auffälligkeiten bei seinen Probanden.

„Das halte ich auch für schlüssig. Haben Sie Unterschiede in Alter und Geschlecht gefunden?“

Magenheimer klickte sich durch seine erstellten Diagramme auf dem Computerbildschirm. Er schüttelte den Kopf.

„Nein. Wir behandeln sehr wenige Kinder in der Klinik. Damit könnte es zusammenhängen, dass wir nichts finden.“

„Da gebe ich Ihnen Recht. Kinder verarbeiten Traumata anders, als es Erwachsene tun. Besser oder schlechter ist Ansichtssache. Es wäre ein interessanter Ansatz, in diese Richtung zu forschen. Was meinen Sie?“

Magenheimer erinnerte sich an seine Kindheit. Solange er zurückdenken konnte, war sie geprägt von Repressalien seiner Eltern. Eine schöne Kindheit hatte er nicht. Sein Vater akzeptierte nur eine Meinung. Und das war seine eigene. Josef Magenheimer flüchtete regelmäßig auf den Dachboden des Bauernhofes und spielte dort mit einer streunenden Katze. Ihr klagte er sein Leid. Sie hörte ihm zu und gab ihm Streicheleinheiten. Bereits in jungen Jahren hatte er den Wunsch, ein anderes Leben zu führen. Wen es ihm nicht gelingen würde, sein Leben zu verbessern, wollte er anderen Menschen helfen. Die Idee, Arzt zu werden, war geboren. Sie passte nicht in das Lebenskonstrukt seines Vaters. Magenheimer sollte den Bauernhof übernehmen. Er war der Älteste von vier Geschwistern. Es war die natürliche Reihenfolge.

„Wenn Du eine Sau schlachtest, schlitzt Du auch etwas auf, Herr Doktor!“

Sein Vater hatte getrunken. Wiederholt machte er sich über die Idee des *kleinen Josefs,* wie er ihn nannte, lustig. An einem Sonntagmorgen kam sein Vater vom Frühschoppen nach Hause. Josef Magenheimer, seine Geschwister und seine Mutter hatten das Haus ebenfalls verlassen. Sie gingen wie immer zum Gottesdienst. Kurz nach 11:00 Uhr begann seine Mutter damit, das Essen zu kochen. Die Kinder versorgten die Hühner mit Körnern und Wasser.

„Herr Doktor, wir brauchen noch ein Huhn.“

Magenheimers Vater war von der Skat- und Trinkrunde zurück. Mit einem Beil in der Hand lief er aus dem Schuppen und legte es auf den Schlachtklotz. Er schnappte sich ein Huhn und hielt es demonstrativ vor Josef. Der kleine Josef nahm die Axt und holte aus. Den Körper und den abgetrennten Kopf warf er in die Jauchegrube.

„Ihr könnt zum Essen kommen!“, rief seine Mutter.

„Wo ist Euer Vater?!“

Dr. Klaus wartete auf eine Antwort von Magenheimer. Dieser schien in Gedanken versunken.

„Ich glaube, Kinder können vieles aus den ersten Lebensjahren wieder vergessen.“

Wie schön wäre es, wenn man alles vergessen könnte.

Dr. Josef Magenheimer hatte eine Idee.

Im Dunkeln fuhr Dr. Magenheimer nach Hause. Die Erinnerungen an seine Jugend wollten nicht verschwinden. Zu traumatisch war der Mord an seinem Vater. Er hatte im Affekt gehandelt. So würde man den Fall heute verhandeln. Damals gab es keinen Kläger und keinen Richter.

Der kleine Josef hatte die Jauchegrube hinter der Scheune verschlossen und sich an den Tisch gesetzt. Das Mittagessen schmeckte ihm vorzüglich. Seine Geschwister hatten ihm geholfen, das feuchte Grab zu verschließen. Alle schienen erlöst. Seine Mutter hatte noch zweimal nach ihrem Mann gerufen. Dass er nicht antwortete, überraschte sie nicht im Geringsten. Sie vermutete, dass er bei einem der Nachbarn zum Trinken war und wie so oft, die Zeit vergessen hatte.

Als er nach zwei Tagen nicht auftauchte und keiner der Nachbarn etwas von ihm gehört und gesehen hatte, ging sie zur Polizei und meldete ihren Mann als vermisst. Viel Hoffnung, dass man ihn finden würde, hatte sie nicht. Insgeheim wünschte sie sich, er bliebe für immer weg.

Die Kinder blühten auf und beteiligten sich an der landwirtschaftlichen Arbeit.

Magenheimer hatte einen Ausflug in die Stadt gemacht. In der Bibliothek suchte er nach medizinischen Fachbüchern. Auf den Stapel an Büchern, die er sich ausleihen wollte, packte er Literatur der Agrarwirtschaft. Insbesondere die chemische Schädlingsbekämpfung interessierte den Heranwachsenden. Mit seinem angelesenen Wissen besuchte er die Apotheke. Der Apotheker kannte das Schicksal der Familie. Er verkaufte Josef die giftigen Substanzen, die er sich fein säuberlich auf seiner Einkaufsliste notiert hatte.

„Du bist noch keine achtzehn Jahre alt, Josef. Ich dürfte es Dir nicht verkaufen. Ich weiß aber, dass ihr eine schwere Zeit durchmacht. Ich finde es schön, dass Du Deine Mutter mit den Einkäufen und der Arbeit auf dem Hof entlastest. Das macht dann fünfzehn Mark. Und mein Beileid."

Bereits am Abend nach seinem Einkauf, verkroch sich Magenheimer in der Scheune und schloss die Tür. Er hatte sich belesen und mischte die hochdosierten, säurehaltigen Substanzen mit Wasser. Das Gift verteilte sich im frischen Brunnenwasser. Josef rührte den Inhalt mit einem Ast um. Zufrieden schaute er auf die grelle Farbe der Mixtur. Er schnappte sich beide Eimer und schleppte sie zur Jauchegrube. Sein Bruder half ihm dabei, den Holzdeckel anzuheben.

„Auf nimmer Wiedersehen!"

Die Grabrede fiel mit drei Worten sehr kurz aus. Anstatt Blumen oder Erde in die Tiefe zu werfen, goss Magenheimer die Säure in die ewige Ruhestätte. Es zischte und brodelte, als sich die Chemikalien durch die Jauche und die darin schwimmenden menschlichen Überreste fraß. Sein Vater war für immer verschwunden.

Erinnerungen an seine jüngere Kindheit hatte er keine. Alles, was vor dem zehnten Lebensjahr passiert war, schien nicht mehr abrufbar. War das ein Plan der Natur? Verkümmerte das Gedächtnis? Anders gefragt? Konnte das Gehirn nur eine begrenzte Menge an Erinnerungen speichern? Wie könnte man das Vergessen aufhalten? Wie könnte man es ausweiten?

An einer Ampel kramte Magenheimer in der Innentasche seiner Jacke. Er zog einen Streifen Medikamente heraus. Es war zu einem Reflex geworden, dass er sich betäubte, sobald ihn die Erinnerungen zu sehr schmerzten. Die Ampel wurde grün. Magenheimer schluckte die Tablette ohne Wasser und musste kurz husten.

Er wollte mit Dr. Klaus über seine Ideen sprechen. Er sah es als etwas Positives an, wenn man Erinnerungen löschen konnte. Antidepressiva wirken im Gehirn und verhindern, dass Stoffe von einer Seite zur anderen zu kommen. Sehr vereinfacht ausgedrückt. Dadurch wird verhindert, dass negative Substanzen die positiven verdrängen.

Es sollte möglich sein, ein Medikament zu entwickeln, dass die Gedanken neutralisierten. Alles auf Anfang. Ein Resett der Gedankenfestplatte. Das Citalopram begann zu wirken.

Dr. Josef Magenheimer fuhr mit einem breiten Grinsen auf dem Gesicht nach Hause.

54

Am nächsten Morgen wurde Dr. Klaus auf eine Verkehrsdurchsage seines Radioweckers aufmerksam. Es hatte über Nacht geschneit. Der Neuschnee sorgte für ein Verkehrschaos in der Innenstadt. Die Mehrzahl der Kölner fuhr das ganze Jahr mit Sommerreifen. Der Anblick des Pulverschnees versetzte sie in Angst und Schrecken. Im Schneckentempo zog die Karawane durch die Straßen. Der Sprecher machte sich über das jährliche Schauspiel lustig. Danach startete er den Song der Höhner: *„Die Karawane zieht weiter, der Sultan hätt Doosch“*

Heute war Dr. Klaus mit seinem Kollegen Dr. Magenheimer verabredet. Letzterer wollte ihm seine neueste Idee vorstellen. Dafür hatte er sich zwei Stunden in den Kalender eingetragen. Das musste reichen. Er hatte einen langen Dienst vor sich und wollte nicht übermüdet zur eigentlichen Arbeit erscheinen.

Dr. Klaus ging ins Wohnzimmer und hörte Musik. Gonzo war mit der Haushälterin spazieren. Er hatte eine halbe Stunde für sich und legte eine Schallplatte von ´Oasis` auf. Seine Stereoanlage hatte er sich von einem Freund zusammenstellen lassen. Sie stammte aus der Zeit, als man einzelne Komponenten wie Verstärker, Tuner, Plattenspieler und CD-Player übereinanderstapelte. Die Anlage war teuer. Der großartige Sound entschädigte ihn seit Jahren.

Dr. Klaus drückte auf Stopp. Die erste Seite der LP war beendet. Für die zweite wurde die Zeit zu knapp. Der Arm des Plattenspielers fuhr nach oben und schwebte in die Halterung auf der rechten Seite zurück. Er klappte den Kunststoffhebel nach unten und fixierte den Arm des Tonabnehmers. Dann packte er eine kleine Schutzhülle über die teure Nadel.

Thomas Klaus ging ins Schlafzimmer und schaute in den Kleiderschrank. Er suchte sich seine Wechselkleidung für die Dienste in der Klinik heraus. Einen Vorrat an weißen Polo-Shirts und Hosen hatte er immer vor Ort. Die OP-Kleidung nahm er sich aus dem Fundus der Klinik. Auf dem Schrankboden standen seine Klinikschuhe. Er war einer der wenigen, die sie selten bei der Arbeit trugen. Er bevorzugte weiße Sportschuhe. Die Klinikleitung sah es nicht gerne. Ebenso wenig, wie das Tragen einer teuren Armbanduhr. Magenheimer gehörte zu den Kollegen, die das uniformierte Erscheinungsbild in der Klinik begrüßten. Aufgrund des Treffens mit seinem Kollegen, schlüpfte er in die Einheitstreter. Des Friedens willen würde er sich heute konform zeigen. Danach würden sie wieder im Schrank verschwinden.

Sein alter Saab fuhr ohne Probleme durch den Schneematsch auf den Straßen. Der alte Schwede war nie in seinem Herkunftsland unterwegs gewesen. Über die Aufregung um ein wenig Pulverschnee, hätte der Wagen gelacht, wenn er es könnte. Dr. Klaus parkte seinen Kombi in der Tiefgarage und betrat den Aufzug. Seit ein paar Tagen war das Hinweisschild um die neue Station ergänzt worden.

Etage 3. Station 10. Nicht öffentlich.

Er drückte auf den Knopf und fuhr nach oben. Seine Keycard entriegelte die Tür zur Station. „Guten Tag, Dr. Klaus“ stand auf dem Display neben der Tür. Die Programmierung der Karte wurde um den Zugang zu dieser Station ergänzt. Zu den Büros auf der dritten Etage gelangte man ohne eine Identitätskontrolle. Dr. Klaus lief über den Flur. Die Tür zum Besprechungsraum stand offen.

„Guten Tag“, sprach er und lief hinein.

Der Raum war leer. Magenheimer hatte zwei Flipcharts aufgebaut. Die weißen Blätter waren noch unbeschrieben. Lediglich die Überschriften „Pro“ und „Kontra“ standen darauf. Dr. Klaus stellte seine Tasche ab. Er lief zum Kühlschrank. Kaffee hatte er fürs Erste genug. Er nahm sich eine kleine Flasche Orangensaft aus der Kühlung.

„Guten Morgen. Entschuldigung. Ich musste neue Stifte holen.“ Magenheimer legte eine Handvoll Filzmarker auf den Tisch unweit der Flipcharts.

„Ich erzähle Ihnen, was mir eingefallen ist.“

Dr. Klaus trank den Orangensaft in einem Zug. Magenheimer erzählte ohne Punkt und Komma von seinen Ideen. Er hatte die Vision, an einem Medikament zu arbeiten, das Erinnerungen löschen konnte. Vielleicht konnte man auch eine Kombination von zugelassenen Medikamenten für diesen Zweck benutzen. Der Ansatzpunkt, dass man jemanden von Erinnerungen und somit von Schmerz und Trauer befreien konnte, erschien plausibel. War es wissenschaftlich fundiert? Es klang sehr nach einer Science-Fiction Vision eines Träumers. Brauchten Menschen nicht gerade solche Erlebnisse in ihrer Biografie, damit sie zu dem werden, wer sie sind? War das vorbestimmt? Durfte man Gott spielen und in solche Prozesse eingreifen?

Dr. Magenheimer humpelte von einer Flipchart zu anderen und notierte seine und Dr. Klaus Argumente. Am Ende schauten beide auf die Listen, die auf beiden Seiten gleich viele Stichworte hatten. Es war eine Frage der Philosophie und der Ethik, ob man diesen Weg gehen wollte. Dr. Thomas Klaus fasste zusammen:

„Wenn man die Wirkungen der erprobten Medikamente empirisch untersuchen möchte, braucht man zwei Dinge:

Erstens: Einen Produzenten von Psychopharmaka, dem man vertrauen kann. Schließlich handelt es sich um eine Versuchsreihe außerhalb der Forschungszentren dieser Pharmaunternehmen.

Und zweitens: Korrigieren Sie mich, wenn ich Sie falsch verstanden habe, Herr Kollege: Klinische Probanden zwischen vier und zehn Jahren."

55

Anfang März war vom Winter in Verona nichts mehr zu spüren. Die Temperaturen waren zweistellig. Die Sonne schien mehrere Stunden am Tag. Ich schaltete den Computer aus. Wie üblich hatte ich mir einen morgendlichen Überblick über meine Finanzen verschafft. Danach surfte ich über Websites von Autohändlern in der Gegend. Ich wollte mir vom Geld des

Hausverkaufs etwas gönnen. Mir schwebte ein SUV vor. Ich suchte einen Kontrast zu meinem sportlichen Zweisitzer.

Durch das Fenster sah ich Emilia am Gartentor. Ich klopfte an die Scheibe und winkte ihr freundlich zu. Sie schaute auf ihre Armbanduhr und nickte. Die Briefträgerin öffnete das Tor und lief auf das Haus zu. Ich zog meine Jacke an. Als ich mit zwei Tassen Espressi auf die Terrasse kam, saß Emilia bereits am Tisch und rauchte eine Zigarette.

„Grazie, Alberto. Deine Post." Sie legte zwei Briefe und eine Postkarte auf den Tisch.

„Danke. Emilia, ich suche ein neues Auto. Kennst Du einen Händler?"

Sie schrieb mir einen Namen auf den Umschlag des Briefes. Ein Cousin von ihr hatte eine große Porsche Niederlassung in Verona. Sie wollte ihn anrufen und ihm meinen Besuch ankündigen.

„Mille grazie, Emilia."

Kurze Zeit später saß sie auf dem Fahrrad und verteilte den Rest der Post. Ich blieb auf der Terrasse sitzen. Ich legte die Briefe zur Seite und schaute auf die Postkarte. Marie hatte die Karte selbst geschrieben. Sie war mittlerweile in der Schule. Lesen und schreiben konnte sie gut. Das Sprechen bereitete ihr nach wie vor Probleme.

Uwe und seine Freundin Katja unternahmen alles, um das kleine Mädchen zu fördern. In der Schweiz besuchte sie drei Mal pro Woche eine Sprachschule. Eine Logopädin kümmerte sich um das Kind. Ohne Erfolg. Den erfahrenen Pädagogen ihrer Schule war nicht entgangen, dass mit Marie etwas nicht stimmte. Bei den Pflegeeltern Uwe und Katja trafen sie auf eine Mauer des Schweigens. Beide hatten Albert ihr Wort gegeben, den

Erziehern nichts über Maries leiblichen Vater zu sagen. Die Gefahr war zu groß, dass die Draco Gladius ihren Aufenthaltsort herausfinden würden. Katja informierte sich über zusätzliche Möglichkeiten, wie man dem Kind helfen konnte. Sie hatte den Verdacht, dass Marie an einem Trauma litt.

„Sie hat doch früher gesprochen oder nicht, Uwe? Wir müssen andere Dinge in Erwägung ziehen. Sie muss etwas erlebt haben, das sie nicht verkraftet. Und das kann nicht nur der Tod ihrer Mutter sein. Sie hat Sabine nicht gekannt."

Uwe ging nicht näher auf das Gespräch ein. Er wusste mehr über die Tätigkeit, mit Albert sein Geld verdient hatte, als er Katja gegenüber eingestanden hatte. Das Kind könnte etwas gesehen haben, das es in Gefahr bringen konnte.

„Da gebe ich Dir Recht. Wir dürfen nichts machen, ohne die Zustimmung von Albert. Er ist ihr Vater."

Ich las die Karte noch einmal.

„Heidi geht es gut", hatte sie geschrieben und mir ein Bild gemalt, worauf ich sie an der Hand hielt. Ich war traurig. Aus meinem rechten Auge liefen Tränen. Seit dem Vorfall am Abend ihres vierten Geburtstages hatte meine Tochter nicht mehr gesprochen.

56

„Richtig. So kann man es zusammenfassen. Was halten Sie davon, Dr. Klaus?"

Magenheimer hatte sich hingesetzt und schaute ihn fragend an. Bevor er antwortete, ergänzte Dr. Magenheimer seine Frage.

„Die Medikamente beziehen wir seit Jahren von der Firma KM&M. Eine sehr konservative Firma aus Bayern. So ist zumindest mein Eindruck. Ich weiß, dass Sie den Vertreter besser kennen als ich. Bevor wir jemanden Fremden anfragen, sollten wir uns da einen Eindruck verschaffen."

„Ich kenne den Kollegen seit Jahren. Wir kennen uns auch privat. Ich kann ihn fragen, klar. Das ist kein Problem. Offiziell forscht die Firma nur in ihren eigenen Laboren und Kliniken. Sicherlich weichen die auch aus, wenn sie Sachen testen, die nicht ganz legal sind."

Der Arzt formulierte es mit Vorsicht. KM&M war einer der größten Pharma Vertriebe in Deutschland. Die Klinik am Stadtwald wurde seit Jahren mit Medikamenten, Spritzen, Verbänden, Pflastern, Schläuchen und anderem Zubehör versorgt. Der Ansprechpartner für Medikamente war Oliver Schmock. Dr. Klaus hatte mit ihm studiert. Schmock wurde die Arbeit in einem Krankenhaus zu stressig. Er hatte nach seinem Studium als Assistenzarzt in Würzburg gearbeitet. Die Schichtdienste und das geringe Gehalt sorgten für eine Neuorientierung. Seine Freundin war als Pharma Referentin tätig. Sie stellte den Kontakt zu KM&M her. Der Stress war ein anderer. Er genoss seine Freiheit, mit dem Wagen durch die Republik zu fahren. Er hatte keine Verantwortung über Leben und Tod. Und er konnte privat das ein oder andere dazu verdienen.

Thomas Klaus wusste, dass Olivers Probenkoffer immer mit ein paar Extras bestückt war. Pillen gegen die Müdigkeit, Potenzmittel ohne Rezept sowie unterschiedliche Schmerzmittel, wechselten gegen einen Obolus den Besitzer. Unauffällig, in nicht registrierten Musterpackungen, wurden sie unter der Hand verkauft. Dr. Klaus hatte sich von Oliver Psychopharmaka besorgt. Nach dem Tod von Christine war er in ein Loch gefallen und wählte die Chemievariante, gegen die trüben Gedanken. Er hätte sich ein Rezept ausstellen können. Die

Stimmungsaufheller, die er einnahm waren keine Medikamente, für die ein Psychiater sein ´OK` geben musste. Er befürchtete, dass die Medikamente auf dem Chip seiner Krankenkassenkarte gespeichert wurden. Offiziell passierte das nicht. Er fühlte sich dennoch unsicher. Als Chirurg könnte es ihn seine Karriere kosten, wenn man ihm den Missbrauch von Psychopharmaka nachweisen konnte.

„Ich habe nächste Woche ein paar Tage Urlaub. Die Handwerker bauen den Pool um. Da will ich zu Hause sein. Ich schlage vor, ich kontaktiere Herrn Schmock in dieser Zeit. Vielleicht ist er in der Gegend und ich kann das Gespräch auf privater Ebene führen."

Magenheimer nickte zufrieden.

57

Ein paar Tage später begann Magenheimer damit, die Station 10 mit Betten auszustatten. Er belegte drei Zimmer mit jeweils zwei Betten. Es wurde ernst. Die ersten beiden Kinder sollten in ein paar Tagen anreisen. Genau konnte man es nicht sagen. Es hing damit zusammen, wie schnell die Reise angetreten werden konnte und ob es zu Komplikationen kommen würde. Es handelte sich um Kinder, die ohne ihre Eltern aufwuchsen und traumatisiert waren. Ein Kind sprach nicht und das andere hatte eine massive Essstörung entwickelt. Beide waren nicht einmal zehn Jahre alt. In den meisten Fällen zeigten sich Essstörungen erst mit Beginn der Pubertät und vorrangig bei Mädchen. Dass es sich um einen Jungen handelte, deutete auf eine extreme Störung. Die Reihe der organischen Untersuchungen waren ohne Befund abgeschlossen. Die Medikamente schlugen nicht an. Der Junge behielt seine Nahrung nicht bei sich. Die Brechattacken hatten mittlerweile eine Perforation der Speiseröhre zur Folge. Der Mageninhalt war übersäuert und fraß sich selbst auf.

Das, was nach oben transportiert wurde, griff die Speiseröhre an. Dr. Magenheimer hatte vor, den Jungen mit Infusionen zu stabilisieren. Die Dehydrierung musste gestoppt werden, bevor man an den nächsten Behandlungsschritt denken konnte.

Sobald die Kinder da wären, würde er zusätzliches Personal auf der Station benötigen. Er dachte an Schwester Britta. Sie war jung und nicht immer angepasst. Ihre Arbeit erledigte sie zuverlässig. Was für sie sprach, war die Tatsache, dass es ihr gleichgültig war, wieso und weshalb etwas gemacht werden musste. Sie machte es einfach. Ihr fehlte die natürliche Neugier der Mehrzahl der Frauen, die in der Klinik arbeitete. Magenheimer vermutete, dass sie lesbisch war und den männlichen Part der Beziehung innehatte. Was ihre Charaktereigenschaften erklären würde.

Das zweite Kind war ein Mädchen, das aufgehört hatte zu sprechen. Sie entwickelte sich ansonsten normal. Sie konnte lesen und schreiben und war wissbegierig. Die Gesellschaft eines anderen Kindes könnte sich für beide positiv auswirken. Die Medikation wollte Magenheimer mit Dr. Klaus besprechen.

Dr. Klaus hatte sich schneller zurückgemeldet, als Magenheimer es gedacht hatte. Sein Freund Oliver Schmock hatte ihn zu Hause besucht. Beim Abendessen unterhielten sie sich. Tatsächlich hatte die Firma KM&M eine Dependance unweit der Schweizer Grenze. Dort wurde an Antidepressiva geforscht. Die Idee, Erinnerungen auszulöschen, spielte eine Rolle bei den Forschungen. Es gab erste Studien, bei denen ein Medikament getestet wurde. Die Verträglichkeit war unbedenklich. Es wurde aus drei Wirkstoffen hergestellt, die in anderen bereits zugelassenen Medikamenten vorhanden waren. Die Auswahl der Botenstoffe, die den Transport in den Blutkreislauf unterstützten, stellten das Forscherteam vor Schwierigkeiten. Es fehlten zudem die Tests an der Personengruppe 2; den Versuchen am Menschen. Oliver Schmock bot Dr. Klaus an, eine eigene

Studie durchzuführen. Alles unter dem Deckmantel der Verschwiegenheit. topsecret. Auch die wahren Identitäten der Probanden mussten geheim bleiben.

„Wir arbeiten mit Kindern, die ihre Eltern verloren haben. Waisen“, sagte Dr. Klaus und prostete Oliver mit einem Glas Cognac zu. Sie hatten sich für den geschäftlichen Teil des Abends ins Büro zurückgezogen. Frau Gonzales räumte derweilen den Tisch ab und kümmerte sich um den Nachtisch. Gonzo lag neben dem Schreibtisch und schnarchte.

„Dann organisiere ich Dir die bisherigen Unterlagen und bringe Dir die Medikamente vorbei. Den Kontakt zu unserem Team beschränken wir auf ein Minimum.“

Oliver Schmock war bestens vorbereitet. Er öffnete seinen schwarzen Aktenkoffer und nahm eine Akte heraus. *´streng vertraulich`* stand auf einem roten Aufkleber geschrieben.

„Wir nennen das Projekt ´No-Me`“, sagte er und legte die Mappe vor Dr. Klaus auf den Schreibtisch.

„Es steht für: ´No-Memory-Medication` “

„Bekommen wir Zugänge, Herr Doktor?“ Silvia war damit beschäftigt das neue Inventar zu putzen.

„Demnächst. Ich will vorbereitet sein.“ Mehr sagte Dr. Magenheimer nicht. Sie mochte seine Art noch nie. Er sprach nur das Nötigste mit dem Personal.

„Kommt noch mehr? Ich bin mit den drei Zimmern fertig.“

„Nein.“

Silvia packte ihre Sachen zusammen und verließ die Station. Sie war mit ihrer Keycard nicht hineingekommen. Erst nachdem sie sich durch ein Klopfen an der Tür bemerkbar gemacht hatte, hatte Magenheimer ihr Einlass gewährt. Hier musste etwas streng Geheimes passieren. Erkennen konnte sie es nicht. Sie hatte lediglich die drei Zimmer und die dazu gehörigen Bäder geputzt.

„Komischer Typ“, sagte sie.

„Wer denn, Silvia?“ Arlette Bennington stand hinter ihr. Sie hatte die junge Ärztin nicht bemerkt, als sie sich auf den Weg machte die Büros der Ärzte zu reinigen.

„Oh, Entschuldigung.“ Silvia wurde verlegen.

„Meinen Sie den Dr. Magenheimer und seine neue Station?“, fragte Arlette nach.

„Ja, der macht da ein Geheimnis draus, als würde er etwas Verbotenes tun. Aber was geht es mich an. Kann ich Ihr Büro gleich sauber machen, Frau Bennington?“ Silvia lenkte ab und spazierte mit Arlette über den Flur.

„Klar, kommen Sie mit. Kaffee?“, fragte Arlette und begann damit, zwei Kapseln aus ihrem Glasbehälter zu nehmen.

„Die Behandlung von Traumata und Depressionen ist geplant. Mehr weiß ich auch nicht. Da sind bisher auch keine Patienten.“

„Ich habe drei Zimmer vorbereitet mit jeweils zwei Betten.“

„Ah, dann tut sich wohl was. Wir werden es erfahren.“

Arlette reichte Silvia eine Tasse Kaffee und wartete bis ihre Tasse fertig war.

„Milch?“

„Nein. Schwarz. Danke.“

Die beiden Frauen tranken ihren Kaffee und unterhielten sich über den neuesten Kliniktratsch. Dann wischte Silvia den Boden und staubte ab.

„So, dann gehe ich mal weiter zu Dr. Klaus.“

„Der hat frei. Da müssen Sie vermutlich nicht putzen", sagte Arlette, als Silvia dabei war das Büro zu verlassen.

Silvia öffnete die Tür zu Dr. Klaus Büro. Alles stand ordentlich auf dem Schreibtisch. Offensichtlich war er seit ein paar Tagen nicht hier gewesen. Silvia wischte über den Schreibtisch und schaute in den Papierkorb. Es war ein Reflex. Sie war überrascht, dass sich zerknülltes Papier in dem Behälter befand. Sie nahm den Korb und kippte den Inhalt in den Papierbehälter an ihrem Putz Trolley. Zwei zerknüllte Blätter fielen daneben. Silvia bückte sich und hob die Zettel auf. Sie konnte nicht umhin und schaute auf die Notizen, die mit schwarzem Filzstift geschrieben waren:

Magenheimer: Patienten

Ich: Medikamente

Erschrocken legte sie das Papier zurück. Sollte sie Arlette Bennington davon berichten oder es für sich behalten? Zweifel machten sich breit.

Dann nahm Silvia ihr Smartphone aus der Tasche und fotografierte die zerknüllten Papiere. Auf einem konnte sie ´No-Me` lesen. Was auch immer es bedeutete, man konnte nie wissen, wofür es gut sein konnte.

58

„Die Kinder nimmt der Jo. Mach Dir wegen denen keine Gedanken. Hauptsache, die beiden Weiber funktionieren. Die haben sowieso keinen Nerv auf die gestörten Bälger. Denen sind ihre Drogen wichtiger. Glaub mir. Ich kenne das Pack."

Bei dem Transport über die Grenze waren zwei Kinder in der Ladung des LKW. Der Baustoffhandel der Drachenkämpfer hatte zwischen den Säcken mit Mörtel auch lebende Ware transportiert. Der Menschenhandel machte einen immer größeren Teil der Arbeit aus.

Nachdem sich mit Albert Eisengräber der strikte Gegner dieser Art von Geschäften aus dem Staub gemacht hatte, war der Weg frei für Peter Kaufmann. Dieser saß seine Haftstrafe in Köln-Ossendorf ab. Die Behörden wussten, dass es keine Rolle spielte, ob Kaufmann seine Strippen in Köln oder einer anderen Stadt zog. Seine Kontakte waren so weitläufig, dass er seine Mitarbeiter aus dem Knast koordinierte. Sei es per E-Mail oder durch Telefonate. Es war ein leichtes, für jemanden von Kaufmanns Reputation.

Als die Frauen ins Auto gezerrt wurden, hatten sich zwei Kinder an ihre Mütter geklammert. Das kleine Mädchen riss den Mund auf und bekam einen Schreikrampf. Sie war nicht dazu zu bewegen, den LKW wieder zu verlassen. Dem Fahrer saß die Zeit im Nacken. Er musste zu einer verabredeten Uhrzeit an der Grenze sein, damit ihn der bestochene Zöllner ohne Kontrolle ins Land ließ. Nach zwanzig Minuten gab er auf und schloss die Ladeklappe. Die beiden Kinder blieben bei den Müttern.

„Hier sind die Papiere. Hast Du die neuen Ausweise dabei?"

„Alles hier drin", sprach der Schlepper, der den Weitertransport übernahm und zeigte auf einen Aktenkoffer.

„Und hier noch die Ausweise der Mütter mit den Kindern."

Der Fahrer des Vans schaute auf die Ausweise.

„Das sind die Schwestern. Nicht die Mütter. Schau mal auf das Geburtsdatum!"

„Egal. Nimm die mit. Ich bringe die Kleinen in die Firma. Der Jo holt sie dort ab."

Die Kinder wurden ihren Schwestern entrissen und in ein anderes Auto gezerrt.

Kurz vor der Wagentür übergab sich der kleine Junge.

Mit einem Krankenwagen wurden die beiden Kinder abgeholt. Sie wurden auf dem Firmengelände der Baustoff Handlung gefunden. Erschöpft und völlig verstört hatten sie sich in einem Container versteckt. Ein Arbeiter hatte im Krankenhaus angerufen und einen Arzt verständigt. Dr. Magenheimer nahm das Gespräch um 6:23 Uhr entgegen. Der Anrufer hatte die Durchwahl zur Station 10.

„Ich lasse die Kinder holen", sagte er und legte auf.

Im Hof der Bereitschaft standen die Notfallfahrzeuge. Magenheimer ging in den Aufenthaltsraum und fragte in die Runde.

„Zwei Kinder. Abholung im Kölner Norden. Wer kann mich fahren? Es eilt."

Mit Blaulicht fuhr der Rettungswagen über die Straßen. Es war noch dunkel. Der Schnee der letzten Tage war geschmolzen. Die Fahrt über die Ringe in den Norden der Domstadt dauerte nicht einmal eine halbe Stunde.

„Hierher!" Aufgeregt winkte ein Arbeiter den Wagen zu sich. Der RTW fuhr über das sandige Gelände und parkte neben dem Baucontainer. Die hellen Scheinwerfer auf der Rückseite des Daches wurden angeschaltet. Das Blaulicht erlosch.

„Sie sind hier drin."

Magenheimer betrat den Container. Der Notarzt folgte ihm. Verängstigt saßen die beiden Kinder auf einer Couch, die sich die Arbeiter in den Aufenthalt gestellt hatten. Sie hielten sich an den Händen und schauten die Männer an. Der Notarzt leuchtete in die Augen der Kinder und fühlte den Puls. Sie standen offensichtlich unter Schock. Es musste etwas passiert sein. Aufgrund der Aufregung und Strapazen, die die Kinder hinter sich hatten, war ihr Puls sehr hoch. Außerdem waren sie stark unterkühlt. Der Pfleger legte den Kleinen eine Decke um und trug sie nacheinander in den Rettungswagen.

„Zurück in die Klinik. Schnell." Mit Blaulicht und Martinshorn schaffte der Wagen die Strecke schneller als auf dem Hinweg.

„Bitte benutzen Sie die Einfahrt zur Notaufnahme Nr. 2. Ich wiederhole: Notaufnahme Nr. 2!" Der Funk der Klinik meldete sich.

Nachdem die Kinder einen Check-up in der Notaufnahme hinter sich hatten, rief man Dr. Magenheimer auf der Station 10 an.

„Dr. Magenheimer? Wir bringen die Kinder zu Ihnen. Wir haben ihnen eine Infusion angelegt. Sie waren völlig dehydriert. Sie schlafen jetzt."

„Danke. Ich öffne die Tür."

Dr. Magenheimer schaute in den Spiegel. Er hatte sich nach dem Einsatz frisch gemacht. Es lag Jahre zurück, dass er einen Einsatz in einem Rettungsfahrzeug hatte. Es hatte ihn aufgeregt. Zur Beruhigung schluckte er die nächste Tablette Citalopram. Er hielt seinen Kopf unter den laufenden Wasserhahn und trank einige Schlucke. Dann nahm er das Toupet ab und ließ das kalte Wasser über seinen Kopf laufen. Es tat ihm gut. Nachdem er die Glatze mit einem Handtuch abgetrocknet hatte, setzte er sein blondes Toupet wieder auf seinen Schädel und ging aus dem Bad. Nur der Spiegel konnte seinen Hinterkopf sehen. Das Toupet saß nicht korrekt. Hinter dem linken Ohr blitzte ein Tattoo hervor.

59

In der zweiten Aprilwoche war die Übergabe meines neuen Wagens. Ich hatte mich bei Emilias Cousin auf dem Gelände und in der Ausstellung des Autohauses umgeschaut und war fündig geworden.

Die erste Probefahrt machten wir in einem neuen Porsche 911er Cabrio. Nur zum Spaß und weil es Emilias Cousin Marco so wollte. Der gewiefte Verkäufer hatte das Eis schnell gebrochen. Er verstand sein Geschäft. Mit Höchstgeschwindigkeit fuhren wir eine Runde um Verona. Nach zwanzig Minuten lenkte ich den Sportwagen mit einem Grinsen im Gesicht auf den Parkplatz des Autohauses.

„Kein Vergleich zu meinem Alfa. Das muss ich schon sagen.“ Ich geriet ins Schwärmen. „Die Beschleunigung und das Fahrverhalten des Wagens sind einmalig.“

„Due Espressi e le chiavi della Cayenne.“

Marco war Autoverkäufer und italienischer Lebemann aus Leidenschaft. Schnell überzeugte er mich davon, mir das neue Modell des Cayennes anzuschauen. Das Facelift mit Dieselmotor strahlte in Weiß auf der Präsentationsfläche. Schwarzes Leder vervollständigte die sportliche Erscheinung. Ich war skeptisch. Die Optik des SUV überzeugte mich vom ersten Moment. Ich mochte das schlankere Design der zweiten Auflage des Boliden. Eingefleischte Porsche Fans hatten der ersten Version des SUV keine Chance gegeben. Mit dem moderneren, zweiten Modell wuchs die Zahl der Anhänger des Luxusgeländewagens.

„Diesel?“

„Si, Si, Alberto. Wir fahren eine Runde.“

Marco setzte sich hinter das Steuer des großen Wagens. Er nahm die Strecke, die wir vorher mit dem 911er gefahren waren. Marco kannte jeden Stein der Strecke.

Über die Tiptronic Schaltung am Lederlenkrad wechselte er die Gänge und fuhr den Wagen fast wie einen Rennwagen. Nach der Hälfte der Strecke schaltete er das automatische Fahrwerk in den Cruise Modus. Die Luftfederung glich die Unebenheiten der Straße aus. Wie auf Schienen fuhr der Cayenne zurück zum Autohaus.

Marco parkte den Wagen und zeigte mit dem Finger auf den Bordcomputer. Der Durchschnittsverbrauch auf 100 Kilometern, lag bei 8,7 Litern Diesel. Ich war überzeugt und unterschrieb den Vertrag. Bei der Übergabe würde ich den Wagen in bar bezahlen. Marco knallte ein großes rotes Schild mit dem Auftrag „Venduto" auf die Frontscheibe meines neuen Wagens.

Eine Woche später spazierte ich mit einem Aktenkoffer in den Verkaufsraum. Marco erwartete mich gut gelaunt hinter seinem Schreibtisch.

„Gehen wir in mein Büro, Alberto. Wegen dem Geld...", sagte er und stand auf, um mich zu begrüßen.

Ich folgte ihm in den Raum in der linken Ecke des Verkaufsraumes. Die Papiere lagen zusammen mit beiden Ersatzschlüsseln auf dem Schreibtisch. Marco nahm den Koffer entgegen und stellte ihn unter den Schreibtisch. Ohne ihn zu öffnen. Ich nahm die Papiere an mich und verließ zusammen mit dem zufriedenen Verkäufer das Büro. Ein Mitarbeiter des Autohauses fuhr den Wagen vor die Tür und überreichte mir den Schlüssel.

„Buon giro!", sagte Marco und schüttelte mir die Hand zum Abschied. Ich schloss die Fahrertür und fuhr vom Hof. Der Tank war gefüllt. Ich verließ Verona und fuhr auf die Autobahn. Die nächsten Stunden genoss ich mein neues Spielzeug.

Zum Abendessen hatte ich mich mit Emilia verabredet. Ich wollte mich bei ihr für den Kontakt zu ihrem Cousin bedanken. Marco hatte mir ein tolles Angebot für den Cayenne gemacht und meine Zahlungsweise akzeptiert.

Der Koffer mit Bargeld war eine Finte. Niemand im Autohaus sollte merken, dass die Bezahlung über das Darknet abgewickelt wurde.

„Das wäre nicht nötig gewesen, Alberto.“

Wir saßen gemütlich beim Essen und tranken ein Glas Wein. Das Restaurant in der Stadt konnte ich zu Fuß erreichen. Emilia war mit dem Fahrrad unterwegs. Nach dem zweiten Glas Wein wurde Emilia ernst.

„Es geht mich nichts an...“, begann sie den Satz.

„Die Postkarten...? Wer schickt Dir die Postkarten, Alberto?!“

Ich hörte auf zu essen und legte das Besteck zur Seite. Bevor ich etwas sagte, trank ich einen Schluck Wein.

„Meine Tochter.“

Mehr sprachen wir nicht zu diesem Thema. Nach dem Dessert und dem obligatorischen Espresso verabschiedete ich mich von Emilia und ging zu Fuß nach Hause. Ich musste nachdenken. Aus einigen Metern Entfernung sah ich den geparkten Porsche. Seine weiße Lackierung strahlte unter einer Straßenlaterne. Ich hatte einen Entschluss gefasst.

60

Mittwochs morgens packte ich meine Koffer. Ich richtete mich auf einen Aufenthalt von einer Woche ein. Mein Reisegepäck hatte mir Marco über Porsche organisiert. Ton in Ton mit dem Leder der Innenausstattung. Jetzt lagen die Designerkoffer auf meinem Bett. Ich packte meine Klamotten in den größeren der beiden. Den kleinen benutzte ich für meine Schuhe, den Kulturbeutel und ein paar Geschenke.

Sollte ich mehr benötigen, könnte ich shoppen gehen. Auf meinem Kreditkartenkonto hatte ich genügend Bitcoin in Euro umgewandelt. Ich trug das Gepäck aus dem Haus und verstaute es im Kofferraum. Dann fuhr ich zur Tankstelle und betankte den Wagen. Ich musste mich daran gewöhnen, den SUV des Sportwagen Herstellers mit Diesel zu tanken. Im Shop kaufte ich mir eine Autobahn Vignette für Italien. Ich war mir nicht sicher, ob ich sie für die Fahrt brauchte. Die Autobahn Plakette für die Schweiz konnte ich ebenfalls vor Ort mitnehmen.

Ich fuhr zum Supermarkt und besorgte mir einen Sixpack RedBull und reichlich Wasser für die Reise. Beides packte ich in die Kühltasche, die ich im Kofferraum an die 12V-Steckdose angeschlossen hatte. Ich war bestens gerüstet für die fünfstündige Fahrt. Emilia hatte ich Bescheid gesagt, dass sie meine Post in der Filiale lassen sollte. Ich würde für ein paar Tage verreisen. Mehr musste sie nicht wissen.

Um 4:00 Uhr nachts ging ich ins Bad und duschte. Wie geplant verließ ich mein zuhause um 4:30 Uhr und fuhr auf die A12 in Richtung Bozen und Innsbruck. Auf Höhe von Seefeld in Tirol machte ich eine Pause auf einer Raststätte. Ich hatte mehr als die Hälfte der Strecke hinter mir. Ich trank eine Dose RedBull und kaufte mir in der Tankstelle eine Bockwurst zum Frühstück.

Langsam wurde es hell. Die Fahrt im Porsche war wie eine Zugreise. Die neuesten Warnsysteme, Spur- und Verkehrszeichenassistenten machten es mir leicht, die Fahrt zu genießen. Die Müdigkeit verschwand, je näher ich meinem Ziel kam. An der Grenze war wenig los. Ein Grenzer stand neben seinem Häuschen und winkte mir freundlich zu. Ich winkte mit meinem italienischen Ausweis in der Hand zurück und fuhr in die Schweiz.

Gegen 10:00 Uhr parkte ich den Porsche auf dem Hotelparkplatz des ´Radisson` in St. Gallen. Auf den 472 gefahrenen Kilometer hatte der Wagen lediglich 41 Liter Diesel verbraucht. Mittlerweile war ich von meinem

Autokauf gänzlich überzeugt. Ich nahm mein Gepäck und lief zur Rezeption. Die Halle war überfüllt von abreisenden Besuchern.

„Guten Morgen. Wollen Sie einchecken?“

„Ja. Schlechter Zeitpunkt, oder?“

„Ja, Herr?“

„Tombe. Alberto Tombe. Ich hatte reserviert.“

„Herr Tombe, wollen Sie nicht zuerst frühstücken? Ich bringe Ihnen dann Ihre Schlüssel an den Tisch. Das Gepäck nehme ich Ihnen gerne ab.“

„Das können wir so machen.“ Ich gab dem freundlichen Mitarbeiter meinen Ausweis und lief in den Speisesaal. An der Tür wurde ich nach meiner Zimmernummer gefragt.

„Das basst so!“, rief jemand hinter mir. Ich wurde zu einem freien Tisch begleitet, der sofort für mich eingedeckt wurde. Nach dem Frühstück ging ich auf mein Zimmer. Mit meinem Smartphone loggte ich mich ins WLAN des Hotels ein und schrieb ein paar E-Mails. Dann nahm ich eine Dusche und legte mich aufs Bett. Ich wollte ausgeruht zu meinem Termin erscheinen.

„Was zum Teufel macht der denn hier?!“ Katja hatte Uwe auf ein Wort in die Küche gezogen. Ich konnte mithören, ohne dass ich es wollte. Uwe hatte ihr nichts von meinem Besuch gesagt. Wir hatten uns für diese Woche verabredet. Ich hatte keinen exakten Tag genannt. Erst als ich im Hotel eingecheckt hatte, hatte ich Uwe eine E-Mail geschickt, dass ich heute Abend zum Essen kommen würde.

„Beruhig Dich bitte. Ich habe vergessen Dir zu sagen, dass Albert diese Woche zu Besuch kommt.“ Uwe versuchte seine Frau zu besänftigen. Diese hatte erst angefangen sich in Rage zu reden.

„Vergessen hast Du das? Wie kann man so was denn vergessen?! Das hättest Du mir sagen müssen. Was machen wir denn jetzt?“

„Macht Euch keine Mühen wegen mir. Ich kann auch im Hotel essen.“ Ich versuchte, die peinliche Situation auf ein normales Level zu bringen.

„Kann ich zu Marie? Das ist das Wichtigste. Ist sie in ihrem Zimmer?“

„Albert. Setz Dich bitte.“ Uwe führte mich ins Wohnzimmer und bot mir einen Platz auf der Couch an.

„Ich stehe lieber.“ Mein Tonfall wurde rauer.

„Was ist hier los?!“

„Ich brauche einen Schnaps! Das ist nicht Euer verdammter Ernst!“ Ich lief wütend im Wohnzimmer auf und ab. Uwe und Katja versuchten mich zu beruhigen.

„Beruhigen? Wie soll ich mich beruhigen?! Ihr hättet mich fragen müssen!“

„Wir dachten, es wäre das Beste...“

„Woher wollt Ihr wissen, was das Beste ist?!“

„Hier trink mal was. Dann erklären wir Dir alles.“

„Auf die Erklärung bin ich gespannt!“

Ich setzte mich auf die Couch und trank einen Schluck Whiskey. Katja war die Erste, die das Wort ergriff. Sie erzählte mir von Maries toller Entwicklung. Sie konnte lesen und schreiben. Sie verstand alles, was man ihr sagte, aber sie sprach nicht. Niemand war in der Lage, dem Kind ein gesprochenes Wort zu entlocken. Wenn sie zornig wurde, konnte sie schreien wie jedes kleine Mädchen.

„Ich bin mir sicher, dass sie etwas sehr Schlimmes erlebt hat, Albert."

Katja hatte Tränen in den Augen. Sie machte sich Vorwürfe. Ich konnte sie zum Teil verstehen. Wenn man sein Kind leiden sieht, zerreißt es einem das Herz. Marie war nicht Katjas leibliche Tochter. Sie war eine von drei Patinnen. Ohne zu zögern, hatte sie sich bereit erklärt sich um die Kleine zu kümmern, als ich von meinem Plan des Zeugenschutz Programmes berichtete.

„Uwe hat Dir nichts gesagt?", fragte ich.

„Nein. Gibt es etwas, das ich wissen sollte?", fragte Katja nach.

„Es könnte fatale Folgen haben, wenn Marie zu sprechen beginnt."

„Wieso das denn? Das verstehe ich nicht."

„Ich habe mein Geld nicht immer auf legale Art und Weise verdient." Vorsichtig begann ich zu erzählen.

„Das dachte ich mir. Woher sonst das Zeugenschutz Programm", antwortete Katja umgehend.

„Ja, ich habe eine Aussage gemacht, die mich auf eine Todesliste gesetzt hat. Marie hat mich indirekt dazu getrieben. Sie hat mich zu einem besseren Menschen gemacht. Sie hat seit ihrem vierten Geburtstag nicht mehr gesprochen." Ich trank mein Glas aus.

„Hast Du noch einen für mich?" Ich hielt Uwe das leere Glas entgegen.

„Was ist an dem Geburtstag passiert, Albert?"

Uwe brachte mir den Drink. Ich begann zu erzählen:

„Wir feierten Maries Geburtstag mit ihren Freunden und der Familie. Ich musste überraschend das Abendessen verlassen. Es kam zu einem Meeting der fünf wichtigsten Mitglieder der Draco Gladius. Ich war einer davon."

Ich konnte die Angst in Katjas Augen sehen.

„Bei diesen Meetings wird über Geschäfte abgestimmt. Das Ergebnis muss einstimmig sein. Ich enthielt mich bzw. ich war dagegen. Es ging um Menschenhandel. Mein Halbbruder hatte eine neue Geldquelle entdeckt und brachte illegale, zum Teil minderjährige Frauen ins Land und zwang sie zur Prostitution. Mir war diese Art der Geschäfte zuwider. Also stimmte ich dagegen. Da die Drachenkrieger nicht von jetzt auf gleich ihre Statuten ändern konnten, drohte der Deal zu scheitern."

„Statuten? Das klingt wie in einer Firma." Katja war überrascht.

„Das ist es auch. Es ist ein Business. Nicht immer legal, aber intern muss alles seine Ordnung haben. Ich weigerte, mich das Vorhaben abzusegnen. Dann kam ein Anruf für mich. Ein Videoanruf. Ich sah Marie. Man hielt ihr eine Pistole an den Kopf. Innerhalb der Familie gab es einen Verräter. Marie hatte Tränen in den Augen, als sie zu mir sprach.

„Papa?!" Das war das letzte Wort, das sie gesprochen hat."

Ich trank auch den zweiten Whiskey aus. Katja klammerte sich an Uwe.

„Das ist ja furchtbar." Mehr sagte sie nicht.

„Ja. Es wäre schön, wenn sie sprechen könnte. Wenn sie es jetzt in dieser Klinik lernt und von dem berichtet, was sie damals gesehen hat, wird man sie töten."

„Töten? Es weiß doch niemand, dass sie da ist. Das ist eine moderne Forschungsabteilung der deutschen Firma KM&M. Die haben eine Dependance gleich hinter der

Grenze. In Ravensburg.“ Katja schaute mich an und versuchte, die Gefahr unter den Teppich zu kehren.

„Du kannst nicht wissen, wie gut die Draco Gladius vernetzt sind, Katja. Ravensburg? Wie weit ist das von hier?“

Uwe startete den Routenplaner auf seinem Smartphone.

„Über die A98 sind es knapp neunzig Kilometer. Eine gute Stunde Fahrtzeit. Aufgrund der Grenze.“

Ich stand auf und schaute auf die Uhr.

„Okay, ich hole Dich morgen um 10:00 Uhr ab.“

61

Das Fernsehprogramm hielt mich bis kurz nach 01:00 Uhr wach. Ich zappte durch die Kanäle und schaute das Programm so lange, bis mich die nächste Werbeunterbrechung durch die erhöhte Lautstärke aufschrecken ließ. Zwischendurch schlief ich ein. Mein Kopf kam nicht zur Ruhe. Nach dem zweiten oder dritten Whiskey hatte ich mich von Uwe und Katja verabschiedet. Die Wogen hatten sich geglättet. Entgegen ihren Ratschlägen fuhr ich mit meinem Wagen zurück. Der Whiskey war in meinem Blut. Dieses kochte vor Aufregung und gab dem Alkohol nicht die geringste Chance, zu wirken. Im Hotel angekommen, setzte ich mich an die Bar und bestellte mir eine Cola mit Eis. Nach etwas Smalltalk mit dem Barkeeper ging ich in mein Zimmer und packte meine Koffer. Zumindest für ein paar Tage wollte ich meinem Kind in der Klinik Gesellschaft leisten. Ich hatte sie fast zwei Jahre nicht gesehen. Über den Plüschhasen und das Schokoladen Osterei würde sie sich freuen. Auch wenn sie mittlerweile sechs Jahre alt war.

Das Wetter meinte es gut mit mir. Am nächsten Morgen schien die Sonne. Ich frühstückte im Hotel und versuchte so ruhig zu bleiben, wie es möglich war, wenn man nicht weiß, was auf einen zukommt. Ich checkte aus und machte mich auf den Weg zu Uwe. Ich sah ihn von Weitem, als ich in die Straße einbog. Er wartete vor dem Haus und rauchte eine Zigarette.

„Morgen. Hat Katja Dich aus dem Haus geworfen oder warum wartest Du hier?" Ich musste lachen. „Und übrigens, im Wagen ist Rauchverbot. Wirf das Ding weg."

„Alles wie immer, also." Uwe schnippte die Zigarette durch die Luft. Er schien gute Laune zu haben. Er legte seinen Rucksack auf den Rücksitz und nahm vorne Platz. Ich schüttelte ihm die Hand. Der Streit von gestern Abend war vergessen.

„Hast Du die Adresse?"

„Ja, warte. Ich habe sie in meinem Smartphone gespeichert." Aus dem rechten Augenwinkel konnte ich sehen, wie Uwe sich über das Navigationssystem des Smartphones die letzten Ziele aufrief.

„Ravensburg. Am Wald 2", sagte er zu mir.

Das moderne Navigationssystem des Porsche hatte die Adresse innerhalb kürzester Zeit gefunden. Eine Frauenstimme schickte uns auf die Reise.

„Die Route ist berechnet. Am Ende der Straße biegen Sie rechts ab. Dann biegen Sie rechts ab."

Wortlos legte ich den Hebel auf ´D` und drückte aufs Gas. Erst nachdem ich die Stadtgrenze von St. Gallen hinter mir hatte, begann ich zu sprechen.

„Katja hatte die Idee mit der Klinik?", begann ich das Gespräch.

Uwe hatte während den ersten zehn Minuten unserer Reise kein Wort gesprochen. Er schaute konzentriert auf sein Smartphone und tat beschäftigt.

„Ja, sie hatte davon in einer Zeitschrift gelesen. Die arbeiten mit einer neuen Methode. Bei den Patienten handelt es sich vorrangig um Kinder, die ein traumatisches Erlebnis hatten. Es war unüberlegt. Wir hätten Dich fragen müssen. Sie hat es nicht böse gemeint. Sie macht sich Sorgen um Marie.“ Uwe wirkte kleinlaut. Er wollte die Schuld von Katja nehmen. Es sprach für ihn.

„Klar, war es nicht böse gemeint. Ich bin Euch dankbar, dass ihr die Kleine zu Euch genommen habt. Ich hätte nicht gewusst, wem ich sie hätte anvertrauen können.“

Mittlerweile waren wir in Deutschland angekommen. Die Grenze war offen. Niemand interessierte sich für zwei Männer, die von der Schweiz nach Deutschland fuhren. Es fühlte sich seltsam an. Ich hatte einen italienischen Namen und einen italienischen Pass. Ich war Ausländer in meinem Heimatland. Schweigend näherten wir uns unserem Ziel. Ein Hinweisschild am Ortseingang zeigte mir die Richtung.

„KM&M – Medizinische Innovation“, las ich laut vor.

„Das ist es?“ Uwe nickte.

„Biegen Sie rechts ab. Dann folgen Sie der Straße für vierhundert Meter.“

Wir waren fast da. Die Straße führte uns durch ein Industriegebiet. Von Weitem konnte ich ein Waldstück sehen. Das musste unser Ziel sein. Ich fuhr die vorgeschriebenen 30 km/h und übte mich in Geduld. Die kurze Strecke fühlte sich unendlich lang an. Die Nervosität stieg. Im Rückspiegel sah ich die letzten Industriehallen. Vor mir lag eine mehrere hundert Meter lange Straße. Es sah aus, als ob der Wald sie verschluckte. Auf der linken Seite stiegen dunkle Rauchschwaden aus Schornsteinen in die Luft. Das war unser Ziel?

„Sie haben das Ziel erreicht. Das Ziel befindet sich rechts. Am Wald 2.“

Das kleine Gebäude auf der rechten Seite war mir nicht aufgefallen. Mich irritierte die Anlage auf der linken Seite. „KM&M – Medizinische Innovation“, stand über der breiten Einfahrt auf das Gelände. Ein automatisches Tor schob sich schwerfällig von links und rechts. Ein LKW verließ das Fabrikgelände. Orangefarbene und gelbe Aufkleber mit der Beschriftung „Toxic“ und einem Totenkopf sorgten für Konfusion in meinem Kopf.

„Du musst hier rechts auf den kleinen Parkplatz. Der andere ist für die LKW und die Arbeiter.“ Uwe holte mich aus meinen Gedanken. Er zeigte mit dem Arm nach rechts. Im Boden steckte ein Holzpfahl, an dessen Ende ein Schild angebracht war.

„Studie 1 und 2“ konnte ich lesen.

„Ist es das?“

„Ja, der Eingang liegt auf der Rückseite. Dort sind die Zimmer. Man hat einen sehr schönen Blick auf den Wald.“

Ich parkte den Wagen auf dem Besucherparkplatz und stellte den Motor ab. Das Navi war noch eingeschaltet. Mit ein paar Klicks im Menü löschte ich das letzte Ziel aus dem Speicher des GPS-Gedächtnis.

„Alte Gewohnheit...“, sagte ich zu Uwe.

Ich stieg aus und folgte der Beschilderung zum Eingang der Klinik. Ich hörte nicht, dass Uwe mir etwas hinterherrief.

Wütend verließ ich die Drehtür des Haupteingangs. Nach fünf Minuten wurde ich vor die Tür gebeten. Der malerische Anblick des Waldes änderte nichts an meiner schlechten Laune. Uwe stand neben dem Wagen und rauchte eine Zigarette.

„Gib mir auch eine!“, schnauzte ich ihn an.

„Was ist los? Wo ist Marie?“, fragte er mich.

„Sie lassen mich nicht zu ihr. Eine Marie Tombe gibt es nicht unter den Patienten.“ Ich hustete und warf die Kippe auf den Boden.

„Marie Kaltenthaler. Wir haben Sie mit meinem Namen angemeldet. Eisengräber konnten wir nicht benutzen. Ich habe die Unterlagen der Klinik hier. Ich habe Dir noch hinterhergerufen. Du bist ja sofort aus dem Wagen gerannt, wie von der Tarantel gestochen.“

Uwe nahm einen tiefen Zug von der Zigarette. Er öffnete die Hintertür und nahm seinen Rucksack heraus.

„Warte hier. Ich kläre das.“

Ich schaute ihm hinterher. Der ´Vater` meiner Tochter versuchte mein Kind aus der Klinik zu holen.

„Guten Tag.“

„Guten Tag. Ich wollte zu Marie. Marie Kaltenthaler. Hier sind die Kopien der Aufnahmeunterlagen. Wir haben Sie zu der ´No-Me` Studie angemeldet.

„Ja, ich erinnere mich. War nicht eben jemand bei meinem Kollegen, um Marie zu holen? Naja, egal. Der Kollege ist zu Tisch. Vielleicht habe ich mich auch verhört. Wir haben sehr viele Kinder hier. Die ganzen Namen...“ Freundlich lächelnd gab die Dame an der Anmeldung Uwe seine Unterlagen zurück.

„Ich rufe auf der Station an. Nehmen Sie doch bitte im Wartebereich Platz. Kaffee?“

„Nein, danke.“

Uwe setzte sich auf die schwarze Ledercouch, die verloren vor einem riesigen Panoramafenster stand. Er konnte sehen, wie die Mitarbeiterin in einen Telefonhörer sprach.

„Ich warte noch. Sie holen Marie.“ Uwe schickte Albert eine Nachricht, um ihn zu beruhigen. Er hatte ihn noch nie rauchen gesehen. Es musste an der Aufregung liegen. Auch sonst war er anders. Während der Fahrt war er entspannt. Sie witzelten über alte Zeiten und lachten. Das Alleinsein bekam ihm offensichtlich gut. Früher stand Albert ständig unter Strom. Ein Termin jagte den nächsten. Bank Manager hatten auch kein anderes Leben, sagte er als Entschuldigung. Sie spielen jedoch nicht mit ihrem Leben, weil sie kriminellen Geschäften nachgehen, relativierte Uwe regelmäßig das Argument.

Nachdem Albert gestern nach Hause gefahren war, hatten Uwe und Katja sich lange unterhalten. Die Aufregung und Sorge um Marie, hatten Albert krank aussehen lassen. Sein Gesicht war gezeichnet von Schmerzen. Die große Narbe in seiner linken Gesichtshälfte verriet jedem, dass es sich bei Albert um jemanden mit einer bewegten Vergangenheit handelte. Er war blass vor Aufregung. Die ungewohnten schwarzen Haare bildeten einen Kontrast zu seinem Gesicht. Er kannte ihn nur mit Glatze. Hatte er Albert jemals mit Haaren gesehen?

„Herr Kaltenthaler. Guten Tag.“ Uwe war in Gedanken versunken und erschrak.

„Wo ist Marie?“ Er stand auf und schüttelte der Ärztin die Hand. Sie erklärte ihm, dass die Ärzte der Meinung waren, dass Marie woanders behandelt werden sollte. Sie wurde gestern verlegt.

„Sie haben sie verlegt? Ohne uns zu fragen?“

„Sie haben mit Ihrer Unterschrift eingewilligt, dass wir das machen dürfen, sollten wir es für angemessen halten. Schauen Sie hier.“

Die Ärztin zeigte Uwe den Aufnahmebogen und fuhr fort.

„Es ist zum Besten für das Kind, Herr Kaltenthaler. Glauben Sie mir.“

Uwe sackte in sich zusammen.

Von draußen konnte ich erkennen, dass etwas nicht stimmte. Ich hatte es nicht mehr im Auto ausgehalten. In einiger Entfernung zum Eingang fand ich eine Parkbank, auf der ich meine Wartezeit verbringen wollte. Uwe saß auf einer Couch und eine Frau in einem weißen Kittel kam auf ihn zu. Er schüttelte ihr die Hand und sie unterhielten sich. Von Marie war nichts zu sehen. Womöglich war sie beim Mittagessen. Es war fast 12:00 Uhr.

Die Ärztin zeigte auf ein Blatt Papier. Offensichtlich erklärte sie Uwe etwas. Er wurde hektisch. Er schüttelte den Kopf und schlug mit den Händen durch die Luft. Die Ärztin legte ihre Hand auf seine Schulter und versuchte ihn zu beruhigen. Uwe schüttelte der Ärztin die Hand und lief zum Ausgang. Sie rief ihn zurück.

„Warten Sie. Das haben wir bei Marie im Zimmer gefunden. Ein altes Foto. Gehört das Ihrer Tochter?“ Uwe schaute auf das zerknitterte Foto. Marie trug es immer bei sich.

„Das ist ihr Patenonkel Albert. Ich nehme es an mich. Danke.“

„Sie ist wo?“

„Albert, ich weiß es nicht genau. Sie haben es mir nicht gesagt. Im Rheinland. Mehr kann ich Dir nicht sagen. Es tut mir leid.“

Uwe senkte seinen Kopf. Er konnte mir nicht in die Augen schauen. Er überbrachte mir die schlechte Nachricht und wartete, wie ein Schuljunge, auf eine Bestrafung. Ich schrie laut und raufte mir die Haare. Dann rannte ich im Sprint zum Porsche, um meine Wut abzubauen. Von Weitem drückte ich auf die Fernbedienung des Türöffners. Uwe kam erst viele Sekunden später am Wagen an.

„Was hast Du vor? Was machen wir jetzt?"

„*Wir* machen gar nichts! Von jetzt an kümmere ich mich allein um alles. Was ist das für ein Foto?" Uwe hielt mir das zerknitterte Foto entgegen.

„Marie hat das immer bei sich", sagte er zu mir.

Ich steckte es in meine Hosentasche. Aus der anderen Tasche holte ich ein Bündel Scheine. Ich löste zwei 100-Euro Scheine aus meiner Geldklammer und steckte sie Uwe in die Brusttasche seines karierten Hemdes.

„Für die Zugfahrt nach St. Gallen." Uwe schaute mich ungläubig an.

„Ich melde mich."

Mit quietschenden Reifen fuhr ich vom Parkplatz und ignorierte die vorgeschriebenen 30 km/h im Industriegebiet. Ein LKW-Fahrer hupte und winkte wütend, nachdem ich in überholt hatte. Innerhalb kürzester Zeit war ich auf der Hauptstraße von Ravensburg angekommen und folgte der Beschilderung zur Autobahn. Diese war noch in weiter Ferne.

Ich raste über die Bundesstraße 30 und nahm die Auffahrt zur A8 in Richtung Stuttgart. Auf dem ersten Parkplatz der A8 hielt ich an und übergab mich. Mit einer Dose RedBull spülte ich den Geschmack von Galle und Säure weg. Ich programmierte das Navi und fuhr los.

Nach zwei Stunden Fahrt auf der Autobahn meldete sich die Navigation zu Wort.

„Fahren Sie am Kreuz Hockenheim rechts. Dann bleiben Sie rechts. Folgen Sie der A5 in Richtung Köln."

Teil V

Die Rückkehr

62

Ich hatte es eilig aus Ravensburg wegzukommen. Je länger ich unterwegs war, umso entspannter wurde ich. Ich wusste nicht, wo ich mit der Suche nach Marie anfangen sollte. Alles würde sich finden, sobald ich in Köln angekommen war.

Bevor ich die letzten hundert Kilometer der Strecke zurücklegte, machte ich eine längere Pause auf einer Raststätte. Ich reihte mich in die Schlange der hungrigen Familien ein und bestellte mir ein Steak. Medium gebraten, mit Kräuterbutter und einer extra großen Portion Pommes Frites. Während das Fleisch gegrillt wurde, bediente ich mich an der Getränkestation und mischte mir einen Spezi mit mehr Fanta als Cola. An der Kasse zahlte ich den fairen Preis von 28,90 Euro und rundete auf 30,00 Euro auf.

Ich fand einen freien Tisch mit zwei Stühlen und setzte mich. Das Essen schmeckte hervorragend. Der Stress der letzten beiden Tage hatte Kraft gekostet. Ich startete damit, die Reserven aufzufüllen. Die letzten Pommes aß ich mit den Fingern. Währenddessen scrollte ich mit der rechten Hand über das Display meines Smartphones. Ich suchte ein Hotel im Kölner Westen. Ich entschied mich für das Motel One und buchte ein Zimmer für drei Tage. Von dort aus konnte ich meine Suche koordinieren und alles weitere planen.

Nach sechs Stunden Fahrt war ich in Köln angekommen. Ich checkte ein und zahlte bereits beim Check-In den kompletten Betrag für den Aufenthalt. Das Zimmer war größer, als ich es vermutet hatte. Ich legte mich aufs Bett und schlief bis in die frühen Abendstunden.

Nach einer längeren Dusche machte mich auf den Weg zum Abendessen. Ich wollte in die Stadt. Zuvor tankte ich den Wagen an der Tankstelle unweit des Motel One. Ich hatte das Gefühl, ich müsste für alle Eventualitäten gewappnet sein.

„Kennen Sie in der Nähe einen Optiker? Meine Brille ist kaputt gegangen“, fragte ich die Kassiererin.

„Der nächste ist im Rheincenter. Das sind keine fünf Kilometer von hier. Stadteinwärts.“

„Danke. Behalten Sie das Wechselgeld.“

Im Erdgeschoss des Rheincenters fand ich den Optiker. Ich kaufte mir eine Brille mit Fensterglas. Im Laden nebenan entschied ich mich für ein modisches Sakko, zwei Hosen und vier bügelfreie Hemden. Den Einkauf in der Shopping Mall komplettierte ich durch eine Baseball Cap von Callaway Golf. Danach fuhr ich in die City.

Auf den Kölner Ringen war jede Menge los. Es war Freitagabend. Die Einheimischen mischten sich mit den Feierwütigen aus dem Umland. Ich lief allein durch die Menschenmenge und genoss den Trubel um mich herum. Niemand schien sich für mich zu interessieren. Vor zwei Jahren war ich einer der meistgesuchten Männer der Stadt. Besser gesagt, der Unterwelt der Stadt. Meine Glatze und mein Tattoo hinter dem linken Ohr sprachen für sich. Wer nicht wusste, wer die Draco Gladius waren, ging mir aufgrund meiner Erscheinung aus dem Weg.

An diesem Abend war es anders. Ich hatte meine neue Cap aufgesetzt. Eine kleine Tarnung, die meinem Alter entsprach. Dazu trug ich meine Brille. Es hätte mich überrascht, wenn mich jemand erkannt hätte. Dennoch war ich vorsichtig und vorausschauend. Die Diskotheken der Domstadt wurden von Clans kontrolliert. Welche Etablissements die Draco Gladius aktuell unter ihren Fittichen hatten, wusste ich nicht.

Mein Abendspaziergang führte mich zu einem Sushi Restaurant, das es vor meiner Flucht nicht gab. Es war perfekt, um allein zu essen. Ich setzte mich an die Theke und bediente mich an den vorbeifahrenden Fisch Delikatessen. Ich genoss den Geschmack des rohen Fisches. Das Schauspiel auf der belebten Straße vor dem Restaurant lenkte mich ab. Für einen kurzen Augenblick hatte ich vergessen, warum ich hergekommen war. Marie wurde ins Rheinland verlegt. Mehr hatte man Uwe nicht über den Aufenthaltsort meiner Tochter gesagt. Ich würde es herausfinden. Morgen wollte ich damit starten.

Die Neubausiedlung von Kerpen hatte sich über die Jahre verändert. Die Vorgärten der Häuser waren begrünt. Liebevoll kümmerten sich die Hausbesitzer um ihre urbanen Schmuckstücke. Meinem Vater hätte der Anblick gefallen. Mittlerweile waren alle Bauplätze mit Häusern bebaut. Auf den brachen Flächen wurden Parkanlagen angelegt. Ich fuhr zwei Mal durch die kleine Siedlung und parkte den Wagen neben dem neu errichteten Friedhof am Ortsrand. Ich fühlte mich, wie in einer Filmkulisse. Die Kirche strahlte in Weiß, als wäre sie erst gestern erbaut worden. Die schwarzen Dachziegel glänzten in der Frühlingssonne. Der Friedhof war von einem weißen Holzzaun umgeben. Niemand würde vermuten, dass hier mehrere hundert Jahre alte Leichen begraben waren. Es sah friedlich aus. Wie in einem Traum. Alles aus einer Hand und einem Guss.

Ob in den Gräbern tatsächlich sterbliche Überreste lagen, wussten nur die Mitarbeiter des Friedhofs und die Pfarrer der katholischen und evangelischen Kirchengemeinde, die sich den Totenacker teilten. Der Friedhof entstand vor fünf Jahren. Der alte Friedhof auf dem Marienfeld in Kerpen wurde umgesetzt. Der Kohle Abbau hatte es zu verantworten, dass man die Gräber ausbuddelte und die Überreste neu beisetzte. Es fühlte sich falsch an.

Das ursprüngliche Familiengrab der Eisengräbers war auf dem Marienfeld. Dorthin würde ich gegen Abend fahren und den Rundweg über den Papsthügel gehen. Jetzt stieg ich aus dem Porsche und öffnete den Kofferraum. Ich nahm den Blumenstrauß heraus, den ich vor einer halben Stunde im Blumenladen neben dem Bäcker gekauft hatte. Beim Kaffee in der Sonne kam mir die Idee, meiner Familie einen Blumengruß auf ihr Grab zu legen.

Eine kleine Gruppe Trauernder trat aus der Kirche. Mit gesenkten Köpfen folgten sie dem Rollwagen, auf dem ein weißer Sarg zur letzten Ruhestätte gefahren wurde. Dahinter sah ich zwei Kinder. Ihr Vater hielt die weinenden Mädchen an den Händen. Ich musste an Marie und Sabine denken. Eilig lief ich auf das Friedhofsgelände und nahm die erste Abbiegung nach rechts. Mit versteinerter Miene legte ich den Blumenstrauß auf dem Grab ab. Ich hielt für einen kurzen Moment inne und sammelte mich.

Den Weg zu meinem alten Zuhause ging ich zu Fuß. Die Sentimentalität hatte mich eingeholt. Ein Mann arbeitete im Garten. Sein Hund schaute ihm aufmerksam zu und trug die Äste des Baumschnitts durch die Gegend. Er war noch sehr jung und verspielt, wie ich sehen konnte, als ich näher ans Haus kam.

„Schöner Hund. Ein Cane Corso?“, fragte ich den Mann, nachdem er mich freundlich gegrüßt hatte.

„Ja. Sie kennen sich gut aus. Diese Rasse kennen die Wenigsten.“

„Ich lebe in Italien. Da gehört das zur Allgemeinbildung. Sie wissen sicher, dass die Cane Corso von der Mafia zum Geld eintreiben benutzt wurden?“, fragte ich.

„Ich dachte, das wären Legenden“, scherzte der Mann und lachte. Ich schätzte ihn auf Ende fünfzig. Brinkmann hatte nicht viel über den Käufer des Hauses berichtet. Ich wusste, dass er einen Doktortitel hatte. Ob er Arzt war oder einer wissenschaftlichen Arbeit nachging, war mir nicht bekannt.

„Gonzo, nicht so stürmisch." Der junge Hund versuchte über den Zaun zu schauen und wollte gestreichelt werden.

„Wohnen Sie hier? Ich habe Sie noch nie gesehen."

„Nein. Ich habe hier gewohnt", antwortete ich.

„Wo denn? In welchem Haus?"

„Hier." Ich zeigte auf mein altes Zuhause.

„Dr. Thomas Klaus", stellte er sich mir vor.

„Alberto Tombe." Dr. Klaus bat mich ins Haus, nachdem ich ihm berichtete, dass ich früher hier gelebt hatte. Er ging ins Bad und wusch sich die Hände. Mit einem frischen T-Shirt bekleidet, kam er ins Wohnzimmer.

„Die Gartenarbeit." Dr. Klaus zeigte auf seine gewaschenen Hände und hielt mir die rechte entgegen.

„Herzlich willkommen in Ihrem alten Zuhause." Ich schüttelte seine Hand und streichelte dem Hund über den Kopf. Voller Stolz führte der Arzt mich durch das Anwesen. Er hatte einiges verändert und modernisiert.

„Nehmen Sie doch Platz, Herr Tombe."

„Danke. Sie haben das Haus schön eingerichtet. Das hätte meinem Vater gefallen."

Ich erzählte die Geschichte meines Vaters, dem Initiator der Siedlung. Dr. Klaus war beeindruckt.

Seine Haushälterin versorgte uns mit Kaffee und Gebäck.

„Ich will Sie nicht zu lange aufhalten, Herr Doktor."

„Kein Problem. Ich habe heute frei. Und Sie? Machen Sie Urlaub in Ihrer alten Heimat, Herr Tombe? Bleiben Sie für länger?"

„Ein paar Tage. Dann muss ich wieder zurück. Die Geschäfte. Sie wissen ja, wie das ist, nehme ich an."

„Ich arbeite in der Klinik am Stadtwald. Ich bin Chirurg. Nach dem Tod meiner Frau bin ich hier rausgezogen und versuche so gut es geht, meine wenige Freizeit zu genießen."

„Das tut mir leid."

„Danke. Der Hund lenkt mich ab. Er ist wie ein Kind für mich. Stimmts Gonzo?"

„Ist Ihre Frau im Hotel oder ist sie zu Hause in Verona geblieben?" Dr. Klaus ging nicht auf den Tod seiner Frau ein und lenkte ab.

„Meine Frau lebt nicht mehr. Sie ist vor sechs Jahren bei der Geburt unserer Tochter gestorben."

Dr. Thomas Klaus verschluckte sich am Kaffee. Er wurde blass. Auf seiner Stirn bildeten sich kleine Schweißperlen. Er wirkte geschockt. Es überraschte mich, dass ein Arzt über eine Nachricht vom Tod dermaßen extrem reagierte. Vor allem, wenn es sich um eine ihm fremde Personen handelte.

„Sehr tragisch." Er rang nach Fassung. Ich konnte sehen, dass er zitterte, als er die Kaffeetasse auf dem Unterteller abstellte.

Aus einem anderen Zimmer hörte ich ein Telefon klingeln.

„Entschuldigen Sie mich einen Augenblick. Das ist das Diensthandy."

Dr. Klaus lief eilig aus dem Wohnzimmer. Er wirkte erleichtert, dass er das Gespräch an dieser Stelle unterbrechen konnte. Gonzo folgte seinem Herrchen.

Ich nahm meine Kaffeetasse in die Hand und ging zum Terrassenfenster. Der Garten sah großartig aus. Der Rasen war in perfektem Zustand. Im Pool lief die Pumpe und sorgte für eine sanfte Bewegung auf der Wasseroberfläche. Die Sonnenstrahlen tanzten auf dem hellen blau. Der malerische Anblick vertrieb mein seltsames Bauchgefühl nur kurz.

Ich ging zur Couch zurück. Dabei fiel mein Blick auf den Kamin. Auf der rechten Seite der Kaminumrandung stand eine Vase mit einer roten Rose. Leicht verdeckt daneben stand das Foto einer jungen Frau. Neugierig ging ich näher und schob die Vase zur Seite. Die Frau war zu jung, um die Ehefrau des Arztes zu sein. Es wäre allerdings möglich, dass es sich um ein Foto von ihr handelte, das sie in jungen Jahren zeigte.

Wann war seine Frau gestorben? Hatte er es gesagt? Ich überlegte. Nein. Er hatte es nicht erwähnt. Er wurde sehr unruhig, als ich die sechs Jahre von Sabines Tod preisgab. Nein. Das konnte nicht sein. Das wäre Zufall. Ich starrte auf das Foto. Die Augen könnten passen. Die Haare waren lang und brünett. Sabines Hebamme hatte kurzes schwarzes Haar.

Ich zog mein Smartphone aus der Hosentasche und richtete es auf das Foto. Gonzo kam ins Wohnzimmer gerannt. Ich drückte den Auslöser und schob die Vase in die ursprüngliche Position. Der Hund setzte sich auf die Hinterläufe und knurrte mich an. Als Dr. Thomas Klaus in den Raum kam, lief Gonzo zu seinem Herrchen. Ich hatte diese Aktion des Hundes genutzt und das Smartphone unauffällig in meiner Hosentasche verstaut.

„Ein Notfall in der Klinik.“ Mehr sagte er nicht.

„Ich war dabei zu gehen“, erklärte ich mein Umherlaufen umgehend. „Die Arbeit geht vor. Danke für Ihre Gastfreundlichkeit, Dr. Klaus. Ich freue mich, dass das Haus einen tollen Besitzer gefunden hat. Vielleicht laufen wir uns noch einmal über den Weg. Ich bin noch ein paar Tage in der Region.“

„Emilia begleitet Sie hinaus, Herr Tombe. Es hat mich gefreut. Und entschuldigen Sie noch einmal mein abruptes Verschwinden."

Ich schüttelte ihm die Hand und verließ das Haus. Seine Hand war schweißnass. Unter den Achseln seines grünen Polo-Shirts zeichneten sich dunkle Flecken ab.

Ohne mich umzudrehen, lief ich die Straße zurück zu meinem Porsche. Ich öffnete den Kofferraum und trank eine Dose RedBull in einem Zug. Ich sortierte meine Gedanken. Der zweite Blumenstrauß lag auf dem schwarzen Teppichboden des Kofferraums. Der Besuch des Papsthügels auf dem Marienfeld musste bis morgen warten. Ich musste ins Internet. Dringend.

Das WLAN des Hotels war langsam. Es war ausreichend für eine Verbindung, die ein normaler Gast benötigte. Ich surfte wie immer über einen Tor-Browser. Diese mehrfache Umleitung der Suchanfragen auf verschiedene Server benötigte ein Vielfaches an Datenvolumen. Genervt trank ich die 0,33 Liter Flasche Cola aus. Mein Magen meldete sich zu Wort. Das Koffein des RedBull und der Zucker der Cola schlugen mir auf den Magen. Er übersäuerte. Sicher spielte auch der Stress der letzten Tage eine Rolle.

Ich ging ins Bad und nahm etwas gegen das Sodbrennen. Als ich zurück am Schreibtisch war, hatte sich die Internetseite aufgebaut. Ich hatte das Foto, das ich im Haus von Dr. Klaus gemacht hatte, nach meiner Rückkehr auf das Laptop geladen. Meine Suche ohne das Foto verlief im Leeren.

Dr. Klaus Frau, Dr. Klaus Ehefrau, Dr. Klaus Köln Arzt. Dr. Klaus Köln Familie. Die Suchbegriffe lieferten keine brauchbaren Ergebnisse. Dr. Thomas Klaus arbeitete seit Jahren als Chirurg in der Klinik am Stadtwald. Er war neunundfünfzig Jahre. Seit ein paar Monaten arbeitete er zusätzlich in einer neuen Forschungsstation. Mehr fand ich nicht.

Sabine trug nicht meinen Nachnamen. Wir waren nicht verheiratet. Gab es keine Frau Dr. Klaus mit seinem Nachnamen? Das würde es erklären. Ich war kein Spezialist, wenn es um Internetrecherche ging. Meine alten Kontakte zu aktivieren würde Zeit kosten. Zeit, die ich nicht hatte. Zudem war es zu riskant meinen Aufenthaltsort preiszugeben. Vielleicht verrannte ich mich auch.

Der Laptop piepste. Der Upload des Fotos war erfolgreich und schickte ein Signal. Meine Aufmerksamkeit richtete sich auf den 14 Zoll Bildschirm. Ich grenzte die Suche auf Köln und einen Umkreis von zwanzig Kilometern ein. Nervös drückte ich auf ´enter`. Es wurden nur wenige Einträge gefunden. Keiner der Berichte zeigte das Foto, das ich von ihr gemacht hatte. Dennoch hatte das Programm ihre Gesichtszüge dem Namen Christine Herrmann zugeordnet. Ein Abgleich mit anderen Fotos lieferte das Ergebnis. Das Foto auf dem Kamin war tatsächlich alt. Es stammte aus der Zeit vor ihrer Tätigkeit in der Klinik in Frechen.

Dort wurde sie als *Hebamme Christine* geführt. Neben ihrem Namen war ein Foto, das sie mit kurzen Haaren zeigte. Christine Herrmann stach optisch nicht aus der Gruppe der weiß gekleideten Mediziner heraus. Ihre schwarzen Haare setzten sich etwas von der Gruppe ab. Sie wirkte paralysiert und abwesend. Der Überblick über das Klinikpersonal wurde Ende 2013 veröffentlicht.

Marie war am 28.1.2014 geboren.

Sabine verstarb am 28.1.2014.

Dr. Thomas Klaus würde mir noch einmal über den Weg laufen. Ein letztes Mal.

Als Alberto Tobe vom Tod seiner Frau erzählte, wurde Dr. Thomas Klaus nervös. Sie war vor sechs Jahren bei der Geburt ihrer Tochter verstorben. Es könnte Zufall sein. Der Gedanke, dass es sich um die Frau handelte, wegen der Christine sich das Leben genommen hatte, bereitete ihm Bauchschmerzen. Das Klingeln des Diensthandys hatte ihn aus der unangenehmen Situation gerissen. Er wischte sich den Schweiß von der Stirn und nahm das Gespräch an. Es war kein Notfall, wie er es Alberto Tombe glauben ließ. Es war lediglich eine Nachfrage des Kollegen Dr. Magenheimer, der einen Termin abstimmen wollte. Es spielte ihm in die Karten. Gonzo war vor ihm ins Wohnzimmer gerannt und hatte geknurrt. Das tat der Hund nur, wenn er etwas verteidigen wollte. Dr. Klaus hatte es über den Flur gehört. Als er das Wohnzimmer betrat, rannte Gonzo zu seinem Herrchen. Alberto Tombe wirkte verängstigt. Wobei hatte der Hund ihn erwischt?

Frau Gonzales hatte den Besucher zur Tür begleitet und servierte danach das benutzte Geschirr ab. Gleichzeitig lief Thomas Klaus ins Schlafzimmer und von da aus in sein Badezimmer. Zum dritten Mal an diesem Tag tauschte er sein T-Shirt. Das grüne Polo, das er nach der Gartenarbeit angezogen hatte, war von kaltem Angstschweiß durchtränkt. Mit reichlich Deo und einem roten Polo-Shirt saß er kurze Zeit später am Schreibtisch. Er startet seinen Computer. Dr. Klaus durchsuchte die Ordner der Festplatte nach Unterlagen, die er sich nach dem Suizid von Christine aus der Klinik besorgt hatte. Schnell fand er, wonach er suchte. Er hatte die kleine Schriftleiste unter dem blauen Ordner beschriftet. „Christine Frechen“. Ein Doppelklick öffnete den Folder und zeigte die gespeicherten Dateien. Christine fühlte sich für zwei Todesfälle verantwortlich. Von beiden Vorgängen hatte sich Dr. Klaus die Arztberichte besorgt. Der erste lag zu lange zurück. Dass Christine keine Schuld am Tod der Patientin traf, wurde mehrfach bestätigt. Nur sie sprach sich nicht von der Schuld frei. Der zweite war der Auslöser für ihren Suizid.

Die Geburt mit letalen Folgen ereignete sich vor sechs Jahren.

Dr. Klaus scrollte durch die Scans der Akte. Er hatte die Unterlagen etliche Male angeschaut, um Christine bei der Verarbeitung des Traumas zu helfen. Verantwortlich für den unerwarteten Tod, war eindeutig ein allergischer Schock. Die Frau war ansonsten kerngesund. Sabine hatte sich die Schuld gegeben, dass sie die Information über die Allergie nicht übertragen hatte. Das war aktuell nebensächlich. Mit einem Klick, in die obere Hälfte der rechten Leiste, sprang das Dokument auf die erste Seite zurück. Der Name der Patientin stand ganz oben. Sabine Metzmann hieß die Frau.

Sie verstarb am 28.1.2014.

„Herr Doktor? Noch einen Kaffee für Sie?" Frau Gonzales stand in der Tür des Büros und riss ihn aus den Gedanken.

„Ja, danke. Ich nehme noch einen", sagte er, ohne aufzuschauen. Sein Blick war auf die Akte gerichtet. Er las aufmerksam weiter. Sie hatte eine Tochter geboren mit dem Namen Marie Eisengräber. Neben der Tastatur lag ein Schreibblock. Dr. Thomas Klaus nahm einen Stift und schrieb Namen auf ein leeres Blatt: *Alberto Tombe, Sabine Metzmann, Marie Eisengräber*. Er suchte nach einem Zusammenhang, einem gemeinsamen Nenner. Die Vornamen vernachlässigte er.

Tombe sah nicht nach einem Wortspiel zu Metzmann aus. Auch Metz und Mann klangen nicht annähernd nach Tombe. Eisengräber teilte er ebenfalls auf: Eisen und Gräber. Frau Gonzales stellte die Tasse ab. Der Kaffee schwappte über den Rand und lief über den Unterteller auf das beschriebene Papier.

„Entschuldigung."

„Kein Problem, Frau Gonzales. Das ist ein Schmierzettel. Ich wische es trocken." Dr. Klaus nahm ein Taschentuch aus der Hosentasche und wischte über das Papier. Die Schrift verschmierte die Buchstaben. *Eisen* blieb lesbar. *Gräber* verlor zwei Buchstaben und den Sinn: *Gräb*

„War das der alte Besitzer des Hauses, wenn ich fragen darf? Er hat es erwähnt, als ich ihn nach draußen gebracht habe. Ein netter Mann."

„Ja. Alberto Tombe ist sein Name. Sein Vater hat die Siedlung hier aus dem Boden gestampft."

„Tombe? Oh." Frau Gonzales erschrak.

„Ja. Wieso? Kennen Sie ihn?", fragte er.

„Nein. Ein netter Mann mit einem traurigen Namen." Die Haushälterin drehte sich um und wollte das Büro verlassen.

„Ein trauriger Name? Was meinen Sie mit ´trauriger Name`?"

„Tombe. Das ist italienisch. Es heißt: Grab."

Dr. Klaus starrte auf den Schmierzettel. Er war sich sicher. Er hatte mit dem Vater von Marie Eisengräber gesprochen.

63

Der gestrige Tag war anstrengend. Ich hatte meinen Frust über die Verlegung von Marie mit einer rasanten Fahrt auf der Autobahn kompensiert. Der Mix aus entspanntem Autofahren und dem Rausch der Geschwindigkeit, hatte mir keine Zeit gelassen, meine düsteren Gedanken auszumalen. Alles änderte sich, nachdem ich in Kerpen war. Der Besuch des Friedhofs war aufwühlend und wurde von der zufälligen Bekanntschaft zu Dr. Thomas Klaus noch gesteigert.

Meine Recherche dauerte bis tief in die Nacht. Ich ließ den Fernseher zur Berieselung laufen und surfte durch das Netz. Es dauerte nicht einmal zwanzig Minuten, bis ich wusste, dass die Lebensgefährtin von Dr. Klaus die Hebamme war, die Sabines Tod verschuldet hatte. Dieses Wissen genügte mir nicht. Ich wollte mich doppelt absichern. Dass es das Schicksal gut mit mir gemeint hatte und mir meine späte Rache ermöglichen würde, wollte ich noch nicht glauben.

Ich suchte weiter im Schmutz und wurde fündig. In Zeitungsausgaben vom Februar 2014 fand ich zwei Todesanzeigen, die ich bereits kannte. Im Februar 2014 berichteten mir meine Quellen, dass die Hebamme nicht mehr am Leben war. Was passiert war, wusste ich nicht. Der Arzt hatte sich in der Todesanzeige mit wenigen Worten von ihr verabschiedet. Diese Tatsache irritierte mich jetzt noch mehr als damals. Ich hatte ihn gestern als jemanden kennengelernt, der sich gut ausdrücken konnte und scheinbar schnell Kontakt knüpft. Es musste etwas Schlimmes passiert sein, das ihn dazu veranlasst hatte, die Öffentlichkeit lediglich mit einer kurzen Nachricht über den Tod von Christine zu informieren.

Ich klickte mich von oben nach unten durch die Suchergebnisse. Ich fand ihr Gesicht auf den Seiten eines Dating-Portals. Ich hätte sie nicht erkannt. Das Foto war mit Farbeffekten bearbeitet. Das Face-ID Programm brauchte nicht einmal eine Minute, um die Gesichtszüge mit denen von Christine abzugleichen und ihre Identität zu bestätigen.

Sie lebte sich sexuell aus, war meine Vermutung. Das machte sie nicht zu einem schlechten Menschen. Die Gründe konnten vielfältig sein. Ich nahm den Hinweis wahr und speicherte ihn in meinen Gedanken. Nachdem auch der zwanzigste Link der Suchmaschine nichts mehr Neues ans Tageslicht förderte, beendete ich meine Suche fürs Erste. Ich ließ das Laptop im Netz verweilen und legte mich aufs Bett. Dem Fernsehprogramm hatte ich keine Beachtung geschenkt. Ich hatte die Lautstärke so eingestellt, dass der ausgestrahlte Spielfilm nicht mehr als eine Hintergrundberieselung für mich war. Jetzt stellte ich das Gerät lauter und wartete die Filmankündigung einer Moderatorin ab.

„Der folgende Krimi startet mit der spannenden Frage: Mord oder Selbstmord?!“

Das war es. Ich war hellwach. Ich sprang aus dem Bett und setzte mich an den Schreibtisch.

„Christine Herrmann Selbstmord. Enter.“

Nach zehn Sekunden hatte ich die Todesursache gefunden. In einem Polizeibericht fand ich den Hinweis, dass Christine H tot im Rhein gefunden wurde. Es deckte sich mit der Interpretation der Todesanzeige, die ich mir gespeichert hatte.

„Wir nehmen Abschied von unserer lieben Kollegin und Freundin Christine Herrmann.

Es war Dein Wunsch. Ruhe in Frieden.

Das Klinik-Team Frechen“

Ich war zu zweihundert Prozent sicher, dass die Frau von Dr. Klaus die Mörderin von Sabine war.

Jetzt richtete sich meine Rache gegen ihren Mann.

Den Samstagvormittag verbrachte ich im Hotelzimmer. Ich hatte gefrühstückt und mich danach wieder auf das Bett gelegt. Ich schaute mir einen Film auf dem Laptop an. Das WLAN, das mich gestern mit dem Tor-Browser geärgert hatte, lief ohne Probleme. Ich nutzte einen Streaming Dienst und schaute einen alten James Bond Film. Es regnete. Mein Besuch auf dem alten Friedhof auf dem Marienfeld musste warte. Ich schlief ein.

Dr. Klaus hatte schlecht geschlafen. Die Gedanken an den gestrigen Besuch hielten ihn wach. Er wälzte sich im Bett umher. Sein treuer Begleiter Gonzo wurde von den schlechten Schwingungen geweckt. Gegen 2:00 Uhr hatte der Hund genug und verzog sich ins Wohnzimmer. Dr. Klaus ging ins Bad und nahm eine Tablette. Die beruhigende Wirkung setzte schnell ein. Als er morgens vom Wecker aus dem Schlaf gerissen wurde, ärgerte er sich über sich selbst. Er hätte früher zum chemischen Sandmann greifen sollen. Ohne zu frühstücken, fuhr er in die Klinik und startete seinen Dienst mit einer Visite. Samstags blieben diese morgendlichen Besuche aus. Bei Notfällen oder kürzlich operierten Patienten ließ es sich Dr. Klaus nicht nehmen, sich einen Eindruck über deren Zustand zu verschaffen.

„Geht es Ihnen gut? Sie strahlen über das ganze Gesicht." Dr. Klaus nahm einen Holzspatel aus dem Kittel und strich der Patientin über die Außenseite ihrer rechten Wade.

„Spüren Sie das?"

„Ja."

„Und das?" Der Spatel strich über die Fußsohle und brachte die Patientin zum Lachen.

„Okay, ich sehe schon. Alles bestens. Wir lassen die Dosierung der Medikamente noch in dieser Höhe, Schwester Britta. Ich möchte nicht, dass die Patientin Schmerzen hat. Am Montag sehen wir weiter."

„Ist notiert, Doc. Ähm, Herr Doktor."

„Dann ein schönes Wochenende und wenn Sie etwas brauchen, melden Sie sich."

Dr. Klaus ging aus dem Zimmer. Vor der Tür wartete er auf Schwester Britta, die die Tür des Zimmers schloss.

„Wie schätzen Sie den Zustand ein?"

„Ich? Ich bin doch kein Arzt. Ich denke, der gehts gut."

Die Patientin hatte eine Bandscheiben-Operation. Dr. Klaus hatte die Operation durchgeführt. Auch Dr. Frank Müller war anwesend. Der junge Arzt assistierte ihm hervorragend und könnte in naher Zukunft allein operieren. Dr. Klaus war Spezialist auf dem Gebiet der Neurochirurgie. In der Klinik am Stadtwald landeten alle komplizierten Fälle bei ihm auf dem Operationstisch. Der Eingriff dauerte nur eine Stunde und verlief ohne Komplikationen.

„Wenn noch etwas sein sollte, ich bin in meinem Büro. Und Schwester Britta, nächstes Mal bitte ohne Kaugummi. Danke."

Britta fühlte sich ertappt. Sie hatte das Kaugummi unter der Zunge liegen. Dr. Klaus kam überraschend auf die Station und bat sie darum, ihn bei der kurzen Visite zu begleiten.

„Jawoll, Herr Doktor."

Der Aufzug hielt auf der dritten Etage. Dr. Klaus ging auf direktem Weg zu seinem Büro und setzte sich an seinen Schreibtisch. Er pflegte eine kurze Notiz zur Bandscheiben Patientin ein und schaute auf das Display seines Computers.

Als er in der Nacht wach lag, grübelte er nicht nur über Tombes Frau nach. Er war sich sicher, dass es die Patientin war, an deren Tod sich Christine die Schuld gab. Das war nicht das Hauptproblem. Ihm ging der Anblick von Tombe nicht aus dem Sinn. Die Narbe im Gesicht war nicht zu übersehen. Für ihn als Arzt stand es außer Frage, dass die Wunde sehr schlecht oder gar nicht behandelt wurde. Es sah nach einer Verletzung aus, die sich Tombe bei einem Kampf zugezogen hatte. Bei einem Kampf, der es ihm nicht erlaubte ins Krankenhaus zu gehen. Jeder pflichtbewusste Arzt musste bei dieser Art der Verletzung die Polizei alarmieren. Oder bei einem Kampf zwischen Personen, die die Polizei mieden, wie der Teufel das Weihwasser. Er öffnete eine Suchmaschine und tippte einen Namen in die Leiste.

Alberto Tombe Köln. Die Suche konzentrierte sich auf Deutschland und lieferte keinen einzigen Treffer. Der zweite Name brachte Ergebnisse. *Alberto Eisengräber Köln,* tippte Dr. Klaus und startete die Suche in den Weiten des World Wide Web.

Alberto Eisengräber Köln lieferte ebenfalls keine Ergebnisse. Die Suchmaschine änderte den Namen von selbst auf *Albert* Eisengräber Köln und spuckte eine Liste von Ergebnissen aus. Dr. Thomas Klaus saß mit offenem Mund an seinem Schreibtisch. Er überflog die ersten Zeilen der gefundenen Einträge.

„...einer der führenden Köpfe der Draco Gladius ist Albert E. Hier eine Phantomzeichnung vom Gerichtsprozess in Köln..."

Er starrte auf die nicht enden wollende Liste an Informationen über die Draco Gladius und deren Mitglieder. Er hatte gestern den Teufel in sein Haus gelassen!

Ich wachte gegen Abend auf. Es hatte aufgehört zu regnen. Der Himmel war voller Wolken. Die Sonne über Köln suchte man an diesem Tag vergebens. Der triste Anblick aus meinem Zimmer passte zu meiner Stimmung. Im Traum hatte mein Unterbewusstsein Rachеplänen geschmiedet. In mehreren Szenen sah ich mich bewaffnet auf der Jagd nach Dr. Klaus. Mein Gehirn hatte die Szenen des Films ´James Bond jagt Dr. No` mit meinen Rachegedanken vermischt.

So chaotisch, wie in meinem Traum würde ich es nicht angehen. Ich würde die Tat planen und keine Spuren hinterlassen. Zuerst musste ich meine Familie auf dem

Marienfeld besuchen und Marie finden. Dann würde ich mir Zeit für Dr. Klaus und sein Ableben nehmen.

64

Der Dienst von Dr. Klaus war von Langeweile geprägt. Der berufliche Teil der acht Stunden verging, ohne dass er wirklich etwas zu tun hatte. Zum Glück. Er war innerlich angespannt. Was er über Eisengräber gelesen hatte, ließ ihm das Blut in den Adern gefrieren. Es machte ihm Angst. Warum war Eisengräber in Köln? Er hatte gesagt, er würde Urlaub machen. Wenn Dr. Klaus die Puzzleteile richtig zusammensetzte, war Eisengräber nach dem letzten großen Prozess gegen die Draco Gladius verschwunden. Niemand wusste, wo er sich aufhielt. Manche Journalisten vermuteten ihn im Zeugenschutz Programm. Andere sahen ihn als Fischfutter im Rhein schwimmen. Zu Hause verloren sich die Gedanken des Chirurgen. Gonzo wartete ungeduldig auf sein Herrchen. Er forderte seinen Spaziergang ein.

„Ich ziehe mich um, Gonzo. Es geht gleich los." Der junge Hund sprang vor Aufregung in die Luft und rannte durch den Garten. Als Dr. Klaus mit anderen Hosen und Schuhen aus dem Haus kam, wartete Gonzo am Eingang der Garage.

„Braver Hund." Er streichelte ihm über den großen schwarzen Kopf. Eisengräbers Hinweis auf den Mafia Hund Cane Corso, machte nun Sinn. Zusammen mit Gonzo ging er in die Garage. Gonzo sprang in den offenen Kofferraum. Der gesamte Gepäckraum war mit einer Box ausgestattet, die den Hund schützte.

Der Saab fuhr aus der Garage. Dr. Klaus schaltete das Licht an. Es war 19:30 Uhr, als sich der Wagen über die Bundesstraße bewegte. Die Scheibenwischer reinigten die Frontscheibe in kurzen Intervallen.

Ich schaute in den Kofferraum. Der Blumenstrauß sah noch recht frisch aus. Da es tagsüber regnete und die Temperaturen nicht über die 15 Grad Marke gingen, hielten sich die Schnittblumen länger als vermutet. Ich schloss den Kofferraum und fuhr zur Tankstelle. Mein Vorrat an RedBull war aufgebraucht. Ich kaufte mir vier Dosen des Energy Drinks und zwei Bifi. Ich hatte kein Abendessen gehabt und das trübe Wetter ließ mich nicht richtig wach werden. Mein Spaziergang auf dem Marienfeld könnte eine Stunde dauern. Ich wollte gegen eine Hungerattacke gerüstet sein.

„Haben Sie eine Brille bekommen?“

„Hallo. Ja. Danke für den Tipp.“ Die freundliche Kassiererin scannte meinen Einkauf und packte die Dosen und die Bifi in eine Plastiktüte.

Ich startete den Porsche und machte mich auf den Weg zum Marienfeld. Der integrierte Lichtsensor schaltete meine Xenon Scheinwerfer an. Der Scheibenwischer bewegte sich über die Scheibe und wischte die Regentropfen zur Seite, wann immer es nötig war. Nach knapp zwanzig Minuten Fahrt stand ich auf dem Parkplatz. Außer meinem Porsche parkte noch ein Kombi auf dem unbefestigten Platz. Er stand unweit eines anderen Startpunktes eines Wanderweges. Ich aß ein Bifi und trank eine kühle Dose RedBull. Solange der Regen stark war, blieb ich im Wagen sitzen.

Schließlich klarte es auf. Ich setzte mir meine Golf Cap auf und zog meine Jacke an. Eine Dose RedBull steckte ich mir in die Tasche und schaute mich um. Das große Kreuz auf dem Papsthügel konnte ich nur erahnen. Das 10 Meter hohe und 5,40 Meter breite Kreuz hatte dennoch eine enorme Strahlkraft.

Ich überlegte, ob ich zuerst den Berg hinauf laufen sollte oder damit starten sollte, das Grab aufzusuchen.

Ich entschied mich für das Grab.

Ich nahm die Blumen aus dem Kofferraum und schloss den Wagen ab.

Dr. Klaus entschied sich für den ersten Parkplatz am Marienfeld. Rund um das riesige Braunkohle-Areal waren mehrere Parkplätze errichtet worden. Von diesen starteten mehrere Routen zum Papsthügel, der beim Abschlussgottesdienst zum Weltjugendtag 2007 von Papst Benedikt XVI eingeweiht wurde. Dr. Klaus interessierte sich nicht für Religion. Nachdem er nach Kerpen gezogen war, machten ihn fragende Touristen auf das riesige Kreuz auf dem Hügel aufmerksam. Er nutzte das Marienfeld, wie die meisten aus der Gegend, für lange Spaziergänge mit Kind und Kegel. Oder eben mit dem Hund.

Er hakte die Leine an Gonzos Halsband ein und ließ ihn aus dem Kofferraum springen. Eine Laterne beleuchtete einen Wegweiser der Wanderwege. Sie nahmen die Abbiegung nach rechts. Gonzo mochte die Pferde, die auf den Weiden des Gestüts standen. Fasziniert schaute er die großen Tiere an und strahlte. Heute waren aufgrund des Wetters nur wenige Pferde zu sehen. Sie hielten sich unter Dächern auf und waren nicht am Gatter, um Gonzo zu begrüßen. Das Gespann lief weiter. Nach der Abbiegung konnte Dr. Klaus das Umfeld überblicken. Es war keine Menschenseele zu sehen. Er leinte Gonzo ab und ließ den Hund über den Weg tollen. Die Leine legte er sich über die Schultern und schlenderte über den nassen Feldweg.

Auf der rechten Seite lag der alte Friedhof von Kerpen. Steintafeln und Überreste von Kreuzen waren die letzten Zeugen der Geschichte. Der Tagebau wurde ausgebaut und die Stadt verlegte den Friedhof. Proteste in der Bevölkerung machten sich breit. Diese verhallten, nachdem man den Bewohnern der Region sowie den Hinterbliebenen große Summen und einen Bauplatz anbot. Der neue Friedhof lag nur ein paar hundert Meter von seinem neuen Haus entfernt.

Gonzo rannte nach links. Offensichtlich hatte er einen Hasen entdeckt. Das Marienfeld war voller Sträucher, Feldern mit Gemüse und kleinen Seen. Ein Teil des Areals stand unter Naturschutz. Dr. Klaus rief Gonzo zu sich. Der Hund folgte dem Befehl und ließ sich anleinen. Die nächste Viertelstunde liefen beide auf den Papsthügel zu. Das riesige Holzkreuz wirkte wie ein Mahnmal.

Ich verließ den betonierten Weg. Der ehemalige Eingang zum Friedhof existierte lange nicht mehr. Man konnte noch einen Teil der Mauer erkennen. Eine Hinweistafel verwies auf die ursprüngliche Nutzung dieses Teil des Marienfelds. Warum meine Familie hier begraben war, wusste ich nicht.

Ich war in Frankfurt geboren und davon ausgegangen, dass meine Vorfahren aus Hessen kamen. Ich sparte mir Fragen und die eigene Recherche. Artig folgte ich meinem Vater, wenn die Familie am Totensonntag Blumen am Grab ablegte.

Es war mittlerweile nach 20:00 Uhr und die Dunkelheit machte sich breit. Ich konnte mich an zerfallenen Grabsteinen orientieren und fand schnell das Grab der Familie Eisengräber. Ich wischte das nasse Laub von der teilweise zerstörten Vorderseite des Grabsteins. Schon als Kind lief es mir kalt über den Rücken, wenn ich meinen Namen auf dem grauen Marmorstein las. Mein Vater und dessen Vater waren hier begraben. Ich schaltete die Taschenlampe meines Smartphones ein. Einen Albert Eisengräber konnte ich auf dem Grabstein noch erkennen. Den anderen Namen hatte die Bagger beim Ausbuddeln der sterblichen Überreste zerstört.

Ich legte den Blumenstrauß ab und verharrte andächtig. Aus der Ferne hörte ich, wie ein Spaziergänger seinen Hund rief.

„Gonzo?! Und hol!“ Dr. Thomas Klaus hob einen Ast vom Boden auf und warf ihn für seinen Hund. Der Cane Corso sprintete über den Weg und schnappte sich den Ast. Er biss zu und zerbrach das Holz in zwei Stücke. Der Kiefer des Hundes konnte etwas mit einem Biss zermahlen, wenn er es wollte. Dr. Klaus fand einen frischen Ast, der mehr Saft hatte. Er schleuderte ihn durch die Luft. Gonzo apportierte ihn und wartete auf den nächsten Wurf.

Sie hatten den Rückweg angetreten. Es wurde dunkel. Die Wolken hingen tief über dem Marienfeld. Es sah nach Regen aus. Dr. Klaus nahm den kürzeren Weg um den kleinen Teich. Dieser führte am alten Friedhof vorbei und endete auf der anderen Seite des Parkplatzes. Als sie am ehemaligen Eingang des Friedhofs vorbeigingen, leinte Dr. Klaus den Hund wieder an. Er hatte ein Licht an einem Grab gesehen. Es war gespenstisch. Gonzo hatte das Holz im Maul. Sie liefen zum Wagen zurück.

Ich steckte mein Smartphone in die Tasche und verabschiedete mich von meinen Vorfahren. Es sah nach Regen aus. Den langen Weg zum Papsthügel würde ich mir sparen. Ich zog die Cap ins Gesicht und lief in Richtung Ausgang. Einmal bog ich falsch ab und musste umdrehen. Auf dem parallel verlaufenden Weg hörte ich jemanden mit seinem Hund sprechen. Ich konnte nichts sehen. Die ehemalige Mauer des Friedhofs gab es nicht mehr. Hecken und Sträucher, in denen sich Hasen und sonstige Tiere heimisch fühlten, grenzten den Friedhof vom Weg ab. Ich fand den Ausgang und schaute mich um. Tatsächlich lief vor mir ein Mann mit seinem Hund zum Parkplatz.

Langsam folgte ich den beiden. Ich war nicht auf Smalltalk eingestellt. Ich wollte meinen Wagen erreichen, bevor der Regen einsetzte. Der Weg zum Parkplatz war nicht beleuchtet. Das schwache Licht am Himmel reichte aus, um ohne Probleme weiter zu spazieren. Den Parkplatz konnte ich mittlerweile sehen. Eine Lampe leuchtete über einem Wanderweg-Wegweiser. Der Mann bog ab. Für einen Augenblick konnte ich sein Gesicht sehen. War das Dr. Klaus?

Ich ging nach rechts und stellte mich in den Schutz einer Hecke. Er war es tatsächlich. Er hatte Gonzo bei sich. Der Kofferraum des Wagens stand offen. Der Chirurg nahm ein Handtuch heraus und trocknete Gonzo ab. Er löste den groben Schmutz von den Pranken des Hundes. Gonzo hatte einen Ast in seinem Maul. Ich wollte mich nicht zu erkennen geben. Ich war nervös. Mein Fuß blieb im Geäst des Unterholzes hängen. Ich bückte mich. Mit der rechten Hand legte ich einen massiven Ast zur Seite. Mir kam eine Idee.

Gonzo sprang in den Kofferraum. Dr. Klaus verschloss die Transportbox und warf den Kofferraumdeckel zu. In diesem Moment rannte ich zum Wagen. Ich hielt den Ast in der Hand und holte aus. Mein Schlag landete auf der Außenseite der linken Schulter. Der Arzt war im letzten Moment ausgewichen. Hatte er mich erkannt? Ein lauter Schrei hallte durch die Nacht. Dr. Klaus ging zu Boden.

Gonzo bellte aus dem Kofferraum heraus. Es klang, als wollte er mich zerfleischen. Ich war in Panik. Der Arzt lag regungslos auf dem Boden. Ohne nachzudenken, rannte ich zu meinem Wagen. Ich griff in meine Jackentasche und fand nicht, wonach ich suchte. Ich hatte meinen Autoschlüssel verloren. Er musste mir aus der Tasche gefallen sein, als ich das Smartphone am Grab herausgeholt hatte.

Helles Scheinwerferlicht fixierte mich. Starker Regen prasselte auf mich nieder. Der Auspuff des Wagens röhrte. Ich rannte um mein Leben. Der einzige Ausweg war der Weg zur Bundesstraße.

Dr. Thomas Klaus hatte Gonzo abgetrocknet. Der Hund sprang in seine Transportbox und Dr. Klaus verschloss diese. Er hörte ein Geräusch hinter sich und erschrak. Es war unheimlich. Es gab jede Menge Tiere auf dem Gelände, die man in der Stille hören konnte. Seine Erklärung beruhigte ihn nicht. Er schlug die Klappe des Kofferraums zu. Dabei fiel der Strahl der Lampe auf die Scheibe. Wie in einem Spiegel sah er das wutentbrannte Gesicht mit der großen Narbe. In letzter Sekunde wich er dem tödlichen Schlag von Albert Eisengräber aus.

Krachend raste der Kombi über ein paar Äste, die auf dem Parkplatz lagen. Er kam direkt auf mich zu. Ich sprang zur Seite und rannte auf dem Waldweg in Richtung Bundesstraße. Der Weg durch das Dickicht war keine Option. Ich hatte die dornigen Hecken auf der Hinfahrt gesehen. Ich musste es schaffen, die nächsten hundert Meter lebend hinter mich zu bringen. Dann konnte ich in den Wald laufen und wäre in Sicherheit. Der Aufprall des Wagens stoppte mein Vorhaben. Ich wurde durch die Luft geschleuderte. Dann wurde es schwarz vor meinen Augen.

Dr. Klaus startete den Wagen und trat das Gaspedal durch. Der Auspuff röhrte. Er riss den Hebel des Fernlichts an sich und stellte sein Opfer im grellen Licht. Dann gab er Gas. Es krachte laut, als er über größere Äste fuhr, die auf dem Parkplatz lagen. Albert Eisengräber sprang nach rechts und rannte in den Wald. Dr. Klaus bremste den Saab, bevor dieser in den Porsche gefahren war. Er legte den Rückwärtsgang ein und schaltet das Licht an. Er ließ den Hebel des Fernlichts einrasten und leuchtete auf den Waldweg.

Eisengräber rannte los. Es gab nur ein Ziel. Er wollte zur Bundesstraße. Dr. Klaus gab Gas und fuhr los.

Er erwischte Eisengräber mit voller Wucht. Dessen Körper wurde durch die Luft geschleudert und landete im Straßengraben nahe der Bundesstraße. Dr. Klaus schaltete den Motor ab. Das Licht ließ er an. Es regnete mittlerweile so stark, dass er nicht damit rechnete, dass jemand sich hierher verirren würde. Er musste helfen. Das war sein Beruf. Zugleich war er sich fast sicher, dass jede Hilfe zu spät kommen würde.

„Hallo? Hören Sie mich?“ Albert Eisengräber rührte sich nicht mehr. Dr. Klaus fühlte den Puls. Am Handgelenk spürte er nichts. Er legte zwei Finger an die Halsschlagader. Schwach klopfte das Blut in den Adern.

„Hallo? Ich hole Hilfe!“

Bevor er zum Telefon griff, durchsuchte er Eisengräbers Kleidung. Er hatte keinen Autoschlüssel einstecken. Vermutlich hatte er ihn beim Flug durch die Luft verloren. Die Hosentaschen waren leer. In der Jackentasche fand er ein Smartphone. Er steckte es in seine hintere Hosentasche und suchte weiter. Die Innenseite der Jacke brachte eine Geldklammer zu Tage. Im hinteren Teil fühlte es sich nach EC-Karten an. Dr. Klaus steckte sie in seine Jacke. Mehr fand er nicht.

Er drehte den bewusstlosen Mann auf die Seite. Die stabile Seitenlage war Routine und könnte ihm das Leben retten. Von Eisengräbers Stirn tropfte Blut ins Dickicht des Grabens. Dann wählt er ´112`.

„Notruf. Was ist ihr Anliegen?“

Die Notrufzentrale meldete sich nach dem zweiten Klingeln.

„Ein Unfall. Auf der Bundesstraße zwischen Kerpen und Bergheim.“

„Was ist passiert?“

„Ein Mann liegt im Graben. Bewusstlos. Platzwunde am Kopf. Mein Hund hat ihn gefunden. Ich weiß nicht, was passiert ist. Kerpen. An der Einfahrt zum Marienfeld. Wie schnell können Sie hier sein?“

„Ihr Name? Hallo? Hallo?“ Der Telefonist schaute auf den Bildschirm des Computers. Der Anruf ging mit einer unterdrückten Rufnummer ein. Dr. Klaus hatte aufgelegt und saß hinter dem Steuer seines Wagens, als der Mitarbeiter des Notdienstes noch weitere Informationen von ihm wollte. Er hatte das Smartphone von Eisengräber in die Jackentasche gesteckt. Zuvor hatte er es ausgeschaltet. Dann fuhr er mit hoher Geschwindigkeit nach Hause.

Gonzo weinte im Kofferraum. Der Hund beruhigte sich erst, als Dr. Klaus in der Garage den Kofferraum öffnete und ihn umarmte.

Beide gingen ins Haus. Mittlerweile war es 21:08 Uhr.

Der Anruf ging um 20:40 Uhr in der Notrufzentrale ein. Der Rettungswagen und der Notarzt verließen sieben Minuten später das Krankenhaus. Mit Blaulicht und Martinshorn machten sie sich auf den Weg in Richtung Kerpen. Ein kurzes Stück der Strecke raste der Wagen über die Autobahn. Von der Ausfahrt waren es nur wenige Kilometer bis zur beschriebenen Stelle.

„Da vorne muss es sein. Auf der linken Seite geht der Weg in den Wald.“

Der Beifahrer versuchte sich zu orientieren. Von einem Anrufer war nichts zu sehen. Der Wagen bog links ab. Der Fahrer schaltet die Suchscheinwerfer ein. Nachdem er geparkt hatte, sprang er aus dem Wagen und suchte den Graben mit seiner Taschenlampe ab.

„Hier ist er. Männlich. Ende fünfzig. Kaum Puls. Platzwunde am Kopf. Vermutlich innere Verletzungen. Die Trage bitte.“

Sie fanden Eisengräber unterkühlt und nicht ansprechbar. Es war kurz nach 21:00 Uhr.

Das warme Wasser der Dusche prasselte auf Dr. Thomas Klaus herab. Er wusch sich die Kälte und den Schweiß von der Haut. Er hatte starke Schmerzen in der linken Schulter. Gebrochen war nichts. Der Bluterguss war im Auto stark angeschwollen und hatte sich nach vorne verlagert. Er musste den Sicherheitsgurt lösen, um den Schmerz zu lindern. Seine durchnässten Klamotten hatte er sofort in die Waschmaschine gegeben. Nach der Dusche nahm er zwei Schmerztabletten. Er zog sich an und lief ins Büro. Auf dem Schreibtisch lagen die Geldklammer und das ausgeschaltete Smartphone von Albert Eisengräber. Dr. Klaus nahm sein Smartphone in die Hand. Er wollte es mit ins Wohnzimmer nehmen. Hatte man Eisengräber gefunden? Wenn er noch am Leben war, rechnete Dr. Klaus mit einem Hinweis auf einen Notfall. In der Klinik Chat Gruppe war es ruhig. Unten auf dem Display war das grüne Hörersymbol. In einem kleinen roten Kreis stand eine „2“.

Dr. Klaus drückte auf das Symbol und las die Mitteillungen. Die Klinik hatte versucht ihn zu erreichen. Um 21:25 Uhr und um 21:30 Uhr fanden die Anrufe keinen Gesprächspartner. Er drückte auf Rückruf.

„Dr. Klaus. Danke für den schnellen Rückruf. Wir brauchen Sie im OP. Es ist sehr dringend!“

„Ich fahre los.“

Aus dem Auto rief er noch einmal in der Klinik an und brachte sich auf den neuesten Stand. Ein Rettungswagen hatte einen Mann eingeliefert. Er war unterkühlt und nicht ansprechbar. Die Platzwunde auf der Stirn hatte der Notarzt vor Ort geklammert. Der Verdacht auf inneren Verletzungen hatte sich nach den Untersuchungen im Krankenhaus bestätigt. Die Blutungen konnten durch die Operation gestoppt werden. Dem Patienten wurde die Milz entfernt. Plötzlich bekam er einen Krampfanfall. Der operierende Arzt tippte auf eine Hirnblutung. Für den notwendigen neurochirurgischen Eingriff sollte Dr. Klaus dazu gezogen werden.

Kurz nach 22:30 Uhr übergab Dr. Thomas Klaus den Patienten an den Kollegen Schneider.

„Er ist stabil. Gute Arbeit, Herr Kollege. Das war knapp. Die gebrochenen Rippen hätten ihm um ein Haar die Lunge zerrissen. Weiß man, was passiert ist? Wer ist der Mann?“

Dr. Schneider gab die letzten Anweisungen an sein Team. Kleine Lichter flackerten in den Geräten, die den unbekannten Patienten überwachten und piepsten um die Wette.

„Bitte auf die Intensivstation und regelmäßige Überwachung. Danke.“

Dr. Schneider folgte Dr. Klaus in den Waschraum. Er arbeitete seit Jahren auf der Inneren im Hauptgebäude. Durch seinen langen krankheitsbedingten Ausfall, bekam Arlette Bennington die stellvertretende Leitung der Station im neuen Gebäudetrakt. Schneider musste es nach seiner Genesung ruhiger angehen. Er hatte weder Kind noch Rind, wie er zu sagen pflegte und übernahm regelmäßig die Notdienste. Dr. Thomas Klaus hatte bisher noch nicht mit ihm zusammengearbeitet.

„Wir haben die Kleidung draußen. Wir mussten alles aufschneiden. Papiere haben wir nicht gefunden. Die Polizei wartet. Ich denke, der Mann wurde von einem Auto angefahren. Gefunden wurde er neben der Bundesstraße bei Kerpen.“

Die Männer standen nebeneinander und wuschen ihre Hände und Arme.

„Ich spreche mit der Polizei und schaue nachher nochmal auf der Intensivstation vorbei“, sagte Dr. Klaus zu seinem Kollegen.

„Danke. Ich bin heute Nacht hier. Hoffentlich bleibt es ruhig. Gute Nacht, Herr Kollege.“ Sie schüttelten sich die Hand. Dr. Schneider verließ den OP-Bereich. Vor der Schleuse stand ein Wäschekorb mit Eisengräbers Sachen. Dr. Klaus schaute auf das Bündel von Kleidung. Es waren nur noch große Fetzen übrig. Ein Teil der Jacke war voller Blut. Er zog sich einen Handschuh an und durchsuchte den Inhalt des Korbes. Dass er nichts finden konnte, was auf die Identität des Patienten hinwies, überraschte ihn nicht. Erleichtert lief er in den Flur und sprach den wartenden Polizisten an.

„Guten Abend. Dr. Thomas Klaus. Danke, dass Sie gewartet haben. Der Patient ist stabil.“

Der Polizist stellte Fragen nach der Identität und den Verletzungen. Er gab Dr. Klaus seine Visitenkarte und verließ das Krankenhaus.

„Bei drei: Eins, zwei, drei!“

„Sauerstoff!“

„Läuft“

„Er kollabiert!“

„Da ist er wieder! Ich habe ihn. Sein Händedruck ist kräftig!“

Ich hörte die Leute um mich herumschreien und versuchte, mich zu orientieren. Das nächste, an das ich mich erinnern konnte, war die Fahrt in einem Rettungswagen.

„Ist er das? Der OP ist vorbereitet!“

„Ja, hier die ersten Befunde. Medikation wie folgt...“

Ich lag auf einer Bahre und wurde über einen Flur geschoben.

„Er erstickt!"

Der Sanitäter hinter mir schrie mir hysterisch in die Ohren. Der Kunststoff der Sauerstoffmaske färbte sich dunkelrot. Ich schmeckte das Eisen meines Blutes, das mir aus dem Mund schoss.

Als ich wieder aufwachte, war ich paralysiert. Ich starrte an die Decke. Maschinen kontrollierten mich. Um mich herum piepste und flackerte es.

Es war Mittwochmorgen, hörte ich die Visite sagen.

65

Dr. Klaus hatte den Sonntag zu Hause verbracht. Das Radio lief fast den ganzen Tag. Im Internet hatte er keinen Bericht über einen Unfall mit Fahrerflucht gefunden. Auch im Radio war kein Polizeiaufruf nach Zeugen zu hören. Niemand schien Albert Eisengräber zu vermissen. Er war offensichtlich allein nach Köln gekommen. Mit dieser Aussage hatte er nicht gelogen.

„Wie geht es dem Intensivpatienten?" Nach dem Abendessen schickte Dr. Klaus eine Nachricht an die Nummer der Intensivkrankenschwestern.

„Alles stabil. Er schläft nach wie vor. Wir nennen ihn Ernesto. Gruß Dagmar."

Die Schwestern gaben unbekannten Patienten gerne einen Namen. Es machte das Ansprechen leichter. Dr. Klaus tippte eine kurze Antwort und ging in sein Büro. Seine Suche auf den Klatschseiten des Expresses brachte keine Informationen. Er machte sich unnötig verrückt. Wenn Eisengräber seit zwei Jahren in Italien lebte und allein nach Köln gekommen war, würde niemand eine Vermisstenanzeige aufgeben.

Einen Zeugen gab es nicht. Auf der Heimfahrt hatte er sein Umfeld beobachtet. Der Regen spielte ihm in die Karten. Er wusch die Spuren des Feldwegs vom Auto und hatte mittlerweile vermutlich auch die Reifenspuren auf dem Waldweg verwässert. Außerdem waren die Straßen für einen Samstagabend ungewöhnlich leer. Am Drive-In des Burger Kings stand eine Schlange Autos. Die jungen Leute interessierten sich nicht für einen vorbeifahrenden Kombi.

Eisengräber lag auf der Intensivstation und schlief. Das sollte so bleiben. Dr. Klaus hatte morgen Frühdienst. Da er Eisengräber operiert hatte, würde er morgen als Erstes bei ihm vorbeischauen. Er ging zu seinem Schreibtisch und schloss die unterste Schublade auf. Er nahm eine kleine, weiße Pappschachtel heraus und packte sie in seine Arbeitstasche. Dann schloss er das Büro ab und ging ins Wohnzimmer. Gonzo lag gemütlich auf der Couch und fühlte sich erwischt. Mit großen Augen schaute der Hund ihn an.

„Bleib liegen, Gonzo."

Dr. Klaus setzte sich neben seinen Hund und schaltete den Fernseher an. Die Tatort Kommissare knieten neben einer Leiche.

66

Der Aufzug fuhr von der Tiefgarage nach oben und hielt im Erdgeschoss. Die Intensivstation lag in der Nähe des OP-Bereichs. Dr. Klaus lief über den Flur und blieb am Fenster von Eisengräbers Zimmer stehen. Er schaute hinein.

„Guten Morgen, Herr Doktor." Schwester Dagmar war müde. Sie war seit gestern Abend auf der Station und freute sich auf den Feierabend.

„Alles ruhig", sagte sie.

„Ich schaue später noch einmal rein. Schönen Feierabend."

Dr. Klaus lief zurück zum Aufzug und fuhr auf die Büroetage. Er sah das blonde Haar von Dr. Magenheimer auf der Station 10. Er klopfte kurz ans Fenster und winkte ihm freundlich zu. Alles sollte sein wie immer. Er spielte seine Rolle überzeugend. Vor dem Schlafengehen hatte er eine Beruhigungstablette genommen. Die Wirkung hatte er mit einer weiteren Pille nach dem Zähneputzen verlängert. Er stellte seine Tasche im Büro ab und schaltete den Computer an. Dann zog er seine weiße Hose an und schlüpfte in seine Turnschuhe. Er trank einen Kaffee und schaute auf die Uhr. Zeit für die Visite. Dr. Klaus zog seinen Kittel über und verließ das Büro. Nach zwei Stunden war er zurück und besuchte Magenheimer im Büro. Dieser hatte von der Notoperation gehört.

„Das war knapp, nehme ich an?" Dr. Magenheimer trank einen Schluck Kaffee. Dr. Thomas Klaus nickte und sprach.

„Ja, kurz vor zwölf. Als ob man ihn mit dem Auto überfahren hatte." Dr. Klaus erschrak. Hatte er sich verraten? Schnell fuhr er fort.

„Und was machen unsere kleinen Patienten? Spricht das Mädchen mittlerweile?"

Dr. Magenheimer berichtete von seinen Ideen. Dr. Klaus übte sich in Geduld. Nach einer halben Stunde verabschiedete er sich mit der Gewissheit, dass Magenheimer sich nicht im geringsten für den unbekannten Patienten interessierte.

Den Rest des Vormittags verbrachte Dr. Klaus mit Papierkram. Die für heute angesetzten Operationen übernahmen die Kollegen. Er ging zum Mittagessen in die Kantine. Ab 12:30 Uhr wurde es auf den Stationen ruhig. Das Mittagessen war vorbei und die Küche hatte das schmutzige Geschirr abgeholt. Es war der ideale

Zeitpunkt, um ungesehen über die Stationen zu laufen. Dr. Klaus war nach einem fettigen Cordon Bleu mit Salat wieder im Büro. Er putze sich die Zähne und schaute anschließend in den Spiegel. Er nickte sich zu und zog seinen Kittel an. Dann lief er zu seiner Arbeitstasche. Er nahm die kleine Pappschachtel heraus und zog den Insulin-Pen aus der Verpackung. Er wickelte die kleine Spritze in ein Taschentuch und steckte sie in die rechte Seitentasche seines Kittels. Im Aufzug überkam ihn die Angst. Er grübelte. Er war nervös. Er klammerte sich an die Patientenmappe, die er pro forma mit sich führte, um sein Besuchsvorhaben zu rechtfertigen. Die Tür öffnete sich. Wie in Trance folgte er der Beschilderung *Intensivstation.*

Vor der Zimmertür legte er die Mappe auf einem Regal ab und ging hinein. Er lief ans Bett und schaute in die ausdruckslosen Augen des Patienten. Dann nahm er den Pen in die rechte Hand. Es dauerte nicht einmal zehn Sekunden, bis das Insulin in der Natriumchlorid Lösung schwamm. Dr. Klaus schnippte mit dem Zeigefinger der rechten Hand zwei Mal an den Plastikbeutel. Langsam tropfte die Flüssigkeit in den Blutkreislauf des unbekannten Patienten, den die Schwestern Ernesto nannten.

67

Dr. Klaus verbrachte den Vormittag mit Gonzo im Wald. Er wählte einen Weg um den Liblarer See für den Spaziergang. Dazu musste er etwas weiterfahren. Es störte ihn nicht. Gonzo mochte das Wasser und spielte am Ufer mit den Wellen des großen Sees.

Die Dienstagsausgabe des Expresses brachte keinen Bericht über den Unfall am Samstagabend. Es dürfte bald Gras über die Sache gewachsen sein. Dennoch ging der Arzt auf Nummer sicher und drehte seine Runde mit dem Hund in einer anderen Gegend. Er musste heute früher als sonst in die Klinik. Er hatte dem jungen

Kollegen Frank Müller zugesagt, ihm bei einer komplizierten Operation über die Schulter zu schauen. Bereits um 12:00 Uhr fuhr er in die Tiefgarage und nahm den Lift auf die Ebene des OP-Bereichs. Die Operation dauerte mehr als drei Stunden. Dr. Klaus nahm sich viel Zeit und gab Müller wertvolle Tipps.

„Sonst alles ruhig hier?“, fragte er ins Schwesternzimmer und zeigte mit dem Kopf in Richtung der Intensivstation. Mehr als ein Nicken bekam er nicht als Antwort. Es genügte ihm. Er drehte seine Runde über die Station 8 und sprach mit Arlette Bennington.

„Wie sieht es mit der Bettenbelegung aus? Haben wir ein Einzelzimmer frei?“

„Lassen Sie mich kurz überlegen“, antwortete Arlette und ließ ihren Blick über den Flur schweifen.

„Zimmer 78 ist leer. Das ist ein Doppelzimmer.“

„Dann nehmen wir das. Aber nur in Einzelbelegung.“

„Klären Sie das mit der Buchhaltung?“ Arlette durfte solche Entscheidungen nicht treffen.

„Ja, ich kümmere mich darum. Es ist für den Patienten, den ich am Samstag operiert habe. Der Unfall auf der Bundesstraße bei Kerpen.“

„Ich habe davon gehört. Er liegt auf Intensiv? Wie geht es ihm?“

„Ich schaue heute Abend nochmal nach ihm. Gestern waren die Werte gut. Er schläft nach wie vor.“

„Gut. Ich sage den Schwestern Bescheid. Wie heißt der Patient?“

„Ernesto.“

Dr. Klaus war in seinem Büro angekommen. Er hatte sich die Mappe von Ernesto von der Intensivstation bringen lassen. Er blätterte durch den OP-Bericht. Vor der OP hatte man Ernesto Blut abgenommen, um die Blutgruppe zu ermitteln. A-negativ Blutplasma lag bereit und wurde dem Patienten zugeführt. Seine Blutwerte waren ansonsten unauffällig. Er hatte keinen Alkohol im Blut und die Werte lagen insgesamt im unteren Durchschnitt für einen Mann seines Alters. In der Mappe lagen die Blutergebnisse vom Vormittag. Dr. Klaus legte die beiden Bögen nebeneinander und verglich sie. Der Blutzuckerwert von heute war sehr niedrig. Die Zugabe des Insulins machte sich bemerkbar. Wenn man es wusste. Es ließ sich auch dadurch erklären, dass der Patient ohne Zucker ernährt wurde und es somit keine Spitzen in diesem Laborwert gab.

Heute Abend wollte Dr. Klaus ihm die nächste Spritze verpassen. Erneut sollte das Insulin über die Infusion in den Körper gelangen. Dieses Vorgehen war unauffällig und würde für eine kontinuierliche Verschlechterung des Zustands von Eisengräber sorgen. Das Labor hatte eine Anweisung, die Werte per E-Mail an Dr. Klaus zu schicken. Er druckte sie aus und legte den Ausdruck zu den anderen, die sich ab Mittwoch am Bett des Patienten befinden sollten. Nachdem er von der Intensivstation auf eine normale Station verlegt war.

Der Scanner schob einen grellen Strahl über die Papierseiten. Kurz danach war der Scan als PDF-Datei auf dem Bildschirm des Computers zu sehen. Dr. Klaus öffnete die Datei in einem Bildbearbeitungsprogramm. Er kopierte sich vier Zahlen aus dem Dokument und legte sie auf eine leere Seite. Mit dem Radiergummi Werkzeug löschte er die Blutzucker Werte der heutigen Untersuchung. Mit ´kopieren` und ´einfügen` bastelte er sich einen Zuckerwert, der mit dem von gestern fast identisch war. Er speicherte sein bearbeitetes Dokument und druckte es aus. Es war vom Original nicht zu unterscheiden. Zufrieden legte er alle vorhandenen Laborwerte auf einen Stapel und schüttelte sie gerade. Dann packte er sie in die Akte und verschloss den Pappdeckel. Er wusch sich die Hände und zog seinen

Kittel an. Den Insulin-Pen packte er in das Taschentuch und lief zum Aufzug.

Bei seinem zweiten Anschlag auf Ernestos Gesundheit, blieb sein Puls überraschend ruhig.

68

Die Visite auf der Station 8 endete im Zimmer 78. Nach drei Tagen wurde Ernesto von der Intensivstation in ein normales Zimmer verlegt. Er war nach wie vor nicht ansprechbar.

„Hier liegt unser Neuzugang. Männlich, Ende 50, 1,85 m groß, 100 kg, Europäer. Mehr Informationen haben wir nicht. Er hatte keine Papiere bei sich, als er gefunden wurde." Dr. Thomas Klaus begann mit den Erklärungen zum Zustand des Patienten. Die Gruppe hörte aufmerksam zu. Arlette Bennington stellte als Einzige im Raum Fragen. Sie hatte die Leitung der Station inne und wollte sich ein genaues Bild verschaffen.

„Hier am Bett finden Sie alle Ausdrucke. OP-Berichte, Berichte vom Labor und alles, was wir bisher herausgefunden haben." Dr. Klaus zeigte auf eine große verschließbare Plastikhülle, in der eine Mappe klemmte.

„Das Labor von heute, Mittwochmorgen, kommt nachher zu mir. Ich ergänze es am Nachmittag."

Ernesto lag regungslos im Bett. Sein Oberkörper war bandagiert und die Hände waren fixiert. Eine reine Vorsichtsmaßnahme, wurde der Visite erklärt. Sein Blick ging an die Decke. Wann sich sein Zustand ändern würde, wusste niemand. Die Operation hatte er gut überstanden. Die Blutwerte waren in Ordnung.

„Über jede Veränderung des Zustandes wünsche ich unmittelbar informiert zu werden!" Das Statement von Dr. Klaus verhallte im Raum.

„Danke für die Visite. Morgen hat der Kollege Magenheimer am Vormittag Dienst."

„Mittwochmorgen...", hatte ich verstanden. Eine Gruppe von Menschen stand um mich herum. Ich konnte einzelne Gesichter schemenhaft erkennen. Die Person, die sprach, sah ich nicht. Ich konnte meinen Kopf nicht bewegen.

„Danke für die Visite..." Ich war im Krankenhaus. Ärzte machten sich Sorgen um meinen Gesundheitszustand und bekamen Instruktionen. Ich reimte mir das Gesprochene zusammen. Richtig verstehen konnte ich die Unterhaltung nicht. Ich hörte eine vertraute Stimme. Woher kannte ich diese Stimme? Ich musste nachdenken.

„Oli, ich brauche noch etwas No-Me." Mehr hatte Dr. Klaus nicht in die SMS-Nachricht geschrieben. Oliver Schmock antwortete umgehend.

„Donnerstag; 13:00 Uhr in der Klinik." Es war Mittwochabend.

Dr. Magenheimer hatte am Donnerstag Frühdienst. Dr. Thomas Klaus war für den Spätdienst eingeteilt. Er traf sich in der Tiefgarage mit Oliver Schmock. Zusammen fuhren sie zur Station 10.

„Hier ist mein zweites Büro. Komm herein." Dr. Klaus bot seinem alten Freund einen Platz an. Oliver legte einen Stapel leerer Akten auf den Schreibtisch. Daneben stellte er die passende Menge an No-Me.

„So viele Mappen brauche ich nicht. Aber danke. Hier ist Dein Kaffee."

Dr. Klaus stellte zwei Tassen Kaffee auf den Tisch und schob die Mappen zur Seite. Es handelte sich um Patientenmappen, die auch in der Klinik am Stadtwald benutzt wurden. Einzig der Hinweis ´streng vertraulich`, auf dem roten Aufkleber machte den Unterschied. Die Medikamente packte er sofort in den Schreibtisch und schloss die Schublade ab.

„Das *Andere* ist auch dabei. Diesmal als Spritze. Und Zucker brauche ich noch für meinen Kaffee.“ Dr. Klaus verstand den Hinweis auf das Insulin, das er als Spritze bekommen hatte. Die Menge in den Pens war zu gering, wie ihm nach dem zweiten Blutbild aufgefallen war.

„Habt ihr mittlerweile Kinder hier?“ Oliver rührte den Kaffee um und leckte den Löffel ab.

„Nur zwei. Es soll aber ein Mädchen kommen. Wieder eine, die nicht spricht. Die kommt von Euch, wenn ich es richtig verstanden habe. Bei mir war es etwas hektisch in letzter Zeit. Ich bin nicht ganz ´up to date` hier.“

„Was ist los?“

„Etwas Privates aus der Vergangenheit. Ich habe es aber unter Kontrolle.“ Dr. Klaus hatte sich um ein Haar verplappert, als er „ich habe *ihn* unter Kontrolle“ sagen wollte. Er war müde. Die Konzentration ließ nach. Er griff zu häufig zu Medikamenten, um seinen Stresslevel abzubauen.

„Zurück zur Station 10. Ich führe Dich mal rum.“

„Klein, aber fein!“, kommentierte Oliver den Rundgang über die Station.

„Wofür brauchst du die große Menge an No-Me? Habt ihr die Dosierung stark erhöht? Ich muss das Medikament übrigens immer mit der passenden Menge an Mappen herausgeben. Weil Du Dich vorhin gewundert hast.“

„Wir dosieren nach Euren Vorgaben. Ich denke, das ist für die zusätzlichen Kinder. Magenheimer hat das bestellt.“ Dr. Klaus log seinen Freund an. Die Information von Oliver Schmock, dass die Mappen aus Ortungsgründen mit einem kleinen Mikrochip ausgestattet waren, überhörte er.

Dr. Klaus hatte Ernesto eine Kapsel No-Me verabreicht. Er hatte das Pulver aus der Kapsel geschüttet und es aufgeweicht. Die Flüssigkeit hatte er mit einer Spritze aufgezogen und diese in die Infusion gespritzt. Mittlerweile schwamm der Wirkstoff in Ernestos Blut. Morgen würde er vermutlich einen Hinweis davon im Blutbild sehen und den Wert korrigieren, wie er es beim Blutzucker machte. Er weitete das Experiment der Station 10 aus. Wenn No-Me die Kinder vergessen ließ, was sie Schlimmes erlebt hatten, könnte es Ernesto vergessen lassen, was am letzten Samstag passiert war. Es war einen Versuch wert. Erfahren durfte es niemand.

„Der Magenheimer, der alte Schurke“, scherzte Oliver Schmock und stand auf.

„Ich muss weiter. Ich habe einen Termin in Frankfurt.“

„Ich bringe Dich nach unten.“

Wortlos fuhren sie mit dem Aufzug in die Tiefgarage und liefen zu den Besucherparkplätzen.

„Bist du zufrieden, Thomas?“, fragte Oliver.

Dr. Klaus schaute ihn fragend an. Er wusste nicht, worauf Oliver anspielte.

„Na hier. Das ist er doch, oder?“

„Was meinst Du?“

„Na, Deine neue Karre! Die S-Klasse. Ich fahre noch in der E-Klasse.“

Oliver lachte laut und zeigte auf die Mercedes Luxuskarosse.

„Du bist überarbeitet, mein Freund."

„Ja. Also, ich bin überarbeitet und der Wagen ist der Hammer! Da haben sich Deine Chefs was einfallen lassen. "

„Gute Fahrt nach Frankfurt."

Dr. Thomas Klaus verabschiedete sich von seinem Freund und lief zurück zum Aufzug. Im Laufen drehte er sich um und schaute auf die neue S-Klasse mit dem Kennzeichen ´K-MM-666`.

„Guten Tag, Schwester Katharina. Wie geht es Ihnen? Haben Sie einen Kaffee für mich?" Dr. Thomas Klaus legte die Mappe mit den manipulierten Werten auf den Tisch im Schwesternzimmer. Er hatte die Mappen von Oliver mit in sein Büro genommen und sich dort an die Arbeit gemacht und die Werte ausgetauscht.

„Natürlich. Ich habe eben eine frische Kanne gekocht. Sie kommen genau zur rechten Zeit." Freundlich lächelnd goss die Krankenschwester, dem Arzt eine Tasse ein.

„Danke."

„Gehen Sie noch zu Ernesto?", fragte Katharina mit einem Blick auf die Mappe, die Dr. Klaus auf den Tisch gelegt hatte.

„Ja, ich habe die neuen Befunde bekommen. Es wundert mich, dass er nicht wach wird."

Nach zehn Minuten ging Dr. Klaus aus dem Zimmer. Schwester Katharina räumte die Tassen ab. Das Klingeln eines Patienten rief sie in das Zimmer 84, wie Dr. Klaus sehen konnte. Zimmer 84 lag um die Ecke des Flures. Er lief in Ernestos Zimmer und legte die Mappe auf dem Tisch ab. Dann ging er ans Bett. Er zog die Spritze aus seinem Kittel und nahm die kleine Plastikhaube ab. Er stach die dünne Nadel in den Beutel und verabreichte Ernesto das Insulin. Danach steckte er die leere Spritze zurück in die Tasche. Dabei bemerkte er nicht, dass er die Verschlusskappe nicht wieder aufgesetzt hatte. Sie fiel zu Boden und rollte unter das Bett. Vor der Tür sah er Schwester Katharina vorbeilaufen. Offensichtlich musste sie für den Patienten aus Zimmer 84 etwas holen. Er wurde nervös.

Dr. Klaus nahm die Mappe aus der Plastikhülle von Ernestos Bett und legte sie neben die andere auf den Tisch. Er holte die Blätter heraus und sortierte sie penibel. Schwester Katharina klopfte und betrat den Raum.

„Gut, dass Sie noch da sind, Herr Doktor. Ich brauche Sie dringend in Zimmer 84."

Sie nahm ihm die Mappe aus der Hand und ging auf das Bett zu.

„Ich erledige das für Sie."

Als Dr. Klaus später in seinem Büro war, legte er die leere Mappe in die Schreibtisch Schublade und schloss ab. Er bemerkte nicht, dass Schwester Katharina ihm die Mappe von KM&M aus der Hand gerissen hatte. Kurze Zeit später wurde er zu einem Notfall gerufen. Er operierte einen Unfallpatienten und rettete ihm das Leben.

Kurz vor Feierabend kam es zum nächsten Zwischenfall. Ernesto kollabierte. Arlette Bennington und Dr. Klaus kämpften gemeinsam um das Leben des bis dato unbekannten Patienten.

Gegen 22:00 Uhr verließ Dr. Thomas Klaus in seiner S-Klasse die Tiefgarage der Klin

Teil VI

Erlösung

69

Das Sprechen fiel mir schwer. Meine Zunge hatte Probleme sich zu bewegen. Ich hatte eine Woche nicht geredet und meine Zeit damit verbracht, an die Decke zu starren und mir Erinnerungen ins Gedächtnis zu rufen. Es gelang nur teilweise. An die letzte Woche vor dem Unfall konnte ich mich nach wie vor nicht erinnern. Meine Augen folgten dem kleinen Licht das sich von links nach rechts bewegte. Es änderte die Richtung von oben nach unten. Ich konnte ein zufriedenes *„er ist wach"* hören.

„Hören Sie mich? Herr Eisengräber?"

„Jaaa", sagte ich.

„Haben Sie Schmerzen?"

„Neiiiin."

Jemand wischte mir den Speichel von den Mundwinkeln. Meine Lippen fühlte sich betäubt an.

„Gut. Drücken Sie bitte einmal fest zu." Ich erwiderte den Händedruck mit der rechten Hand.

„Und bitte zwei Mal mit der anderen Hand."

Ich drückte zwei Mal mit der linken. Es war anstrengend, aber es funktionierte. Eine junge Ärztin führte die Untersuchung durch. Um das Bett herum standen fünf Personen in weißen Kitteln. Ich kannte die blonde Ärztin von ihren Besuchen. Sie hatte Fotos von meinen Tattoos gemacht. Der Augen-Doktor blätterte in einer Mappe und kratzte sich am Kopf. Ich lag nach wie vor flach im Bett. Darum konnte ich die sechste Person im Zimmer nur hören. Die bekannte Stimme fasste zusammen.

„Die Vitalwerte sind sehr gut. Lassen Sie bitte die Pflegeschwester kommen. Ich gehe davon aus, dass der Patient am frühen Nachmittag aufstehen kann. Unter Aufsicht versteht sich. Zuvor sollten wir uns um seine

Körperpflege kümmern und ihm einen frischen Pyjama anziehen."

Dr. Klaus gab seine Instruktionen. Er reichte Arlette Bennington die Mappe mit den Ergebnissen. Die Bewegung mit dem linken Arm bereitet ihm offensichtlich Schmerzen.

„Ist notiert, Herr Doktor." Schwester Katharina machte sich eine Notiz auf ihrem Klemmbrett.

„Ausgezeichnet. Die Küche ist informiert?" Dr. Thomas Klaus schaute zu Katharina. Ihr Nicken versicherte ihm, dass die Suppe zum Mittag vorbereitet war. Ihr Blick fiel auf seinen linken Arm. Bereits bei der ersten Visite war ihr aufgefallen, dass Dr. Klaus des Öfteren an seinem Kittel herum zupfte. Er achtete penibel darauf, dass niemand sein linkes Handgelenk sah. Wie sie sehen konnte, trug er heute seine teure Luxusuhr. Etwas, das die Klinikleitung nicht gerne sah.

„Ich gehe weiter. Frau Bennington?" Arlette drehte sich zu Dr. Klaus um.

„Ja?"

„Sie wollten noch ein paar Tests machen?"

„Ja."

„Die Ergebnisse können wir später in Ihrem Büro besprechen."

„Sehr gerne. Ich melde mich."

Arlette Bennington blieb im Zimmer. Schwester Katharina assistierte ihr.

„Herr Eisengräber. Mein Name ist Arlette Bennington. Ich habe sie behandelt. Wir werden jetzt das Kopfteil des Bettes nach oben bewegen. Nicht erschrecken."

Schwester Katharina ging zur Kopfseite und löste die Verankerung. Auf Knopfdruck fuhr sie das Oberteil des Pflegebettes auf eine höhere Position.

„Geht das so?“, fragte sie Eisengräber.

„Ja.“ Er hatte das erste Wort deutlich ausgesprochen.

Arlette notierte es sich auf einem Blatt Papier. Schwester Katharina entfernte die Kanüle aus der Handoberfläche und verschloss die Einstichstelle mit einem Pflaster.

„Herr Eisengräber. Ich mache mit Ihnen ein paar Tests. Dazu stelle ich Ihnen Fragen und teste ihre Reflexe. Sollte Ihnen etwas weh tun, sagen Sie sofort *Stopp*. Okay? Ich zeichne das Gespräch für mich auf. Ist das in Ordnung?“

„Ja.“

Die Reflexe des Patienten waren vorhanden. Arlette spürte wenig Widerstand bei dem Test, der ihr über den physischen Zustand Aufschluss geben sollte. Seine Muskulatur hatte sich zurückgebildet. Alles in allem war der Zustand besser als erwartet. Er schien regelmäßig Sport zu treiben. Das zahlte sich aus.

„Herr Eisengräber. Wissen Sie, wo Sie sind?“ Arlette begann damit, die Erinnerungen von Eisengräber zu untersuchen.

„In welcher Stadt?“

„...pen.“

„Wie bitte?“ Arlette verstand ihn nicht.

„Keeeerpen.“

„Nein. Wir sind in Köln.“

„...ank kenhaus“, stotterte er.

„Richtig. Im Krankenhaus. Wissen Sie, wie lange Sie hier sind?“

Eisengräber schüttelte fragend den Kopf und zuckte mit den Schultern.

„Eine Woche. Sie hatten einen Unfall. Ein Auto hat Sie angefahren“, fuhr Arlette fort.

Albert legte die Stirn in Falten. Es sah aus, als versuchte er sich zu erinnern. Schwester Katharina reichte Eisengräber eine Schnabeltasse mit Wasser. Langsam trank er ein paar Schlucke.

„Danke“, sagte er, nachdem Schwester Katharina ihm den Mund abgewischt hatte.

„Herr Eisengräber. Wie ist ihr Vorname?“

„...Al... Al... Albert.“ Arlette gab Eisengräber einen Stift in die Hand. Sie legte einen Schreibblock vor ihn auf die Bettdecke.

„Können Sie Ihr Geburtsdatum aufschreiben?“ Das Schreiben fiel ihm schwer. Die Muskeln waren schlapp. Es gelang ihm trotzdem, eine lesbare Zahlenfolge mit 1 6 1 9 6 6 auf das Papier zu kritzeln. Arlette lächelte zufrieden.

„Dann lasse ich Sie auch schon wieder in Ruhe. Die Pflegerin kommt noch und wäscht Sie. Dann gibt es Mittagessen. Heute Mittag würde ich gerne ein paar Schritte mit Ihnen spazieren gehen.“

„Juuuue...?“, fragte Eisengräber nach.

„Ja, die Jule kommt zum Waschen. Kennen Sie sie?“

„Ja“, antwortete er.

Arlette hatte ihr Smartphone in der Hand und war dabei die Diktierfunktion zu beenden. Dann kam ihr eine Idee. Wenn er Jule kannte, musste er sich an die letzte Woche erinnern. Zumindest an mehr erinnern als bisher angenommen wurde. Sie ließ das Gerät eingeschaltet.

„Mich kennen Sie auch?“

„Ja. Foooto.“ Seine Zunge wurde müde.

Er hatte mitbekommen, dass Sie Fotos von ihm gemacht hatte. Wusste er auch, wer ihm das Insulin verabreicht hatte? Es wäre denkbar. Falls es ihm nicht im Schlaf verabreicht wurde. Arlette fragte nach.

„An wen erinnern Sie sich noch, Herr Eisengräber?“

„...omas...aus.“

„Wen meinen Sie?“, fragte Arlette nach.

„...omaaas...auuuus.“

„Okay, das reicht für jetzt. Ich schaue nachher nach Ihnen. Ruhen Sie sich aus und lassen Sie sich die Suppe schmecken.“

Arlette Bennington ging mit Schwester Katharina aus dem Zimmer.

„Thomas Klaus.“ Ich hatte es zweimal gesagt. Die junge Ärztin hatte mich nicht verstanden. Meine Zunge verknotete sich vor Anstrengung. Ich wollte ihr den Namen aufschreiben, aber sie hatte den Block weggelegt. Meine Arme waren nicht kräftig genug. Ich konnte sie nicht auf meine Schreibbewegung hinweisen.

„Thomas Klaus.“ Es war seine Stimme. Er war der Mann, den ich in Kerpen besucht hatte. Der Mann, der meinem tödlichen Schlag mit dem Ast im letzten Augenblick ausgewichen war. Der Mann, der mich überfahren hatte.

Nach dem Mittagessen würde ich mit der Ärztin sprechen. Bis dahin sammelte ich meine Kraft und schwieg.

Arlette Bennington gab dem Polizisten vor Eisengräbers Tür ein kurzes Update.

„Er ist wach. Sobald er richtig reden kann, informiere ich Sie. Oder besser, ich rufe gleich bei Kommissar Hieronymus an. Ist das in Ordnung?"

„Ja, sicher. Bewachung wie bisher, nehme ich an?"

„Ich gehe davon aus. Schwester Katharina, rufen Sie bitte in der Küche an. Die sollen ein Mittagessen für unseren Polizisten mitschicken."

„Danke, das wäre nicht nötig."

„Kein Problem. Wenn was ist, ich bin in meinem Büro." Arlette nahm die Treppe in die Büroetage.

Dr. Klaus saß an seinem Schreibtisch und grübelte. Eisengräber war in guter Verfassung. Er konnte nicht richtig sprechen. Das war normal. Ob er sich an etwas erinnerte, würde Arlette Bennington vielleicht gerade in diesem Moment erfahren. Er bezweifelte es. Der Unfall hatte mit großer Wahrscheinlichkeit einen Schock ausgelöst. Außerdem hatte er ihm am frühen Morgen eine doppelte Dosis No-Me verabreicht. Er hatte die Visite genutzt, um nach der Besprechungsrunde einen Blick in Eisengräbers Zimmer zu werfen.

„Ich schaue kurz, ob für später alles vorbereitet ist. Wenn Sie nichts mehr von mir hören, treffen wir uns um 10:30 Uhr vor dem Zimmer 78."

Niemand wunderte sich, dass er für ein paar Minuten allein in Eisengräbers Zimmer ging. Er setzte seine Hoffnung auf die Wirkung der neuen Medikamente. Bei den Kindern konnte man noch keine Verbesserung feststellen. Sie bekamen eine deutlich geringere Dosis. Das Klingeln des Telefons ließ die Realität den Raum betreten.

„Bitte?!"

„Dr. Klaus? Magenheimer hier. Ich wollte Sie kurz sprechen. Können Sie auf Station 10 kommen?"

„Geben Sie mir zehn Minuten. Ich muss noch etwas zu Ende bearbeiten."

„Auch fünfzehn", scherzte Magenheimer.

Zehn Minuten später betrat Dr. Klaus den Flur von Station 10. Magenheimer wartete bereits auf ihn. Der Kaffee war gekocht.

„Wegen dem Patienten Eisengräber... " Magenheimer schaute ernst. Hatte er eine Ahnung? Dr. Klaus nahm einen Schluck Kaffee und wartete.

„Ich finde es gut, dass Sie der Kollegin Bennington die Tests überlassen."

„Sie hatte mich gefragt und ihr ist es zu verdanken, dass wir wissen, mit wem wir es zu tun haben. Auch wenn es mir lieber wäre, wir hätten die Polizei nicht im Haus ein- und ausgehen."

„Darüber wollte ich mit Ihnen reden, Dr. Klaus." Magenheimer kratzte sich am Kopf, wie er es immer tat, wenn er nachdachte.

„Wegen der Polizei. Wir bekommen morgen Zuwachs an Probanden. Der Transport hat sich verzögert. Das Mädchen aus Ravensburg sollte bereits seit einer Woche hier sein. Nachdem der Fahrer auf der Autobahn war, kam ein Anruf. Er musste umdrehen. Für den nächsten Tag wurden zwei Kinder angekündigt, die über meine Kanäle kommen. Diese drei Kinder kommen morgen an. Sie fahren nachts in Ravensburg los. Wir müssen schauen, dass wir das morgen früh so unauffällig wie möglich über die Bühne bringen."

Dr. Thomas Klaus war hin und hergerissen. Erleichterung mischte sich mit Nervosität.

„Wann treffen wir uns morgen?"

„5:30 Uhr?"

„Okay."

Dr. Klaus ging zurück in sein Büro und legte sich auf die Couch. Er musste Kraft sammeln.

Jule hatte mich gewaschen und rasiert. Der ungleichmäßige Bartwuchs ließ mich fürchterlich aussehen. Jule hatte mir mein Spiegelbild gezeigt. Ich erschrak bei meinem Anblick. Das Essen wurde serviert. Es duftete gut. Jule nahm sich die Zeit und fütterte mich mit Tomatensuppe. Es war seit einer Woche die erste Mahlzeit, die nicht aus einer Kunststoffleitung in meinen Körper lief. Die warme Suppe schmeckte mir. Ich verschluckte mich bei den ersten Löffeln. Es lag an der Hitze und nicht an meiner Zunge oder meiner Speiseröhre. Ich schaffte es, zwei kleine Scheiben Weißbrot zur Suppe zu essen. Meine Lebensgeister kamen zurück.

„Danke", sagte ich zu Jule, als sie den Teller abservierte.

„Gerne. Ziehen wir noch den frischen Schlafanzug an oder ist das zu anstrengend?"

„Anziehen." Meine Konversation beschränkte ich auf ein Minimum. Ich wollte später mit der blonden Ärztin sprechen. Jule setzte mich auf die Bettkante. Sie legte ein großes Kissen hinter mich, das mich stabilisierte. Nach fünf Minuten war die Tortur vorbei und ich durfte mich hinlegen. Es war anstrengender, als ich dachte. Den Rest des Tages schlief ich. Erst zum Abendessen wurde ich wach.

Arlette Bennington ging um 14:30 Uhr zu Eisengräber. Ihr Dienst war bereits beendet. Dennoch wollte sie versuchen, ein paar Schritte mit Eisengräber zu laufen. Das Team der Physiotherapie war informiert. Arlette war nicht kräftig genug, um Eisengräber aufzufangen, falls er bei seinen ersten Gehversuchen hinfallen sollte. Sie klopfte an die Tür und blickte hinein. Eisengräber schlief friedlich.

„Hat er gegessen?“, fragte sie im Schwesternzimmer nach.

„Ja, ohne Probleme.“

„Gut. Ich bin noch im Büro. Falls er aufwacht, können Sie mich rufen. Ansonsten gönnen wir ihm den Schlaf.“

Arlette Bennington ging zurück in ihr Büro. Sie kopierte den Soundfile des Smartphones auf den Computer und spielte die Unterhaltung ab. Dabei machte sie sich einen Kaffee und ließ die Unterhaltung auf sich wirken. Eisengräbers Stimme war schwach. Seine Zunge konnte die Konsonanten schlecht formulieren. Das war das Erste, das ihr auffiel. Sie notierte es auf einem Blatt Papier. Dann startete sie das Gespräch von vorne. Ihr erster Eindruck bestätigte sich. Sie hakte die Notiz ab. Das passte.

„Kerpen“, hörte sie sich sagen. Sie mochte ihre Stimme nicht hören. Sie musste sich trotzdem vergewissern, dass sie es richtig verstanden hatte. Er wollte Kerpen sagen. Sie war sich sicher. Das Ende der Aufnahme irritierte sie. Eisengräber hatte *Jule* gesagt. Er kannte den Namen seiner Pflegerin. Er musste im Koma Dinge um sich herum wahrgenommen haben. Anders war es nicht zu erklären. Sie spulte dreißig Sekunden zurück. Wen oder was, meinte er damit?

„...oma...aus.“

Eisengräber sprach es ängstlich aus. Er wirkte nervös, als wolle er ihr etwas mitteilen das keinen Aufschub duldete. Es war ihr beim Gespräch im Zimmer nicht bewusst geworden. Hatte er in seinen Träumen seine Großmutter gesehen? War er kurz davor, auf die andere Seite zu gehen? Wollte Sie ihn abholen? So etwas hörte man immer wieder. Nahe Verwandte holen den Sterbenden ab. Das wäre eine Erklärung. Arlette war zu rational, um an so etwas zu glauben. Für sie war es Hokuspokus.

„..oma...aus."

Omas Haus? Meinte er *Omas Haus*? Dieser Ansatz gefiel ihr sofort. Lebte seine Oma in *Kerpen*? Sie öffnete den Internetbrowser und überlegte nach Suchbegriffen.

Eisengräbers Oma väterlicher Seite hieß mit großer Wahrscheinlichkeit Eisengräber. In dieser Generation hatte eine verheiratete Frau nie ihren eigenen Namen behalten. Alleinerziehende gab es nicht. Sie notierte sich den Namen Eisengräber auf dem Blatt Papier. Dann suchte sie weiter. Schnell fand sie den Vornamen von Eisengräbers Vater. Albert. Auch der Großvater trug diesen Namen.

Sie tippte *Albert Eisengräber Kerpen* ein. Die ersten angezeigten Ergebnisse verwiesen auf eine Familie Eisengräber, die in Kerpen auf dem Marienfeld beigesetzt war. Das würde zur Theorie des Sterbenden passen, der abgeholt wurde. Arlette gab sich nicht zufrieden. Was hatte er nur gemeint? Was wollte er ihr sagen?

Auf der zweiten Seite der Suchergebnisse fand sie einen Hinweis. Die Neubausiedlung in Kerpen wurde von Albert Eisengräber Senior erbaut. Sie kam der Sache näher. Der nächste Eintrag war eine zwei Jahre alte Immobilienanzeige aus Kerpen.

„Idyllisch gelegen, in der neu errichteten Siedlung, finden Sie den Bungalow. Vereinbaren Sie einen Termin mit unserem Verkaufsprofi Dieter Brinkmann und werden Sie Eigentümer dieser einzigartigen Immobilie im Pappelweg."

Arlette wurde blass. Sie loggte sich ins Intranet der Klinik ein und öffnete das Personalverzeichnis. Sie tippte die Suchbegriffe ein: *Pappelweg, Kerpen.* Es verschlug ihr die Sprache.

Dr. Thomas Klaus war „...oma...aus."

Arlette Bennington schloss das Zimmer von innen ab und nahm den Telefonhörer in die Hand. Mit zitternden Fingern tippte sie die Nummer.

„Bennington. Guten Abend, Herr Kommissar. Ich muss Ihnen etwas erzählen." Arlette sprach leise in den Hörer.

„Nein, nicht hier. Okay, ich bin in dreißig Minuten da."

70

Um 5:00 Uhr klingelt der Wecker von Dr. Klaus. Gonzo schaute den Arzt irritiert an und schlief weiter. Dr. Klaus ging ins Bad und fuhr zwanzig Minuten später aus der Garage. Um 5:30 Uhr wäre er nicht in der Klinik. Dr. Magenheimer hatte in der Nacht Dienst und ihm gestern Abend eine Nachricht geschickt, dass es früh genug wäre, wenn sie sich um 6:00 Uhr treffen. Dr. Klaus hatte unruhig geschlafen. Die linke Schulter pochte vor Schmerzen. Der Mix aus Beruhigungsmitteln und Schmerztabletten schlug ihm auf den Magen. Er lag lange wach und wurde von Magenkrämpfen am Einschlafen gehindert. Es kam alles auf einmal. Albert Eisengräber war aus dem Koma erwacht. Er hatte offensichtlich noch nichts gesagt, was darauf schließen ließ, dass sie sich kannten. Magenheimers Kontakte hatten drei Kinder angekündigt. Ausgerechnet jetzt, wo höchste Vorsicht geboten war. Vor Eisengräbers Zimmer saß rund um die Uhr ein Polizist, der ihn bewachen sollte. Dr. Klaus konnte ins Zimmer, wann immer er wollte. Jetzt, da Eisengräber wach war, musste ein neuer Plan her, wie er ihm die finale Dosis, den goldenen Schuss, setzen konnte. Eine Idee hatte er noch nicht. Zuerst musste auf Station 10 alles ohne Komplikationen ablaufen. Vorsorglich hatte er seine ungeliebten Schuhe angezogen. Das

Letzte, was er jetzt noch brauchte, war ein schlecht gelaunter Kollege.

Dr. Klaus traf sich mit Dr. Magenheimer auf der Station 10. Es war 5:45 Uhr. Magenheimer war wach. Er hatte bereits frischen Kaffee gekocht.

„Ich habe hier übernachtet. Guten Morgen.“ Er begrüßte Dr. Klaus und ging ins Bad. Dr. Klaus schaute ihm hinterher. Er humpelte stärker als sonst. Vermutlich setzte ihm der lange Dienst körperlich zu. Sofort fiel ihm auf, dass das sein Toupet nicht korrekt auf dem kahlen Schädel saß. Auf der Couch in der Ecke entdeckte Dr. Klaus eine Decke. Magenheimer war erst vor wenigen Minuten von seinem improvisierten Bett aufgestanden. Dr. Klaus nahm zwei Tassen aus dem Schrank und goss beiden Kaffee ein. Zehn Minuten später war Magenheimer zurück. Er hatte sein T-Shirt gewechselt. Seine falschen Haare saßen jetzt perfekt auf seiner Glatze. Sein Gesicht bekam langsam wieder Farbe.

„Danke. Ich hatte noch viel zu tun gestern Abend. Die Katzenwäsche und das Zähneputzen haben gutgetan.“ Magenheimers Smartphone piepste. Er ging zum Schreibtisch und las die Nachricht. „Es wird 6:15 Uhr bis die Fahrer hier sind. Dann trinken wir in Ruhe unseren Kaffee. Die Betten hat Schwester Britta gestern vorbereitet. Die stellt weniger Fragen als die anderen.“

Dr. Magenheimer lachte und trank einen Schluck Kaffee.

Arlette Bennington wurde von einer kleinen Gruppe feiernder Leute geweckt. Es war kurz vor 4:00 Uhr. Sie schlief für gewöhnlich bei offenem Fenster. An den Wochenenden änderte sie ihre Gewohnheiten, um den Lärm von der Straße auszusperren. Gestern Abend war sie zu müde und hatte es vergessen. Nach ihrem Telefonat mit Hieronymus hatte sie sich auf den Weg in die Stadt gemacht. Sie traf den Kommissar auf ein

Kölsch und brachte ihn auf den neuesten Stand in Sachen Eisengräber.

„Sind Sie sicher, Frau Bennington?“, fragte er Arlette.

„Ja. Absolut. Warum sollte er sonst den Namen Thomas...“

„Psst! Keine Namen in der Öffentlichkeit!“

„Warum sollte er den Namen nennen? Woher sollte er ihn kennen? Ich bin mir zu hundert Prozent sicher!“

„Gut. Was schlagen Sie vor?“

Beim zweiten Kölsch erzählte Arlette dem Kommissar von ihrem Plan. Sie verabredeten sich für 8:00 Uhr in ihrem Büro. Sie gab Hieronymus eine Keycard, mit der er ungesehen über das Treppenhaus in die Büroetage laufen konnte. Um 7:00 Uhr stand Arlette unter der Dusche. Sie war nervös. Es war riskant Dr. Klaus in die Enge zu treiben. Sie sah keine andere Möglichkeit. Als sie an der Klinik eintraf, wartete Hieronymus bereits im Treppenhaus auf sie.

Dr. Klaus blockierte den Aufzug. Er hatte seinen Schlüssel benutzt und das Signal ´Vorzugsfahrt` eingeschaltet. Dr. Magenheimer winkte dem Fahrer des kleinen Transporters. Er signalisierte ihm, dass er zur Absperrung laufen würde. Magenheimer öffnete die Schranke mit seiner Keycard und ließ den Wagen passieren. Er selbst kam ein paar Minuten später am Aufzug an. Die Türen des Wagens, mit den schwarz getönten Scheiben, waren verschlossen. Dr. Klaus sah, wie Magenheimer dem Fahrer ein Daumen hoch Zeichen gab. Dann stiegen zwei Männer aus dem Font aus. Einer öffnete die Schiebetür der Rücksitze. Drei Kinder saßen auf der Sitzbank. Sie schliefen. Zwei Mädchen und ein Junge. Sie hielten ein Kuscheltier in der Hand. Die beiden Männer hoben die Mädchen vorsichtig von den Sitzen und legten sie über ihre

Schultern. Dr. Klaus nahm den Jungen. Die Kinder schliefen so tief, dass sie nicht aufwachten als sie in die Krankenbetten gelegt wurden. Neben jedem Bett lagen kleine Jogginganzüge und Spielsachen für die Neuankömmlinge. Dr. Klaus legte den Jungen in das Bett, neben dem ein Fußball lag.

Er schloss die Tür des Zimmers und schaute durch das Glasfenster auf die schlafenden Kinder. Im Glas spiegelten sich die Silhouetten von Magenheimer und den Fahrern. Er konnte sehen, wie Magenheimer einen prall gefüllten Umschlag aus dem Kittel holte und ihn den Männern überreichte. Dr. Klaus ignorierte die Geldübergabe und ging ins Büro. Ihm tat die Schulter weh.

Der abgemagerte Junge wog nicht viel mehr als zwanzig Kilo. Diese sorgten jedoch für eine Blutumverteilung im immer schmerzhafter werdenden Bluterguss. Er blickte auf die Uhr und überlegte, ob er die nächste Tablette nehmen sollte. Es war noch zu früh. Die Rolex an seinem linken Handgelenk zeigte 7:30 Uhr.

Meine erste Nacht bei vollem Bewusstsein war vorbei. Ich hatte den gesamten Nachmittag geschlafen und den geplanten kurzen Ausflug auf meinen eigenen Beinen verpasst. Die Ärztin hatte noch zwei Mal nach mir geschaut, wie man mir erzählte. Der Schlaf tat mir gut. Ich hatte Hunger und aß zwei Brötchen mit Marmelade zum Frühstück. Der Krankenhaus Kaffee schmeckte fürchterlich.

„Ich vermisse den guten Kaffee in Italien“, sagte ich zu Schwester Katharina.

„Sie erinnern sich?“

Ich war überrascht, dass ich mich an meine neue Heimat erinnern konnte. Ich wollte mit der Ärztin reden, wenn sie später zur Visite kommen würde. Das Sprechen fiel mir heute leichter. Gestern klang ich wie ein Betrunkener oder wie jemand, der eine Betäubung beim Zahnarzt bekommen hatte.

„Ja, das Gebräu kann ich nicht trinken." Ich schob die volle Tasse von mir.

„Der schmeckt nicht schlecht, Herr Eisengräber. Ihre Geschmacksnerven sind durch die Medikamente sicherlich etwas irritiert."

„Vielleicht später. Wann ist Visite?"

Schwester Katharina schaute auf ihre Uhr. Jetzt ist es kurz nach 8:00 Uhr. Dr. Bennington ist heute allein auf der Station. Ich tippe, in zwei Stunden wird sie vorbeischauen."

„Danke."

Es dauerte nicht einmal fünf Minuten, bis die Tür aufging und die blonde Ärztin den Raum betrat. Sie war nicht allein.

„Er ist im Haus. Ich sehe das an den Türprotokollen. Es wird ernst. Kommen Sie mit zu Ernesto? Wir müssen ihn in unseren Plan einweihen und seine Erlaubnis einholen." Arlette zog sich hinter dem Paravent um und sprach mit Kommissar Hieronymus.

„Meine Leute sind auf Stand-by. Gehen wir zu Eisengräber."

Eisengräber war überrascht, als das Duo in sein Zimmer trat. Er hörte Arlette zu und nickte.

„Ja, das wollte ich Ihnen damit sagen. Gestern ging es nicht besser", scherzte Eisengräber und zeigte auf seinen Mund.

„Gut. Dann machen wir das wie besprochen. Wir haben einen Polizisten vor der Tür. Kommissar Hieronymus wartet um die Ecke. Dr. Klaus nimmt immer den Aufzug. Er kann ihn also nicht sehen.“

Eisengräber vertraute der jungen Ärztin. Sie schob die Infusion neben das Bett und legte den Zugang. Dann verband sie seinen Kopf über der Stirn. Eisengräber war offiziell sediert.

Dr. Klaus hielt den Kopf schräg. Die Schmerzen in der Schulter waren stärker geworden.

„Nichts mehr gewohnt, was?“ Dr. Magenheimer war stark übermüdet. Das setzte zusätzliches Adrenalin frei und beflügelte seine Stimmung.

„Ja, da sagen Sie was.“

„Hier, nehmen Sie eine davon. Das hilft.“

Magenheimer gab seinem Kollegen eine Tablette. Dr. Klaus spülte sie mit einem Schluck Wasser hinunter. Sein Smartphone piepste. Es war eine Nachricht von Arlette Bennington.

„Sorry für die private Störung. Sie sagten, dass Ihnen alle Veränderungen von Eisengräbers Zustand mitgeteilt werden sollen...“

Dr. Klaus wurde nervös.

„Eisengräber ist beim Aufstehen gefallen und hat sich den Kopf am Bett gestoßen. Er hängt an einer Infusion und schläft tief und fest. Ich bin in meinem Büro. AB.“

„Magenheimer, brauchen Sie mich in der nächsten Stunde? Ich lege mich aufs Ohr.“ Dr. Klaus wartete die Antwort nicht ab. Er stand auf. Er verließ den Raum und lief in sein Büro. An Schlaf war nicht zu denken. Vorsichtig schaute er sich um. Die Tür von Arlette Benningtons Büro war verschlossen. Durch den Türspalt fiel Licht auf den Boden des Flurs. Sie war offensichtlich am Arbeiten.

Dr. Klaus ging an seinen Schreibtisch und schloss die Schublade mit den Medikamenten auf. Er nahm das Insulin heraus. Zwei Spritzen sollten reichen, um sich für immer von Eisengräber zu verabschieden. Er lief zum Aufzug und fuhr auf die Station 8. In seiner Kitteltasche hatte er die beiden Spritzen, die er bereits aus der Verpackung genommen hatte. Sie waren sofort einsatzbereit. Auch die Plastikhüllen waren entfernt. Die Aufzugtür öffnete sich. Dr. Klaus schaute in den Flur. Der Polizist saß vor der Tür zu Zimmer 78. Dr. Klaus winkte ihm freundlich zu und signalisierte ihm, dass er ins Zimmer gehen wollte. Der Polizist schaute erleichtert. Er kniff die Beine zusammen und lief lachend in Richtung Toilette.

´Besser geht es nicht! `, dachte sich Dr. Klaus.

Vor der Zimmertür holte er kurz Luft. Dann trat er ein. Eisengräber lag regungslos im Bett. Sein Kopf war verbunden. Dr. Klaus lief zum Infusionsständer. Dieser stand heute auf der ihm zugewandten Seite. Umso besser. Dr. Klaus hatte einen kürzeren Weg. Es blieb nur wenig Zeit. Seine linke Hand hielt den Beutel fest und die rechte bohrte die Spitze der Nadel durch den Kunststoff.

In diesem Moment spürte er etwas Kaltes in seinem Rücken.

„Dr. Thomas Klaus. Ich verhafte Sie wegen dem dringenden Verdacht des versuchten Mordes an Herrn Albert Eisengräber." Eisengräber öffnete die Augen.

Die Verhaftung von Dr. Klaus machte schnell die Runde. In Handschellen wurde er mit dem Aufzug nach unten gefahren. Der Chirurg sprach kein Wort, als man ihn durch den Haupteingang der Klinik führte. Draußen wartete ein Streifenwagen mit Blaulicht auf ihn.

Dr. Magenheimer stand seit zehn Minuten am Fenster seines Büros. Das Blaulicht hatte ihn neugierig gemacht.

Es musste etwas passiert sein. Normalerweise funktionierte der Krankenhaus Flurfunk perfekt. Die Station 10 war davon ausgenommen. Britta war seit dem Frühstück bei den Kindern und spielte mit ihnen. Magenheimer schaute nach unten und erschrak. Er sah, wie man Dr. Klaus in Handschellen in das Auto setzte. Sie waren aufgeflogen. Etwas anderes konnte es nicht sein.

Hektisch kramte er seine Schlüssel aus der Schreibtischschublade und nahm seine Tasche. Sein Auto parkte auf dem Behindertenparkplatz am Haupteingang. Er musste es riskieren, ungesehen ins Auto zu kommen. Erneut schaute er aus dem Fenster. Er sah den Streifenwagen davonfahren.

Ansonsten war es ruhig. Zu ruhig?

„Britta, ich bin kurz weg!“, rief er in den Flur und verließ die Station. Dabei vergaß er, die Tür zu verschließen. Der Schließmechanismus wurde nach zehn Minuten automatisch aktiviert.

Ich musste raus. Der Stress verlangte nach frischer Luft und vor allem nach einem guten Kaffee. Arlette Bennington blieb bei mir im Zimmer, nachdem Dr. Klaus abgeführt wurde.

„Können Sie mir helfen? Ich würde gerne in der Cafeteria einen Kaffee trinken und ich brauche frische Luft.“

„Schaffen Sie das schon? Sollen wir einen Rollstuhl nehmen?“, fragte Arlette nach.

„Von mir aus. Habe ich eigentlich Geld hier?“

„Ich lade Sie ein“, sagte Arlette und ging aus dem Zimmer. Sie kam mit einem Rollstuhl zurück. Ich setzte mich.

„Es kann losgehen!“

Die Ärztin schob mich über den Flur und rief per Knopfdruck den Aufzug. Die Tür öffnete sich. Sie drückte auf ´E`. Der Aufzug fuhr nach oben.

„Ich wollte raus!“, sagte ich und drehte mich zu Arlette Bennington um.

„Da hat oben ein Arzt oder eine Schwester den Aufzug gerufen. Die Kollegen haben mit einem Schlüssel den Vorrang.“

Höflich erklärte mir Arlette die Situation.

Auf der dritten Etage öffnete sich die Tür. Ich schaute in den Flur. Es sah genauso aus, wie eine Etage tiefer. Plötzlich sah ich einen Fußball auf mich zurollen.

Ohne nachzudenken, erhob ich mich aus meinem Rollstuhl und lief aus dem Aufzug. Ich bückte mich und hob den Ball auf.

Als ich mich langsam aufrichtete, erblickte ich kleine Füße in rosa Turnschuhen.

Das Mädchen schaute mich mit großen Augen an.

„Papa?!“

-Ende-

Epilog

1 Jahr später

Das Leben meinte es gut mit mir. Die Sonne schien auf meinen Rücken und ich schlummerte ein wenig vor mich hin. Aus dem Augenwinkel sah ich einen Schatten näher kommen. Der Schuss traf mich unerwartet und mit voller Wucht.

Marie quietschte vor Vergnügen. Sie warf ihre Wasserpistole auf den Boden und rannte davon. Ich holte sie nach kurzer Zeit ein und sprang mit ihr zusammen ins Wasser. Es war die erste Ferienwoche in Italien. Marie war voller Stolz mit ihrem Zeugnis nach Hause gekommen. Die neue Sprache war ihr in Fleisch und Blut übergangen. Ihre Sprachblockade hatte sich gelöst, nachdem sie mich im Krankenhaus gesehen hatte. Sie weinte vor Glück. Mir ging es genauso.

Die nächsten Tage blieben wir in meiner Kölner Penthouse Wohnung. Ich wurde mehrmals zum Verhör ins Polizeipräsidium bestellt. Dr. Klaus hatte mich, aufgrund meines Angriffs auf ihn, angezeigt. Damit hatte ich gerechnet. Ich blieb bei der Wahrheit und erzählte Kommissar Hieronymus meine Geschichte. Über die Zeit bei den Draco Gladius war er bestens informiert. Er versuchte, sich ein Bild über meine private Situation zu verschaffen. Er wollte verstehen, was mich zur Tat getrieben hatte. Gegen eine hohe Kaution blieb ich auf freiem Fuß. Nach drei Verhandlungstagen hatte mein Anwalt mit der Staatsanwaltschaft einen Deal ausgearbeitet.

Der Angriff auf Dr. Klaus wurde mir als versuchter Totschlag ausgelegt. Da ich nur einmal zugeschlagen hatte, folgerte der Richter, dass ich im Affekt gehandelt hatte und eine Tötungsabsicht nicht gegeben war.

Aufgrund der auf dem Parkplatz gefundenen morschen Äste konnte ausgeschlossen werden, dass der Schlag mit dem Ast einen tödlichen Ausgang gehabt hätte.

Ich akzeptierte die Gefängnisstrafe auf Bewährung und verließ Köln in Richtung Schweiz. Uwe und Katja wollten sich von Maries sprachlichen Fortschritten überzeugen. Danach ging es für uns weiter nach Verona.

Dr. Klaus wurde zu einer mehrjährigen Haftstrafe verurteilt. Dr. Magenheimers Station 10 wurde sofort geschlossen. Die Kinder fanden vorerst ein neues Zuhause bei Pflegefamilien.

Dr. Magenheimer entzog sich seiner Strafe. Bei seinen Versuchen am Menschen hatte er vor sich selbst nicht Halt gemacht. Er untersuchte regelmäßig sein Blut und versuchte, durch eine von ihm zusammengestellte Chemotherapie, seinen Krebs zu besiegen. Unterlagen über seine Selbstversuche hatte die Polizei bei der Durchsuchung der Station 10 sichergestellt.

Eine Woche vor der Gerichtsverhandlung fand ihn seine Putzfrau im Wohnzimmer. Bereits als sie die Haustür aufgeschlossen hatte, wehte ihr der süßliche Duft des Todes entgegen. Mit einem Taschentuch vor der Nase folgte sie dem Ursprung des beißenden Geruchs. Im Wohnzimmer war es dunkel. Sie drückte auf den Lichtschalter und hatte Gewissheit.

Dr. Josef Magenheimer saß mit geöffnetem Mund auf seinem Sessel. Die Kugel des Revolvers hatte sich durch seine Schädeldecke gebohrt.

Als die Putzfrau das blutverschmierte blonde Toupet auf dem Lampenschirm der Stehleuchte entdeckte, musste sie sich auf der Stelle übergeben.

Der Autor

Jahrgang 1971.
Wohnhaft in Rheinhessen.

Ein Insider der Musikbranche. Als Techniker der internationalen Musikelite ist er mehr als 20 Jahre durch die Welt gereist.

Sein Blick auf die Dinge der Welt hat ihn geprägt. Positiv wie negativ. Er ist sich treu geblieben. Hat Rückschläge überstanden, Erfolge gefeiert, Interviews gegeben, die Marotten der Stars ertragen und das Erlebte auf seine eigene Art niedergeschrieben.

Sein erster Roman **"McBrain-Ra(s)tlos durch die Welt"** wurde im Oktober 2021 veröffentlicht.

Im April 2022 folgte mit "**McBrain-Sch(m)erzhafte Wahrheiten"** die Fortsetzung der Geschichte des Roadies, der aus seinem Fundus an Erlebnissen berichtet.

Maximilian Taler schreibt satirisch, erfrischend direkt, schonungslos, sentimental und hält sich und seinen Lesern den Spiegel vor.

Mit **"Patient 78/8"** hat Maximilian Taler seinen ersten Kriminalroman veröffentlicht, der an Spannung kaum zu überbieten ist.

Bleiben Sie auf dem Laufenden und besuchen Sie die Website des Autors:

www.maximilian-taler.de

McBrain - Ra(s)tlos durch die Welt

Köln. Es ist Frühjahr. Irgendwann zwischen 2010 und 2015. Ein alternder Roadie kollabiert bei einer Autofahrt. Er ist müde, desillusioniert und ausgebrannt. Eine Panikattacke bringt ihn schließlich an seine Grenzen. Sein Besuch beim Hausarzt endet damit, dass dieser ihn an einen Psychologen überweist. Ohne Therapie sieht er keine Chance auf Heilung.

Der Techniker, der für Weltstars der Musikbranche gearbeitet hat, ergibt sich widerwillig seinem Schicksal und willigt in eine Gesprächstherapie ein. Der Mann, der seine eigene Art zu denken hat und keine Kompromisse duldet, muss sich fügen. In den Therapiesitzungen durchlebt er seine traumatischen Erlebnisse erneut. Oftmals überfordert und ratlos, berichtet er dem Psychologen Dr. Kohlmaier von seinem rastlosen Leben. Schnell entsteht zwischen den Beiden eine Art Hassliebe.

In der Therapie begeben sich die beiden Hauptfiguren auf Spurensuche in der Vergangenheit des Roadies. Zusammen reisen sie auf Tourneen mit Bands wie a-ha, Tokio Hotel, Santana, Die Fantastischen Vier, Bap und vielen mehr. Sie erleben Abenteuer an den Grenzübergängen der USA, haben einen Busunfall, diskutieren über philosophische Dinge, geraten in Erdbeben und haben schmackhaftes Essen auf ihrer Reise um die Welt.

Zu Hause in Köln reflektiert Technican T. sein normales Leben, das es nicht zu geben scheint. Er versteht die Welt nicht mehr.

Erst ein Besuch in seiner Heimat bringt den gewünschten Therapieerfolg......

McBrain - Sch(m)erzhafte Wahrheiten

Die Therapie geht weiter...!

Köln. Technician T. kehrt von seiner Reise zurück. Sein kurzer Ausflug zu den Anfängen verlief ohne Zwischenfälle. Alles schien sich zu normalisieren, bis eine Bahnschranke dem Techniker der Musikelite den Weg versperrte.

In seinem zweiten Roman nimmt Maximilian Taler den Leser erneut mit in die Welt der Musik. Er berichtet, mit spitzer Zunge, von seinen Erlebnissen hinter den Kulissen des Showgeschäfts. Tourneen und Termine bei Fernsehsendungen gehören zum täglichen Geschäft des Technikers der internationalen Musikelite.

Er sagt einem ´Yeti` Hallo, rast ´Atemlos` durch die Nacht, lebt in einem ´Tokio Hotel` und bleibt bei all dem Stress immer ´(tv) total` cool.

Die beiden Protagonisten Technician T. und McBrain steigen erneut in den Ring und kämpfen bis zum K.O. Die Art des Technikers, mit Dingen umzugehen, bringt McBrain an seine Grenzen. Die Lösung seines anstrengendsten Falles steht kurz bevor.

Am Ende kann es nur Einen geben!

Printed in Poland
by Amazon Fulfillment
Poland Sp. z o.o., Wrocław

24109947R00163